UNE GUERRE SANS FIN

JEAN-PIERRE PERRIN

UNE GUERRE SANS FIN

Collection fondée par François Guérif

RIVAGES/NOIR

Retrouvez l'ensemble des parutions
des Éditions Payot & Rivages sur

payot-rivages.fr

Collection dirigée par Jeanne Guyon et Valentin Baillehache

Cette histoire s'inspire de faits réels.
Elle n'en demeure pas moins une œuvre de fiction.

« Le pire n'est pas qu'ils aient gagné la guerre mais qu'ils aient gagné l'Histoire. »

Carlos Sampelayo,
Los que no volvieron, 1975

« Qu'importe ma vie ! Je veux seulement qu'elle reste jusqu'au bout fidèle à l'enfant que je fus. »

Georges Bernanos,
Les Grands Cimetières sous la lune, 1938

« La connaissance du passé ressemblerait plutôt à l'acte par lequel à l'homme au moment d'un danger soudain se présentera un souvenir qui le sauve. »

Walter Benjamin,
Sur le concept d'histoire, 1940

I

Joan-Manuel

Frontière turque, désert de Badiya as-Sham

Ce n'est pas le plus cruel des geôliers. C'est pourquoi nous lui avons trouvé un surnom plutôt gentil, presque charmant, le Ravi du Djihad. Il le doit à un petit sourire, pendu en permanence à ses lèvres minces comme un mégot éteint. Ce sourire d'idiot du village, qui tord sur la gauche son visage mollasson, ne gagne jamais les yeux où ne brille pas non plus cette étincelle de haine que l'on surprend souvent chez les autres. Apprendre à observer, discrètement pour ne pas provoquer leur colère, les attitudes des gardes-chiourmes, leurs tics et leurs manies, fait partie des règles de survie. Et, au bout de quelques semaines pour certains captifs, de plusieurs mois pour les autres, la peur se met à rire, à rigoler secrètement, à se marrer brièvement mais franchement. La peur ne s'efface pas pour autant mais elle ose se moquer de ceux qui l'ont érigée en règle de vie. Elle va même plus loin : elle se permet de les affubler de surnoms ridicules.

Les Français sont plutôt doués dans cet exercice. Toutes les *kunya* de nos gardiens, leurs surnoms de guerre, commençant par Abou, comme le veut la tradition, ils ont trouvé Abou Ricot pour désigner le plus imbécile, Abou d'Chandelle pour le plus pingre en nourriture, Abou d'Nerf, pour celui que tout exaspère. Ces railleries sont notre dernière défense, une manière de cran d'arrêt dissimulé au fond de soi, un éclat qui jaillit le plus souvent quand le désespoir nous accule. Que l'on puisse ricaner de leurs travers, de leur sottise, de leur méchanceté, de leur physique évidemment, c'est ce que les geôliers supportent le moins. Eux aussi voient dans nos plaisanteries des armes blanches, aiguisées dans leur dos et le secret du cachot sur la pierre des épreuves. Ils en arrivent à nous soupçonner de nous foutre d'eux en permanence. Que leurs sévices suscitent des crises nerveuses de rigolade finit par les déstabiliser : ils ne savent plus s'ils doivent nous frapper davantage ou bien s'en abstenir. Et, en nous entendant nous esclaffer de l'autre côté de la porte, ils se précipitent parfois si vite pour nous en empêcher qu'ils en oublient de frapper à trois reprises, le signal qui nous oblige à nous aligner le long du mur en leur tournant le dos, ou d'enfiler leurs cagoules noires. C'est comme ça que nous avons pu voir à quoi ressemblait le Ravi du Djihad.

Les coups de crosse qu'il m'a donnés sont peut-être les derniers mais ne font pas moins mal. Il a visé l'endroit où mes côtes sont fêlées, deux ou trois sont peut-être cassées et flottent dans une fausse apesanteur qui fait un mal de chien. Plus un tout dernier, sur la face externe du genou droit, dans une tentative de fracturer les cartilages ou le ménisque. On dirait qu'il regrette de ne pas m'en avoir distribué assez durant tous ces mois et qu'il cherche à se rattraper. « Encore un petit pour la route », s'acharne-t-il.

Les coups, chaque tortionnaire a une manière de les donner et nous avons appris rapidement qui est droitier ou gaucher, qui a fait de la boxe, du karaté ou de la lutte.

Peut-être que ce sont aussi les derniers ordres. Et les dernières injures : « Yalla ! Espèce de porc, avance. C'est tout droit. La frontière n'est pas loin. Devant toi. De l'autre côté de la colline. Va-t'en ! Vite, fous le camp, retourne bouffer ton chorizo ! Yalla ! Yalla ! Sale porc d'Espingouin. »

Une voix intervient. Elle est sèche, le claquement d'un fouet, un vague accent de banlieue parisienne qui la rend encore plus âpre. Elle râpe la peau d'un frisson glacé. Lui, c'est le plus vicieux de nos gardiens. Il tape fort et sait faire mal – les Français l'ont surnommé Mehdi le Cogneur, Jon préfère l'appeler Big Fat Jihad à cause de sa carrure et de ses biceps. « C'est pas lui le porc. Tu sais bien que lui, c'est la poule, la poupoule. La cocotte. Allez, Cocotte, bouge ton petit cul ou on va te le tringler avec nos grosses *klachènes*. »

La kalachnikov, c'est leur baguette magique. Ils l'appellent *klachène* en hommage aux combattants palestiniens qui utilisaient ce mot du temps de la lutte armée contre Israël. Peu leur importe de n'avoir que de médiocres copies libyennes ou coréennes réservées aux larbins qui ne se battent pas en première ligne, elle leur offre plus que la puissance ou l'invincibilité. Elle est leur virilité, une érection grandiose et permanente. Et comme ils n'ont pas toujours droit aux captives, réservées en priorité aux guerriers du djihad, on dirait qu'ils assouvissent leur libido en nous frappant avec les crosses d'acier.

Peut-être que ce sont les tout derniers mots qu'ils m'adressent : « Attends, Cocotte. Attends, j'te dis. Prends ce téléphone. Tu t'en sers après la frontière, un kilomètre après que tu l'as passée. T'as compris ? Après la frontière, pas avant, t'entends 'spèce de grosse pute bâtarde ? Répète : après la frontière. Un numéro est enregistré. T'appuies là et tu dis ton nom. Rien que ça que t'as à faire. Ils viendront te chercher. Yalla ! Yalla ! Dépêche-toi, la Cocotte. »

Les premiers mètres sans eux me laissent désemparé. Je suis libre mais ils sont toujours là. Je commence à marcher sans m'en rendre compte.

Quelques mètres de plus. Je ne suis plus si sûr d'être libre ; ils ne sont plus là mais ils campent encore dans mon dos. Le doute rampe à travers mon corps. Ils peuvent brusquement tirer autour de moi pour m'effrayer, me flinguer d'une rafale par-derrière ou simplement me blesser d'une seule balle et me laisser crever sous le soleil de feu. Ou me reprendre. Alors, la peur ne part pas, elle ne peut pas déguerpir comme un mal de dents après une piqûre dans la gencive. Elle est bien là, accrochée au corps, ou bien c'est le corps qui est accroché à elle, suspendu comme une dépouille à un croc de boucher. Elle pince les muscles, racle les nerfs, empoigne la poitrine, la compresse violemment comme si elle voulait la broyer. Elle triture les intestins où on la sent couler en une puante diarrhée le long des cuisses et des mollets. Elle ne sait plus rire cette fois, la peur. Elle bourdonne comme un drone dans la tête. Elle est cette sueur mauvaise qui imprègne la chemise, collant à la peau. Une autre peau sur la peau.

Le petit téléphone noir Samsung, que j'agrippe de toutes mes forces avec ma main droite, m'aide à me rassurer. Il est mon assurance sur la vie. Mehdi le Cogneur ne me l'aurait pas donné si son intention était de me tuer. Il n'y aura pas la claque brutale et sèche de la culasse, une double claque plutôt, un gauche-droite parfait qui casse le silence et que j'ai souvent entendu quand ils venaient nous voir en armant leurs klachènes pour nous effrayer.

Une vingtaine de mètres sans eux.

Je me surprends à boire le ciel bleu à la façon d'un homme mourant de soif qui chute dans une rivière. Je ne l'avais pas oublié pendant tous ces mois. Mais je ne me souvenais pas que sa couleur pouvait contenir tant de force. Bleu brûlant, tonitruant, l'incandescence d'une aridité océanique, le ciel de Tolède sans ses lourds nuages crémeux, qui sont des promesses d'ombre et d'humanité, annonciateurs de pluie et de salut. Pas de traînée non plus dans le ciel – la présence d'un avion eût été rassurante. Ni de pépiements d'oiseaux pour faire taire ce silence à la dureté de granite. Au loin, quand même, le vol d'une espèce de grosse mouette, qui n'en est sûrement pas une, fuyant en direction de la frontière.

Ce bleu sans faiblesse, qui pèse sur le monde, sur les épaules, sur chaque mètre gagné, sur le moindre de mes pas, porte néanmoins la couleur des grandes promesses. S'ils me tirent dans le dos, c'est lui que j'emporterais en m'effondrant, à la manière d'un porte-drapeau qui s'enroule dans le bel azur au seuil de la victoire. Ce ne serait pas le pire des terminus. La balle est foudroyante. Un millième de seconde. Elle me projette sur le sol. Pas le temps de la douleur. La bannière du ciel descend. Elle me recouvre. Des pelletées infinies de bleu. Le linceul idéal.

Mais je n'ai plus envie de mourir, en tout cas, pas ici. Je le sens dans l'allongement de mes foulées, dans cette énergie qui me revient et vainc la souffrance de la marche. Avant, les jours où l'ange ne venait plus me visiter et me dire : « Sois patient ! La porte finira par s'ouvrir, tu reviendras au monde et tu porteras des habits neufs », c'était ce qu'il m'arrivait de souhaiter pour mettre fin au supplice de leur présence, bien plus insupportable que la geôle, les coups, les privations et même la faim.

Cinquante mètres sans eux.

Cent mètres.

Je ne dois pas me retourner. Pas avant d'entendre le moteur de la Range-Rover se mettre en route. Pas avant de l'avoir écouté s'évanouir, absorbé lentement par le plateau, le vent et la poussière.

Je vais faire exactement ce qu'ils m'ont dit, suivre le sentier jusqu'à la colline, la gravir, franchir le muret de la frontière qui doit se trouver derrière, parcourir encore plusieurs centaines de mètres jusqu'à ce que je puisse capter le réseau turc et appeler le numéro inconnu. Je dirai simplement : « Je suis sorti. » Et je donnerai mon nom, le répéterai dix fois, cent fois s'il le faut pour qu'ils le saisissent bien. Mon nom, la seule chose qu'ils ne m'aient pas volée. Je ne vais plus m'appeler

Poupoule, la Poule ou la Cocotte. Je vais retrouver mon identité.

Au moins deux cents mètres que je marche sans eux, la main toujours crispée sur le téléphone. Mes muscles commencent à respirer. La peur, lentement, en prenant tout son temps, se retire pour aller retrouver son obscur et terrifiant royaume. Mais, quand le coup de tonnerre du moteur se fait brutalement entendre, amplifié par l'immense haut-parleur de la steppe, elle me surprend à nouveau. Et s'ils avaient changé d'avis, reçu des ordres contraires ? S'ils venaient me reprendre ? Toute fuite est inutile. Nulle part où se cacher. Pas besoin de courir. L'aurais-je voulu que mes genoux ne m'auraient pas suivi.

Le grondement se met à décroître très vite, devient bourdonnement. Ils ne reviennent pas. Ils sont repartis pour la ville des mille et une ténèbres. Ils regagnent l'Usine à otages. Ils vont retrouver ceux que je laisse derrière moi.

Trois cents mètres.

Peut-être davantage. Je continue d'avancer, toujours sans oser regarder derrière moi. La chaleur commence à peser sur ma nuque et mes épaules.

J'arrive à marcher mieux que je ne le pensais, sans avoir trop mal. Peut-être que mes genoux ne sont pas si abîmés, même s'ils m'obligent à progresser en boitillant et de travers comme ces vieux camions aux châssis tordus que l'on voit sur les pistes de la région. Ils visent nos genoux pas seulement pour nous faire mal. Estropier les captifs fait partie de la leçon d'humiliation. Seuls les Américains et les Anglais sont épargnés. Au début, nous nous étonnions de ce traitement de faveur ; l'un d'entre nous murmurait : « Sales Ricains, ils s'en sortent toujours mieux que nous, les salopards de Brits aussi. » Nous avons fini par deviner que c'était parce qu'ils étaient promis à un autre avenir.

Ils sont partis. Partis, partis. Partis pour toujours. Et moi, j'ai quitté l'éternité pour retrouver le temps qu'il me reste. C'est un autre temps que celui de l'Usine, qui était une espèce de substance molle, lourde, inconsistante, une pâte que l'on ne pouvait pas modeler, qui se confondait avec la chaleur épaisse et nous étouffait lentement. Ce nouveau temps, c'est celui de la steppe, du ciel bleu de Tolède, celui d'une autre chaleur, très sèche et de plus en plus lourde à porter, mais qui réchauffe tout ce qu'ils ont glacé, celui du chemin de poussière qui cavale devant moi. C'est le temps des vivants. Il bouge, avance au rythme de mes pas, il bat l'air avec les ailes de la grosse mouette que je continue d'apercevoir.

C'est Lui qui m'a fait quitter les cercles de la fin du temps. Il ne m'a pas abandonné. Il a toujours été là, même quand je doutais de jamais pouvoir m'en tirer. C'est Lui qui m'envoyait l'ange. Parfois, c'était un rêve. Parfois, c'était la voix de Jon qui essayait de m'apaiser. Lui, le condamné, allait jusqu'à prier pour que je m'en sorte. Jusqu'au jour où il ne l'a plus fait. À cause de ma faute, l'équivalent d'un péché mortel. Après, l'ange n'est plus venu me voir. Et je suis resté seul avec ce péché commis malgré moi.

Ceux qui me l'ont fait commettre sont partis mais il ne faut pas pour autant qu'Il renonce à me pardonner et m'abandonne. Pas avant d'avoir franchi la frontière. Je retrouve la prière de l'enfance.

Seigneur, Tu ne m'as pas abandonné. Tu m'as envoyé ton ange. Tu as protégé ta brebis, fût-elle la plus peureuse et la plus honteuse du troupeau.

Notre Père qui es aux cieux

Que ton Nom soit *sacrifié*

Alexandre

Paris, place du Trocadéro

La Boîte n'aimerait guère me savoir en maraude par ici. Comme elle se méfie toujours des diplomates qui viennent empiéter sur ses plates-bandes, et qu'elle nous prend de surcroît pour des amateurs, elle se ferait un plaisir d'en aviser le Quai d'Orsay. Mon détachement ne serait pas annulé, ni ma mission raclée, mais on me ferait les gros yeux et on ajouterait quelques lignes à mon dossier.

Je n'ai donc pas avisé la Boîte que je venais chaque jour pour l'observer, de façon presque maladive. La tentation est trop forte. J'ai besoin de le voir, lui. De les voir ensemble, lui et celle qui doit le rejoindre à sa table. De les voir tous les trois, même, si l'on compte le moustachu à gros bras sinistrement endimanché qui assure sa sécurité.

J'aime à penser que l'adjectif « engoncé » a été créé pour ce type de balourd. Que ce soit à Damas, Bagdad, Riyad, Tripoli, Le Caire, on ne leur a jamais appris à s'asseoir correctement dans les fauteuils des hôtels ou des restaurants où ils passent pourtant une bonne partie de leur existence à surveiller les entrées des uns, les sorties des autres.

Dans tout ce qui est fauteuil, banquette ou canapé, ils se laissent choir, s'y affaissent, s'y engloutissent, tels les rescapés d'un ordre ancien où l'avachissement était la valeur suprême.

Nous avons beau être à Paris, place du Trocadéro, leurs habitudes ne changent pas. Pas plus que leur mise, toujours la même. Comme ses autres frères de gris, le garde du corps du Maréchal est habillé d'une veste croisée à trois boutons et d'un pantalon trop large. Comme les autres, il est plutôt gras. Me revient le souvenir d'une photo en noir et blanc exposée dans la vitrine d'une boutique de Marrakech où l'on voyait le roi Mohammed VI en djellaba blanche impeccable défiler dans une décapotable avec, courant à ses côtés ou derrière lui, ses gardes du corps, leur ventre dessinant une belle concavité, transpirant et cherchant à reprendre leur souffle, ayant visiblement oublié que la discipline physique doit accompagner leur fonction.

À quelques mètres de l'homme de main, le Maréchal est assis seul à une autre table et l'ignore tout à fait. Lui, la vieille baderne, se tient raide comme un piquet. À chaque fille qui passe, il cherche à se redresser encore un peu plus, relevant le menton dans l'attitude du caniche qui essaie de faire le beau pour recevoir un su-sucre. Il adresse à la belle inconnue de larges sourires qu'il veut charmeurs mais qui ne sont que les grimaces d'un fauve depuis longtemps dompté par les années, la perte de son pouvoir et l'exil. Ses sourires étaient autrement plus carnassiers du temps où il sévissait à Damas et n'avait pas de dents branlantes ou fausses.

Au moins est-il toujours coquet, le Maréchal, dans son costume d'alpaga qui le fait ressembler à un vieux colonial de roman, la moustache et le cheveu d'un blanc immaculé. Il fait beaucoup plus jeune que ses quatre-vingts et quelques printemps. Est-ce grâce à Gina Lolobridgida, dont il se vante d'avoir été l'amant passionné, prétendant même qu'elle aura été le grand amour de sa vie ? Ou à cette miss Univers, une Libanaise aujourd'hui bien oubliée, à laquelle il adressait des poèmes d'amour fou mais à ce point lourdeaux qu'on les eût crus écrits au pistolet de pâtissier et qu'il publiait dans sa propre maison d'édition. Ou grâce aux quelques dizaines de starlettes – il en a dressé une liste rapide dans ses Mémoires – qu'il entraînait dans son salon aux murs tapissés de médailles et de décorations de toutes sortes, lui qui n'avait jamais entendu une balle siffloter à ses oreilles.

Il a confié, toujours à ses Mémoires, que ce n'était pas l'amour qu'il trouvait le plus fatigant mais les signatures des condamnations à mort d'opposants politiques qu'il se devait de parapher en tant que ministre de la Défense. Certaines années, il se plaignait d'avoir à avaliser une centaine de pendaisons par jour. Si j'avais été historien, j'aurais eu l'esprit mal tourné : j'aurais cherché à savoir s'il prenait le stylo des exécutions avant ou après la passe d'amour. Et dire que les futurs pendus ne savaient pas qu'ils allaient périr de la main qui venait de caresser – ou allait le faire – la plus somptueuse des croupes, la plus arrogante des poitrines. Comme elle sentait bon, cette main de la mort qui avait recueilli tous les parfums de la beauté.

Nos regards s'effleurent et je ne peux y saisir qu'une impression de grande fatuité, la même qui m'a frappé lorsque je l'ai brièvement vu à Damas, le temps d'une poignée de main, à son bureau du ministère. Pour tous ceux qui le rencontrent, il est difficile de croire qu'il a été le patron des armées syriennes, une position qu'il a occupée pendant tout l'interminable règne d'Hafez al-Assad, puis les premières années de son fils Bachar, avant de faire défection et se réfugier à Paris quand il a cru que celui-ci risquait d'être renversé par l'insurrection.

L'histoire d'amour avec Gina Lolobridgida était-elle véridique ? Pourquoi voulons-nous à tout prix le savoir ? Est-ce parce que nous aimons trop les belles actrices que nous les voulons étrangères à la fange ? Que nous souhaitons qu'il ne s'agisse que d'une vantardise de la part du lourdaud déguisé en maréchal, qui, lorsqu'il était au faîte de sa gloire, arborait une casquette large comme une piste d'atterrissage et des médailles en rangs serrés comme les phalanges grecques à Salamine.

Une confidence de sa part trotte dans ma mémoire. Je l'ai lue dans *Al-Bayan*, un quotidien de Dubaï, quand j'étais en poste à Damas. Il y reconnaît avoir donné le feu vert aux attaques-suicides qui ont tué 241 marines américains et 58 parachutistes français en 1983 à Beyrouth, mais que, pour ne pas peiner sa sublime Italienne, il a fait épargner les *bersagliers*, ces soldats à plumet qui participaient eux aussi à la Force multinationale. Il a eu cette phrase touchante : « Je ne voulais pas qu'une seule larme coule des beaux yeux de Gina. » Des années plus tard, lorsque l'actrice a reçu la Légion d'honneur des mains de Jacques Chirac, il lui avait envoyé cet hommage : « Que la médaille a de la chance d'être sur ta poitrine. »

Cette fois, nos yeux se croisent mais il ne me reconnaît pas. Ou plutôt son attention est accaparée par une grande et jolie fille, très brune, très maquillée alors qu'elle n'a pas besoin de l'être, sans doute une de ces Libanaises qu'il affectionne – la brasserie est l'un des lieux de rendez-vous des Levantins de Paris – qui s'est assise à une table voisine. Il tourne son regard pour la déshabiller ouvertement de la tête aux pieds.

Bravo Maréchal, vous ne changerez jamais.

Pendant les années soixante-dix et quatre-vingt, son terrain de chasse de prédilection était la piscine du Sheraton de Damas où, avec son téléobjectif, il photographiait les naïades. Ses clichés, il les faisait développer par ses services afin d'entrer en contact avec elles. En 1982, lors du siège de Beyrouth par l'armée israélienne, une brigade syrienne n'a pas pu se retirer à temps d'un quartier de la ville. Tout le monde en Syrie s'inquiétait de savoir si elle allait pouvoir sortir du piège ou finir écrasée sous les bombes. Mais lui, le ministre de la Guerre en exercice, papillonnait en short et polo blancs impeccables et continuait chaque après-midi de tourner, comme un gros bourdon, autour des demoiselles en maillot de bain du Sheraton.

Je pourrais passer des heures à l'observer sans savoir pourquoi. Il n'a pourtant rien d'un animal sauvage. C'est plutôt un père tranquille qui a monté les échelons du pouvoir grâce à une absence totale de scrupules et sa servilité à l'égard de son maître. Il a toujours été un cabot fidèle. Au début des années quatre-vingt, quand Hafez al-Assad, hospitalisé et salement affaibli par une attaque cardiaque, a failli être renversé par son frère Rifaat et que Paris, sans attendre, s'est rangé aux côtés du comploteur, il n'a pas failli. Il est resté à ses côtés. Le dictateur ayant repris le contrôle du pays, il a récompensé royalement ceux qui avaient témoigné de leur loyauté. Le Maréchal a pu dès lors tout se permettre.

Je connais la personne que le Maréchal attend dans la brasserie. C'est pour elle aussi, pour la part de mystère qu'elle cache derrière son charme magnétique, que je suis à l'affût.

Daniel

Bagdad, quartier de Jadryia

L'été à Bagdad, et jusqu'à la fin de l'automne, la chaleur vous dégringole sur les épaules, la nuque et le crâne comme un canapé qui tomberait du troisième étage. Et même du sixième si on sort de l'un de ces hôtels de luxe que l'air conditionné, manié avec cette violence propre à la Mésopotamie, transforme en annexes du pôle Nord avant le réchauffement climatique. On se sent groggy, on chancelle un peu, on cherche son souffle mais, en poussant un pied devant l'autre, on s'aperçoit qu'on tient suffisamment debout pour avancer cahin-caha sur le trottoir crevassé. Heureusement, je ne vais pas bien loin : mon chauffeur m'a rejoint et m'ouvre la porte. Je me laisse tomber sur le siège arrière et je respire avec avidité le souffle glacé de la climatisation.

Ça m'a quand même fait du bien de marcher quelques centaines de mètres dans la rue transformée en four à micro-ondes. Je viens d'avoir ma fillc au téléphone et on s'est engueulés. Sophie a rompu avec celui qu'elle a pris pour l'homme de sa vie et elle me reproche de ne pas être en France pour la consoler. J'aurais dû l'écouter attentivement, ne pas la contrarier, la plaindre, évidemment, mais ce qui m'a précipité à Bagdad est sans commune mesure avec son chagrin de jeune fille trahie. J'ai fini par me montrer assez dur avec elle, Sophie a raccroché brutalement ; et je me fais à présent le reproche de ne pas avoir été assez attentif – d'autant plus que je suis à Bagdad pour rechercher une jeune fille qui lui ressemble sur bien des points.

En dépit de la chaleur inhabituelle pour un mois d'octobre, le ciel de Bagdad est d'un bleu très doux de layette avec des dentelles de nuages frivoles qui s'accordent bien avec le rose bonbon de la clinique Barbie.

Tout le bâtiment est de couleur rose, portes et fenêtres comprises. Sur la façade, des inscriptions en anglais, rédigées avec de grosses lettres blanches, proposent des implants capillaires, de la chirurgie faciale, du botox à gogo, de la liposuccion, des cures de jouvence grâce à des injections de plasma sanguin et toutes sortes de massages. Avec le départ de l'armée américaine et la montée en puissance de l'insurrection islamiste, la guerre est quasiment aux portes de la ville, à moins de quarante kilomètres, et les hôpitaux manquent terriblement de sang. Mais en attendant les égorgeurs djihadistes, on peut toujours aller se refaire une beauté, les seins, les cuisses ou les fesses à la clinique Barbie.

La grosse villa du général est dans la même rue, à quelques centaines de mètres. Il ne fait guère de doute qu'il a choisi d'habiter à proximité de la clinique pour pouvoir y venir quotidiennement chercher l'éternelle jeunesse. Il a même hésité à m'y donner rendez-vous avant d'y renoncer pour des raisons de sécurité.

Trois gardes, chacun avec un modèle différent de kalachnikov, se précipitent en direction de la voiture dès que nous nous arrêtons devant sa maison déguisée en blockhaus. Deux autres pas moins armés que leurs potes jaillissent peu après d'une bicoque en planches recouverte d'une toile de tente et qui ne tient debout qu'en s'appuyant contre le mur d'enceinte.

J'ouvre la fenêtre pour leur faire coucou. Sachant qu'en Irak un accident est vite arrivé, je m'empresse de décliner mon identité avant que leurs doigts se montrent trop nerveux sur la queue de détente. Je me dépêche aussi de leur dire que je suis attendu. Après une rapide vérification par téléphone, ils me laissent descendre de voiture et se gênent dans un excès de politesse pour me tenir la porte. Les canons et les culasses de leurs fusils sont astiqués comme les godasses d'un chanteur de charme argentin mais leurs abdos font relâche. Ce sont de gros bidons que l'on devine sous leurs polos étriqués avec des bandes horizontales aux couleurs criardes qui me donnent envie de sauter dessus à pieds joints.

Le quartier de Jadrya, où habitent encore nombre d'anciens caciques du régime de Saddam Hussein, se veut chic. La villa s'efforce de l'être. Protégée par de hauts murs, renforcés par des blocs de béton armé qui lui font un second rempart, elle est de couleur sable gris avec des arcades qui dessinent des sourcils épais aux fenêtres quasiment aussi étroites que des meurtrières, pour ne pas laisser passer la lumière trop violente ou d'éventuels shrapnels. Dans l'allée qui longe la demeure, je compte cinq Toyota Cruiser toutes blanches, toutes proprettes, dont trois d'entre elles sont blindées. Est-ce sa paye d'officier à la retraite qui lui vaut une aussi belle flotte ? Ou celle de parlementaire – un député irakien est mieux payé que le président des États-Unis – qui lui permet, via la corruption inhérente à la fonction, de plonger la tête la première dans un océan de pognon, ou encore son rang dans la hiérarchie invisible de sa tribu, les Douleimi, l'une des plus puissantes d'Irak ?

Hamed est un ancien général de cette formidable armée irakienne qui n'a jamais gagné une seule guerre. L'invasion américaine de 2003, qui a renversé Saddam Hussein, l'a envoyé au placard, lui et tous ses frères d'armes. La faute en incombe à un crétin absolu, un certain Paul Bremer, un diplomate à peu près inconnu, qui a été appointé par l'impayable George W. Bush pour administrer l'Irak occupé, lui imposer une tutelle et faire passer du jour au lendemain le pays de la dictature la plus sanglante à une démocratie de conte de fées. C'est Bremer, devenu une sorte de proconsul, qui a décidé de dissoudre cette grande armée de l'éternelle déroute. C'était la connerie à ne pas faire, il l'a donc faite. Elle a plongé le pays dans l'abîme, coûté la vie à plus d'une centaine de milliers de civils, à pas mal de soldats américains aussi, et fait émerger un pouvoir autoritaire totalement corrompu à dominante chiite. Car cette armée irakienne, si médiocre a-t-elle été, savait mater les insurrections et l'a prouvé à maintes reprises dans le passé. Elle l'aurait fait à nouveau, préférant être aux ordres d'un gouvernement croupion manipulé par les tribus du Pentagone et servir les cow-boys yanquis plutôt que de voir la Mésopotamie éternelle se déliter et éclater dans la violence la plus sauvage et le confessionnalisme le plus exacerbé, chiites contre sunnites, les uns et les autres contre les Kurdes, la troisième composante du pays. Du jour au lendemain, les 11 000 généraux de cette armée pharaonique se sont retrouvés sans emploi. Pas étonnant si une partie d'entre eux ont rejoint l'insurrection qui a démarré peu après.

Mais quand on appartient à un clan dominant de la tribu des Doulaimi, on ne demeure jamais très longtemps à compter les portemanteaux du placard. Le général est devenu homme d'affaires – je l'ai connu à cette époque. Ensuite, il a été élu député de Falloudja pour le compte d'un parti sunnite vaguement nationaliste dont le nom ne veut rien dire, quelque chose comme le Mouvement de la négociation nationale.

Un jeune homme à kalachnikov et aux abdos démissionnaires me fait avancer jusqu'au perron de la villa, là encore protégé par une grosse arcade en béton. Là, m'attend un petit père à moustache qui me lance quelques formules de politesse que j'esquive aisément avant de lui envoyer les miennes dans un arabe dont je n'ai pas trop honte. C'est après que je vais devoir me surpasser, quand il me faudra discuter avec le général.

L'officier se lève quand j'entre dans son cabinet de travail, une pièce octogonale, matelassée pour atténuer le souffle d'une possible explosion, et sans autre ouverture que la porte d'acier. Le mobilier se résume à un drapeau irakien enroulé sur sa hampe dans un coin, un grand bureau en bois précieux qui dessine une demi-lune et quelques sofas positionnés assez loin du bureau pour montrer que l'occupant des lieux est un grand monsieur. Aucun dossier en vue, sinon ce serait la preuve que l'on manque de collaborateurs pour faire le boulot, mais, bien en évidence, une revue américaine qu'affectionnent les anciens militaires, surtout ceux qui n'ont jamais été sous le feu de l'ennemi : *Guns and Ammo*.

Hamed a une bonne soixantaine d'années. Il les porte bien comme son costume de Savile Row, avec une cravate d'un jaune qui ne fait pas trop cligner les yeux. Il a fait teindre ses cheveux en noir anthracite, de même que sa barbichette et sa moustache, a ajouté des implants sans doute en provenance de la clinique Barbie, ce qui rajeunit son crâne oblong comme un ballon de rugby de quelques semaines. L'officier est petit et sec comme un vieux noyau de datte mais sa poignée de main est franche et fraîche. On se crible de politesses comme des archers à Crécy. Puis on s'assoit face à face dans un canapé aussi profond que le lac Baïkal devant une table basse aux pieds tarabiscotés, tandis que les appareils à air conditionné soufflent sur nous à pleins poumons un vent sibérien. On recommence une bataille de politesses dont aucune n'est sincère. « *Ahlan oua sahlan*. Cela fait si longtemps que l'on ne vous a pas vu à Bagdad. L'Irak ne vous intéresse plus ? Vous n'y avez pas gagné assez d'argent ?

– Vous savez bien que vos amis américains ont raflé tous les contrats. Les miettes du marché qu'ils ont laissées n'étaient pas suffisantes pour les *contractors* français sans relations qui se cherchent une place sur le marché de la sécurité. »

Il fait mine de sourire, exhibant de grandes dents jaunies par le tabac. Où cache-t-il ses cigares ? Et sa bouteille de whisky ? Je me retiens de le lui demander.

« Vous n'avez pas changé. Vous exagérez toujours. Ici, il suffit d'un seul bon contrat et fortune est faite, non ?

– C'est ce que vos copains m'avaient fait croire pour m'attirer à Bagdad. Peut-être que la chance n'était pas avec moi.

– Allons *habibi*, c'est parce que vous n'êtes pas resté assez longtemps...

– J'aurais bien voulu. Mais il y a eu ce... cette... »

En quelques années, j'ai perdu beaucoup de vocabulaire arabe au point que je ne trouve même plus le mot pour désigner ce qui, à cette époque, nous hantait, matin et soir, à toute heure, l'embuscade, en particulier lors de la traversée de ces bourgades informes, où chaque maison est prolongée par un dédale de cours et d'arrière-cours, et offre un terrain parfait à la guérilla urbaine.

« Le mot c'est *kamin*. C'est bien ce que vous voulez dire ? La racine c'est *kemene*, qui veut dire attaquer par surprise.

– Oui, une *kamin* près de Ramadi. Vous vous la rappelez ? Et celle, à peine moins grave, sur la route de Samara. Vous vous souvenez combien j'ai eu d'hommes blessés en quelques mois ? Cinq, plus cet autre qui s'est fait arracher les deux pattes par une *roadside bomb*. La chance n'était pas de mon côté, c'est pourquoi j'ai arrêté de travailler dans votre beau pays. Une bonne partie de l'argent gagné a servi à financer les frais d'hospitalisation et d'appareillage de mes gars amochés. »

Je marie l'arabe à l'anglais pour me faire comprendre mais sans y parvenir complètement. Il est ravi de me montrer qu'il n'a pas tout saisi.

« Vous avez vraiment oublié notre si belle langue. Vous ne la pratiquez pas assez ? Pourquoi ? Vous faites sûrement des affaires ailleurs au Moyen-Orient, dans des endroits plus calmes, le Golfe peut-être, je me trompe ?

– Ni le Golfe ni nulle part ailleurs. Je suis passé à autre chose. J'ai revendu ma société et, avec l'argent, j'ai acheté quelques vignes. Je m'occupe aussi de chevaux et d'une grande fille, du moins quand elle a des chagrins d'amour. »

Les vignes, il s'en fout, de ma fille aussi mais, à l'évocation des chevaux, son œil s'allume comme si Shéhérazade passait complètement à poil dans mon dos en faisant des entrechats. « Des chevaux, quelle chance ! Des pur-sang arabes ?

– Non, des anglo-arabes. Ils conviennent mieux à nos pays. »

On parle un moment de nos canassons respectifs. Un jeune serviteur habillé de blanc vient nous apporter du thé. Et revient un peu plus tard avec la grosse cafetière traditionnelle à bec de pélican pour nous offrir le café noir et amer de l'hospitalité. On le boit d'un trait dans de minuscules tasses de porcelaine. Après, sachant que l'officier – je n'arrive pas à l'imaginer en parlementaire – ne va jamais me demander les raisons de ma visite, j'entre dans le vif du sujet.

« Général, je veux aller à Falloudja. Vous en êtes l'un des députés. Je sais que vous allez me dire que c'est impossible. Et je pressens que vous allez invoquer des dizaines de bonnes raisons pour m'en dissuader. Mais je dois y aller. Je compte sur vous pour me dire comment faire.

– Mon cher ami, j'avais deviné que vous alliez me demander ce genre de service. Mais voilà des mois que la ville échappe à tout contrôle du gouvernement qui se contente de l'encercler. On s'y bat tous les jours à la périphérie, ou du moins on fait semblant tant cette nouvelle armée est dirigée par une bande d'incapables et de corrompus. Moi-même, si je voulais m'y rendre, je ne pourrais pas. Ils me captureraient et me tueraient aussitôt. Ou ils me tortureraient toute une nuit avant de m'achever au petit matin.

– Votre tribu est l'une des plus respectées de toute la région, votre clan l'un des plus craints et vous en êtes le chef. Admettons que vous tombiez entre les mains de ceux que vous désignez comme vos ennemis, je suppose qu'ils demanderaient une forte rançon mais ne se permettraient pas de toucher à un seul de vos cheveux.

– Certains groupes proches des tribus, peut-être. Les réseaux Nashqabandis, qui sont devenus très actifs dans la rébellion, me relâcheraient sans doute, car les Doulaimi les ont toujours soutenus. Mais les autres, les hommes de la mort, les *takfiris*, comme on les appelle à Bagdad chez vos amis chiites, je suis certain qu'ils m'assassineraient. Ils m'ont condamné à mort. Je le sais…

– Au risque d'encourir la vengeance de tous les Douleimi, à commencer par ceux de votre clan ?

– Les choses changent, mon cher ami. Vous êtes parti depuis trop longtemps, vous n'en comprenez plus les enjeux. L'Irak est un pays de tribus, vous le savez bien, et la modernité que prétendait imposer le grand Saddam Hussein – que la terre lui soit légère avec la miséricorde d'Allah –, n'a jamais été qu'un leurre, une façade trompeuse. Lui-même n'a fait que jouer les tribus les unes contre les autres, les diviser, les affaiblir, puis les réunir quand il lui fallait faire la guerre. À sa manière, il a participé au désastre d'aujourd'hui même si les Américains avec leur stupide invasion en sont les premiers responsables. Maintenant d'autres acteurs sont venus jouer sur la scène irakienne et ils jouent, tantôt à côté des tribus, tantôt avec elles. Ou contre elles. Moi-même, j'ai du mal à croire que l'Irak dans lequel j'ai vécu va devenir cet Irak terrible qui est celui dans lequel je risque de mourir.

– Les autres acteurs, je crois les connaître un peu.

– Vous croyez, n'est-ce pas ? C'est le mot que vous avez dit, si j'ai bien compris votre étrange façon de parler notre belle langue arabe. Dites-vous plutôt que vous ne comprenez plus rien à ce pays et vous serez plus près de la vérité. Car pourquoi pensez-vous les connaître ? Parce que, du temps où vous étiez officier de sécurité à l'ambassade de France, vous avez chassé avec certains d'entre eux le sanglier du côté de Mossoul ou de Hilla ? À l'époque, ils buvaient et fumaient du matin au soir, n'est-ce pas ? Ils ne rêvaient que d'aller à Paris pour se saouler davantage et courir après les filles, et, en attendant, ils faisaient venir des *charmouta* de luxe, des Syriennes ou des Marocaines qui ont la réputation d'être plus chaudes. Partager le sanglier, le Black Label, les Philip Morris et les Marocaines, vous pensez que cela suffit à créer de l'amitié et de la complicité ? Cela permet de s'amuser, c'est tout. Et si, par hasard, c'était vrai, cela ne l'est plus. Leur fidélité va à celui qui est en passe de devenir le calife. C'est lui, et lui seul, qui les a rétablis dans l'honneur et la religion. Et vous savez, n'est-ce pas, ce que sont l'honneur et la religion pour les Doulaimi ! Maintenant, les bouteilles d'alcool, ils les cassent, les buveurs, ils les fouettent à mort, les fumeurs, ils leur cousent les lèvres, les *charmouta*, ils les lapident et le gibier qu'ils traquent, c'est vous, c'est moi. Et les hérétiques, cette engeance chiite qui a pris le pouvoir à Bagdad et l'a confisqué à son seul profit, tremblent d'être égorgés. Vous pensez bien sûr que vos anciens amis du temps où vous étiez à l'ambassade de France sont devenus des *mounafiqin*. Vous connaissez ce mot, n'est-ce pas ?

– Des hypocrites. Pourquoi ne le seraient-ils pas ? À vous entendre, ils le sont bel et bien. Ils ont bel et bien profité de la situation pour changer de maître…

– Mais pas du tout ! Ce ne sont pas des *mounafiqin*. Vous voyez, vous ne cherchez à nous comprendre qu'avec les yeux et le cerveau d'un Occidental. Donc, vous les diabolisez mais ce n'est pas comme ça que vous aurez une vision juste. Non, vous ne pourrez jamais ni les connaître ni les comprendre. Parce que vous n'êtes pas d'ici, que vous n'êtes pas un Arabe et votre pratique de notre superbe langue est sommaire. Et puis, tout est devenu très compliqué. Simplement, n'oubliez pas deux choses : la première, c'est que vous n'avez plus d'amis en Irak. Sauf si vous en avez du côté des hérétiques chiites qui ont pris le pouvoir et même eux seront pour vous de faux amis. La seconde, c'est que les temps changent, même pour nous, les Doulaimi. Je vous le répète : beaucoup des meilleurs officiers des services de sécurité de Saddam ont rejoint les troupes du futur calife, y compris ceux que vous fréquentiez avant que ces Américains du diable transforment notre pays en enfer. Ce sont eux qui contrôlent sa garde rapprochée. Cela vous dépasse, n'est-ce pas ? Ce que je vous dis est vrai, hélas !

– Même les tueurs de Amn al-Amn, la Sécurité de la sécurité de Saddam Hussein, que j'ai un peu connus, et qui buvaient et parjuraient comme personne ?

– Surtout eux. Maintenant, vos anciens amis, qui rêvaient d'aller dormir dans des hôtels de luxe sur les Champs-Élysées et de s'acheter des fringues à la dernière mode, portent des *chalwar kamiz* et dorment sur des matelats par terre. »

Peut-être que le général se trompe et que certains se souviennent – si ce n'est des chasses au sanglier et de quelques bons apéros près de Falloudja – des visas que je leur ai obtenus pour qu'ils puissent aller s'encanailler à Paris, sans parler des coups de téléphone que j'ai dû donner après leur passage pour camoufler leurs frasques au nom de la raison d'État.

Joan-Manuel

Frontière turque, désert de Badiya as-Sham

Gravir la colline n'a pas été trop dur et mes genoux ont bien résisté. La descendre m'inquiète un peu, même si le sentier n'est pas vraiment raide. Au loin, en clignant des yeux, je crois apercevoir un trait noir barrant l'horizon, sans doute le muret qui marque la frontière. Il me faudra plus d'une heure pour l'atteindre.

J'ai enfin pu me retourner et regarder derrière moi. C'est le même paysage, une vaste étendue de caillasses et de buissons épuisés par trop de soleil, sans un seul arbre. Elle me fait penser à une poitrine désespérément plate et maigre avec, de loin en loin, un mamelon pour lui donner un peu de relief, une plus grande profondeur. Je cherche à apercevoir la Land Cruiser noire mais, sans mes lunettes – ils les ont cassées il y a bien longtemps –, j'ai du mal à la distinguer. C'est à peine si l'on entend la vague rumeur mécanique du moteur qu'ils aiment pousser à bout en ne changcant pas les vitesses. La peur revient quand même. Et s'ils faisaient demi-tour ? J'hésite à appeler le numéro mémorisé sur le petit Samsung mais cela ne servirait rien. Ça y est, ils s'éloignent ; pourtant, je sais qu'ils seront toujours là.

Ils sont dans mes côtes douloureuses à chaque pas et le seront dans mes genoux lors de la descente de la butte. Ils sont dans ma tête, dans ma mémoire bien sûr, et ils y ont toujours été. Il a suffi d'un cauchemar pour les réveiller. La première fois, c'était dans une chambre d'hôtel, il y a déjà une dizaine d'années : je me voyais au sommet d'un rempart, celui d'une forteresse que je n'ai pu identifier au réveil, je les sentais se rapprocher et me cerner. Ils arrivaient de tous les côtés. Je ne les voyais pas, je les sentais, comme un animal flaire le danger. Il fallait déguerpir et le faire très vite. J'ai couru le long du rempart jusqu'à découvrir un grand escalier qui descendait dans une cour intérieure. Mais l'escalier n'en finissait pas de s'enrouler sur lui-même, rendant la descente interminable. Après une dernière volée de marches, tout au bas de la muraille, s'ouvrait un portail sur une belle sauvagerie de bois. Je m'y suis précipité. À ce moment, la forêt s'est mise à bouger, à marcher dans ma direction comme celle de Birnam, dans *Hamlet*. Sous la futaie, ils étaient là, une douzaine, comme ceux qui allaient nous attraper des années plus tard, avec leurs grandes barbes noires, leurs pantalons trop courts, leurs calottes trop serrées, leurs yeux qui saillaient des orbites comme aimantés par une suspicion permanente, et, pour certains, la *tabaâ*, la bosse du dévot au milieu du front. Ils m'attendaient et m'avaient toujours attendu. Que ce soit dans la forêt du cauchemar ou sur la route qui mène d'Azaz à Alep, c'étaient les mêmes. Pas tout à fait les mêmes : ceux du rêve et des bois de Birnam ne portaient pas de cagoules.

Est-ce qu'ils allaient demeurer dans mes rêves ? Ils ont déjà réussi à atteindre des lieux encore plus intimes que je n'arrivais pas, que je n'arriverai peut-être jamais, à nommer. Ils sont entrés en moi si profondément qu'ils ont pris en partie ma place. Ils sont les intrus de ma propre maison, ceux que l'on n'arrive plus à chasser. Ils ont introduit un froid glacial dans ma poitrine et la plus épaisse des chaleurs ne le fait pas fuir.

Ils m'appelaient la Poule, ou Poupoule, ou Cocotte. Tous les captifs ont un surnom : le Porc, la Vache, le Chien, l'Âne, le Mulet, le Coq, le Minou… Cela leur permettait de nous animaliser. Le Russe, ils l'appelaient l'Ours. Ils l'ont égorgé une fin d'après-midi. Ils nous ont d'abord alignés dans la cour pour nous filmer. Nous étions dans notre combinaison orange, modèle Guantanamo, avec autour du cou une pancarte sur laquelle était inscrit au feutre noir le montant de notre rançon. La mienne était bien inférieure à celle des Français, des Américains et des Anglais. Seul le Russe n'en portait pas. Nous avons compris pourquoi quand, revenus et enfermés dans la pièce des otages, nous l'avons entendu hurler dans le couloir avant de voir son sang suinter sous la porte, puis couler jusqu'à nous. La terreur nous a tous pétrifiés. Mais, en même temps, nous étions rassurés. La pancarte que nous portions autour du cou et la vidéo qu'ils avaient tournée nous laissaient supposer que nous valions quelque chose.

D'autres fois, c'était des prisonniers syriens qu'ils égorgeaient dans le couloir. Ils les faisaient hurler sous la torture pendant des semaines. Puis, plus rien. S'installait un long silence jusqu'à ce que leur sang ruisselle sous la porte, comme pour le Russe. Comme nous disposions nos paillasses à proximité de la seule ouverture de la pièce dans l'espoir de nous emparer de temps à autre d'un peu d'air et de lumière, nous devions alors les retirer très vite pour qu'elles ne soient pas trempées. Jusque-là, je croyais que le sang était rouge mais il était noir et il mettait longtemps à coaguler. Certains jours, ils nous obligeaient à regarder les images qu'ils avaient tournées. On aurait dit des scènes d'orgie. Une fois, l'un des tueurs était sans sa cagoule et nous avons pu apercevoir son visage pendant qu'il charcutait au couteau : un visage extatique. Mais est-ce que j'aurai un jour le courage de décrire ce qui s'est passé à l'Usine, ou encore à l'hôpital ophtalmologique d'Alep, où je suis resté enfermé tout seul dans une cellule pendant un mois ?

Nos gardes-chiourmes n'étaient pas toujours méchants. Certains ne nous frappaient qu'à l'occasion. Et chez les autres jaillissait parfois une réminiscence d'humanité, le temps de quelques formules : comment vas-tu aujourd'hui ? Est-ce que tu tiens le coup ? T'en fais pas, tu finiras bien par sortir un jour.

De temps à autre, ils nous laissaient marcher quelques minutes dans la cour. En janvier, la neige était tombée sur Raqqa, ce qui était exceptionnel, et ils nous ont autorisés à commencer une bataille de boules de neige. Même les plus féroces d'entre eux étaient de grands sentimentaux, pétris d'émotion avec des nerfs à vif. Après la mort d'un ami au combat, ils se réunissaient dans la pièce à côté de la nôtre. Nous les entendions d'abord prier pour le disparu, puis sangloter bruyamment et pendant des heures. Et ils finissaient par chanter d'une voix très douce, presque murmurante, des *anashîd* qui nous donnaient l'impression d'entrer dans un paysage mystérieux, celui d'après toute guerre, quand la terre s'est ouverte et a confié tout ce qu'elle sait.

Les *anashîd*, je les ai écrites et réécrites dans ma mémoire pour ne jamais les oublier dès le premier récital, un soir après la mort d'un djihadiste belge. Ce sont des mélopées intensément mélodieuses, des murmures d'intimité, qui portent une douleur cachée dans le grain des voix, laquelle se déclare quand elles s'entremêlent, qui consolent comme les larmes, « ce sont des larmes qui chantent », disait mon ami Jon, qui réconfortent, qui appellent à l'entrée au paradis, tout en rappelant le souvenir de la mère et de la naissance. Elles s'adressaient au désert, disaient que le djihad était beau et grandiose, le feu bienveillant quand crépitaient avec lui les ténèbres de la vie terrestre et qu'il purifiait de l'égoïsme, que la mort était accueillante à l'orée du sacrifice mais que rien, pas même les promesses de volupté céleste qu'elles psalmodiaient dans un interminable et intense chuchotis, ne remplacerait le sein maternel. « Reste avec ta mère, le paradis est à ses pieds », disaient certaines des paroles que j'arrivais à comprendre. Nos geôliers, même les plus frustes, les plus brutaux, les plus sadiques, même les égorgeurs, les chantaient avec une suavité extrême qui nous interloquait au point que Jon et moi étions comme aimantés. Alors, nous nous rapprochions de la porte pour les écouter et nous souhaitions que le chant de nos tortionnaires ne s'arrêtât jamais. Leurs mélopées étaient les voix des sirènes et nous nous maudissions d'aimer les entendre.

Après les *anashîd*, Mehdi le Cogneur et les autres s'employaient à vomir, et après avoir dégurgité tout ce qu'ils pouvaient, ils continuaient leur purification en venant nous battre et nous humilier. « Poupoule, la Poule, Cocotte… Viens ici Cocotte, dépêche ! » criaient-ils à mon intention. La voix des sirènes se changeait en éclats de rires démoniaques.

Un après-midi, ils nous ont donné du papier et ordonné d'écrire à nos familles pour les rassurer. J'ai résisté, même lorsqu'ils m'ont fouetté avec un câble. Je devinais qu'ils voulaient savoir à qui nous destinions ces lettres. Mais si j'ai refusé, c'est surtout parce que je voulais me racheter aux yeux des autres otages d'un grand péché – je n'utilisais ce mot que depuis ma captivité – commis la veille lorsque, cédant à une peur panique, j'ai obéi trop vite à l'un de leurs ordres. Alors, Mehdi le Cogneur et Abou d'nerfs m'ont obligé à faire avec la feuille vierge une cocotte en papier et je n'avais plus assez de force pour refuscr. Comme je n'étais pas doué pour l'exercice, ils m'ont imposé de la refaire une vingtaine de fois jusqu'à ce qu'elle leur convienne. Cela leur a donné l'occasion de me battre encore, moins violemment. Mais cette cocotte, ce n'était pas seulement la preuve de ma soumission. C'était aussi un rappel de ma trahison de la veille. Et elle est devenue mon surnom. Il arrivait que les autres otages m'appellent eux aussi

Cocotte et Jon, qui, auparavant, leur aurait cassé la gueule, les laissait à présent se moquer de moi.

« Cadeau, Poupoule, puisque tu nous abandonnes », m'a lancé hier celui que nous surnommons Onan le barbare à cause de sa barbe monstrueuse et parce qu'il se touche sans cesse. « Tu rentres chez toi. Mais si, ouala ! Je te jure que c'est vrai ! Tu rentres chez les Pingouins et tu y seras avant que, moi, je sois à Paris pour faire sauter la tour Eiffel ou à Barcelone pour exploser la Sagrada Família. Allez, rapporte un souvenir de nous. Ta cocotte, emporte-la. Mets-la dans ta poche et prends-en soin. Interdiction de la quitter. Tu l'auras en permanence avec toi. Comme ça, tu penseras toujours à nous, tes amis de Raqqa. Attention, Poupoule, on reviendra te voir par surprise pour vérifier qu'elle est bien avec toi. Toi, tu marcheras dans les rues de Barcelone, tu descendras les sales avenues, haram, haram, les Ramblas, elles s'appellent comme ça, non ? Tu sentiras une main sur ton épaule. Tu entendras en même temps une voix dans ton oreille de *kafir*. Montre-moi ta cocotte. Et si tu ne la montres pas, on te coupera. »

Avant de commencer la descente, je sors la cocotte en papier de mon pantalon, un *chalwar* taché mille fois qu'ils m'ont donné après m'avoir fait quitter la tenue orange que nous portions. La cocotte est grise de crasse, grasse aussi de sueur mais pas trop froissée. Je veux la déchirer mais je la remets finalement dans ma poche. Je ne suis pas encore prêt à leur désobéir.

Et j'essaye à nouveau de réciter la prière humble et simple de mon enfance :

Notre Père qui es aux cieux
Que ton Nom soit *sacrifié*

Alexandre

Paris, place du Trocadéro

Elle s'installe à sa table sans l'embrasser. Il hèle le garçon d'un geste autoritaire mais celui-ci feint de ne pas le voir. Il maugrée, sans doute en arabe. Le garde du corps, toujours affalé sur sa banquette, regarde fixement la porte, peut-être pour s'assurer qu'elle n'a pas été suivie.

Le vieux maréchal, en tant que symbole de l'armée du régime, a fait trembler la Syrie. Sa fille, que l'on surnommait la Sultane, a fait courir le Tout-Paris de la diplomatie, des Arts et des Lettres. À présent, c'est un couple d'anciens combattants. Elle non plus ne fait pas son âge. Elle est simplement moins explosive qu'auparavant. Celle que certains diplomates appelaient la plus belle femme du Moyen-Orient, qui portait les minijupes les plus courtes et dont les décolletés comblaient le regard des plus de douze ans, est désormais habillée de façon très sage avec une robe noire qui descend sous le genou, des bas à peine plus clairs qui plissent légèrement sur la cheville et un élégant manteau croisé à gros boutons dorés, dans le style officier, qu'elle n'a pas enlevé.

Sait-elle de quelles turpitudes était capable son père ?

Quand il était ministre de la Défense, il s'est bâti un petit empire industriel pour nourrir et vêtir les soldats syriens. Avec l'argent de Firas, l'un de ses fils, un homme d'affaires qui a gagné beaucoup d'argent dans les Émirats, il a exproprié des paysans le long de la frontière syro-libanaise, importé les premières serres en plastique du pays et s'est lancé dans la conserve de légumes et de viande. Bientôt, il a disposé de fermes, d'entrepôts frigorifiques et même d'usines textiles. C'était commode : il était à la fois le vendeur et l'acheteur, le fournisseur et le client. Il avait l'exclusivité de tout ce dont a besoin une armée, hormis les armes et les munitions. Il l'a transformée en un immense marché captif. Lui et son fils faisaient même travailler des militaires sur leurs terres.

À cette époque, le Quai d'Orsay m'a déguisé en conseiller pour que je puisse l'accompagner en Europe. Un service à titre gracieux, témoignage de l'intérêt que la France portait au régime syrien. Le voyage d'affaires n'a duré que trois jours mais, d'un bout à l'autre, le ministre de la Guerre s'est montré fidèle à sa réputation. Lors d'une visite dans un grand abattoir aux Pays-Bas, il a signé un contrat pour la fourniture de viande à son armée. Ses interlocuteurs hollandais lui ont proposé du premier choix, puis du second et enfin du troisième. À chaque fois, il s'est exclamé en arabe : « Trop cher ! » Finalement, il a acheté des tonnes de viande destinée à des conserves pour chiens parce qu'elle était vendue à un prix dérisoire.

Plus tard, un chimiste syrien qui officiait dans le port de Tartous m'a confié, sous le coup de l'indignation, que les autorités militaires lui avaient interdit de faire des prélèvements sur des carcasses qui arrivaient par bateaux et étaient aussi destinées à l'armée. Il a vite compris pourquoi : elles étaient pourries. Je me demande si Hafez al-Assad n'a jamais appris que son armée, celle en laquelle il voyait la gloire de la Nation arabe, était nourrie avec ce qu'on trouve dans les boîtes de Canigou, ou avec de la viande avariée.

L'heure tourne mais je n'arrive pas à quitter le café. L'un et l'autre exercent sur moi une étrange fascination que je ne sais expliquer. Est-ce parce qu'elle a su conjuguer à la perfection la beauté, le pouvoir et la richesse sans jamais commettre d'impair et tout en conservant sa part de mystère ? Et lui ? Est-ce parce que, tout souriant, tout bonhomme qu'il est, avec cet air ridicule de grand-père cavaleur à la recherche de nouvelles conquêtes, il a été un rouage de la machine de mort mise au point par le régime ? Est-ce parce qu'il a été l'homme qui signait par centaines les exécutions sans se poser de questions et, en même temps, l'amoureux éperdu de Gina ? Ou est-ce parce qu'il est de ceux qui savent où le petit Bellâtre se cachait ?

Une dizaine de mètres nous séparent. Il me suffit de me lever, de passer devant le garde du corps en regardant bien droit comme si j'allais gagner la sortie, de pivoter brusquement et de m'asseoir à côté d'eux, en leur lançant : « Mes respects, maréchal. Mes hommages, madame. Et quelle surprise de revoir votre père ! » La barbouze, toujours assise à la table voisine, hésitera. La Sultane me dévisagera en se demandant qui je peux bien être. Et lui me reconnaîtra assez vite, ce qui l'amènera à faire signe à son homme de ne pas intervenir. Après, je n'aurai plus qu'à leur demander de me parler du petit Bellâtre.

Mais je n'aurai jamais ce courage.

Daniel

Bagdad, quartier de Karada

La chaleur a encore gagné un ou deux degrés quand mon chauffeur me dépose au milieu de la longue rue Karada Dakhil, l'une des artères les plus populaires et animées de Bagdad. Elle est la destination favorite des kamikazes qui, régulièrement, s'y précipitent avec des bombes ou des ceintures d'explosifs. Au début, ils arrivaient à bord de voitures piégées. Ensuite, la police s'est montrée un peu plus expérimentée, ou moins négligente, et a multiplié les barrages. Ça n'a rien changé : ils viennent à pied, se cachant dans la foule.

On peut passer dix fois, cent fois dans la rue sans remarquer quoi que ce soit. Les voitures piégées et les kamikazes n'ont fait s'effondrer que de rares maisons et ravagé que quelques façades. On ne devine pas que les bombes ont tué mille fois, blessé dix mille fois, mutilé presque autant, arraché des jambes et des bras, brûlé des corps, chairs et os, crevé des yeux, tranché des têtes, fait fondre des visages. Mais si on lève le regard on découvre, dans le fouillis des affiches publicitaires et électorales, qu'ils sont toujours là, en photos, sapés comme des petits milords, bien coiffés, avec de bonnes bouilles de braves gosses, des yeux un peu écarquillés, certains avec des oreilles décollées comme des ailes d'anges pour s'envoler vers le paradis, avec des costards blancs ou noirs, des cravates rayées comme des zèbres et, en arrière-fond, les dômes dorés des mausolées sacrés de Nadjaf ou Kerbala qui étincellent comme l'entrée de ce même paradis, qu'on l'appelle Janaa, Ferdous ou Behecht. Sans doute, quand la bombe les a surpris et emportés, tel le méchant loup des fables, ne jouaient-ils même pas dans la rue. Ils y bossaient, seuls ou à côté de leurs pères, à vendre des chapelets, des chaussettes et des caleçons, ou sur des étals de poissons, de fruits et légumes, portaient des pastèques qui faisaient la moitié de leur taille, poussaient des chariots bancals en bois qui avançaient sur trois roues.

Je vais parler de l'horreur autrement. Car, si j'ai fait profession de répondre à la violence par la violence, je ne me suis jamais habitué à celle-là. Dans ce quartier, la plupart des gosses n'ont jamais porté que la *disdacha*, des savates ou des sandalettes en plastique. Ils ne sont peut-être jamais allés chez le coiffeur, laissant à leur mère le soin de leur couper les cheveux. Ils n'ont pas été en pèlerinage à Nadjaf ou Kerbala, ni quitté le quartier de Karada Dakhil. Mais les parents, qui leur font manquer l'école, les font trimer dur, les rudoient, les engueulent pour trois fois rien, les frappent à l'occasion, veulent, une fois leurs corps broyés par les bombes des attentats, qu'ils deviennent les héros de la longue rue. Les passants ne devront retenir d'eux que des images de séraphins tombés du ciel, de petits princes qui n'ont jamais connu la crasse et la poussière du quartier. Avec Photoshop ou quelque autre trucage photographique, rien de plus facile.

Je les appelle les petits Hussein en référence à celui qui fut assassiné au VIIe siècle à Kerbala, le troisième imam historique du chiisme, celui que les fidèles de cette religion surnomment le Prince des martyrs, célèbrent et vénèrent depuis cette époque. On peut marcher sur le trottoir défoncé pendant plusieurs centaines de mètres sans rencontrer la photo d'un petit Hussein. Puis, à un carrefour, lieu toujours propice aux attentats, tomber sur quatre ou cinq portraits, collés aux murs ou accrochés à des poteaux le long du trottoir.

Une grande photo représentant trois frères est suspendue au-dessus de la charrette d'un marchand de raqi, ces gros melons oblongs dont on dirait qu'ils enferment une parcelle de soleil couchant tant ils sont rouges à l'intérieur. Ils se nomment Abbas, Ali et Al'a. Ils sont ensemble sur la photo, serrés les uns contre les autres, avec des beaux sourires qui illuminent des visages très blancs, au-dessus d'un large bouquet de tulipes et de roses. Mais je crois comprendre, en déchiffrant à peu près ce qui est écrit sous l'image, qu'ils n'ont pas péri ensemble à ce petit croisement de la grande artère avec une ruelle minable. Une première explosion a tué Abbas, une seconde, un autre mois de juillet mais six ans plus tard, Ali et Al'a. Al'a, qui s'est marié récemment, tient dans ses bras sa petite fille de vingt-cinq jours. Elle a été disloquée comme une poupée par la déflagration.

Les attentats sont souvent préparés à Falloudja. Ceux qui les décident sont ceux que je veux voir, ceux avec lesquels j'ai été chasser le sanglier du côté de Hilla et Falloudja. Peut-être ceux qui m'ont quémandé des visas pour Paris et dont j'ai étouffé ensuite les frasques.

Après les explosions, c'est toujours la panique à Karada Dakhil. Les ambulances n'arrivent pas à se frayer un passage à cause des embouteillages, des barrages qui bloquent les rues, de la foule qui court dans tous les sens et se jette sous leurs roues, des flics qui paniquent, hurlent à tue-tête, s'agitent comme des polichinelles au bout d'un fil. Souvent, il n'y a qu'une seule ambulance qui arrive à atteindre l'endroit du carnage et les autres blessés sont entassés pêle-mêle dans les véhicules de police qui sont confrontés à leur tour à la cohue et au bordel général.

Les restes du kamikaze, une partie du torse, une cuisse, un bras, un morceau du crâne n'ont pas encore été ramassés que la vie reprend le long de l'avenue, comme si les habitants de Bagdad ne pouvaient pas se passer du quartier. Les petits restaurants, ceux qui n'ont pas eu leurs vitrines brisées, rouvrent mais ont-ils seulement fermé ?

C'est une rue moche, Karada Dakhil, moche et crade, où l'on rencontre autant de rats que de chats. Les monticules de détritus prospèrent à chaque coin, les petites rues latérales font penser à des décharges. Les bennes à ordures débordent, comme à peu près partout à Bagdad. Les bouteilles d'eau minérale en plastique tapissent les trottoirs, certaines ont pourtant de jolis noms comme Veneta, avec des gondoles dessinées sur l'emballage pour bien montrer qu'il s'agit de la ville italienne mythique. Des caisses de téléviseurs et des machines à laver s'entassent en pyramides devant les magasins qui n'ont aucun autre endroit pour les stocker. Les trottoirs, constitués de briques emboîtées les unes dans les autres, sont défoncés, fracturés, les trous se disputant avec les ornières et, à certains endroits, on croirait qu'ils se sont soulevés pour protester contre le manque d'entretien général. On y voit la misère marcher du pas lent des vieilles personnes, des chrétiennes pour la plupart, qui avancent pliées, en tenant des cabas centenaires, essayant de contourner les embûches et les pièges du chemin. Et aussi la richesse passer en trombe dans les voitures 4×4 pour ne s'arrêter que devant les vitrines de certains magasins qui auraient leur place dans les artères à fric de Dubaï ou Beyrouth.

Depuis la longue rue Saadoun, Karada Dakhil suit le Tigre mais se garde de l'approcher, laissant ce privilège à la rue Abou Nawas qui longe le fleuve depuis la place Joumhouriyah. On l'aime beaucoup à Bagdad, le vieil Abou Nawas, et certains des Irakiens que j'ai rencontrés lors de mes précédents séjours m'ont invité à lire celui qui est à leurs yeux l'un des plus grands poètes arabes, voulant me montrer que leur pays était encore capable de tolérance. Mais quel Irakien oserait encore réciter publiquement aujourd'hui ses poèmes, qui parlent de vin, de cul, de baise et se moquent de la religion avec une liberté folle ?

Les magasins de vêtements pour hommes et femmes ouvrent le grand bal du commerce juste après le hall d'exposition GMC qui fait le coin de la rue. Au premier étage d'un petit immeuble, une cafétéria fait de son mieux pour attirer le client avec du formica. C'est là que j'ai mon second rendez-vous avec une vieille connaissance qui, lui aussi, est un ancien officier. Si je veux remonter la filière qui mène à la fille que je cherche, c'est lui et lui seul qui pourra m'aider. Mais le voudra-t-il, si je lui avoue la véritable raison de ma venue à Bagdad ? Comme je suis un peu en avance, j'ai le temps de réfléchir devant un thé trop sucré et, dans mon assiette en carton, ce qui ressemble vaguement à une part de pizza.

Joan-Manuel

Frontière turque, désert de Badiya as-Sham

Même si la proximité de la frontière me rend fébrile, je prends mon temps pour descendre de la petite colline. Je ne veux surtout pas me tordre le genou et demeurer coincé, sans eau, à la merci d'une bande armée qui passerait par là. Heureusement, le sentier est plus facile que je l'espérais.

Je m'arrête quand mes articulations deviennent trop douloureuses. Pas seulement pour me reposer mais aussi pour toucher une pierre, la caresser longuement en cherchant à y incruster mes ongles, comme si le contact avec la minéralité chaude, rugueuse de la pierre était la seule évidence que je suis bien sorti de l'Usine, que je me suis affranchi de mon ancienne condition, de ma soumission à quatre murs lisses et sales. Le soleil commence à frapper, j'enlève le tee-shirt répugnant que je porte sous mon *kamiz* pour me confectionner une sorte de turban. À peine torse nu, je sens les rayons du soleil percer ma peau blême et réchauffer tout ce que la captivité a gelé.

La pierre m'a rassuré au point que je me sens capable de sortir la cocotte en papier avec la volonté de la déchirer et de regarder les morceaux partir au vent. Je me vois la tenir du bout des doigts et la laisser regagner, comme si elle était dotée de sa volonté propre, la poche du *chalwar*. Je vais l'accompagner jusqu'à la frontière et, en allumant la première cigarette que l'on m'offrira, je la brûlerai.

Avec les autres prisonniers, au début de la captivité, nous passions des heures à nous demander quelle serait la première chose que nous ferions une fois libres et rendus à notre vie antérieure, après avoir bien sûr embrassé nos familles. Il y a ceux qui optaient pour un festin, arrosé des meilleures bouteilles – c'étaient les Français –, et ceux qui voulaient à tout prix se jeter sous une douche ou prendre un bain pendant des heures, comme l'Italien ou le Polonais. Aucun de nous n'a fait savoir que sa priorité était de faire l'amour. Les Anglais et les Américains ne participaient jamais à la discussion.

Moi, le Franco-Espagnol, ce sera de me débarrasser au plus vite de la cocotte en papier. Pour cela, je dois atteindre la frontière et, d'abord, me remettre à marcher même si mon genou droit commence à flancher.

L'horizon est toujours aussi plat. Tantôt le trait charbonneux qui signe la frontière dans l'incandescence du soleil se rapproche, tantôt il s'éloigne. Personne à des kilomètres à la ronde. Pas un trafiquant ou une famille de réfugiés. Pas un animal, pas un oiseau depuis la disparition de la grosse mouette. Le rêve, ce serait d'apercevoir un âne, même un modeste bourricot, un cheval maigre à faire peur échappé d'un enclos, une haridelle, fût-elle la plus rachitique, que je pourrais enfourcher comme je le faisais avec les *Wild Horses* de la chanson des Rolling Stones.

À l'Usine, certaines nuits, plus interminables encore que les journées, les Chevaux sauvages venaient cavaler à nos oreilles, celles de Jon et les miennes. Le plus souvent, ils déboulaient vers trois ou quatre heures du matin lorsque, noyés de fatigue, nous n'arrivions toujours pas à atteindre le rivage du sommeil qui, comme une ligne d'horizon, s'éloignait au fur et à mesure que nous nous en approchions. Ces nuits-là, ils traversaient la pièce, étouffaient sous leurs sabots les ronflements qui montaient, les pitoyables gémissements et les râles qui griffaient ce qu'il restait de silence, le cliquetis des chaînes, qui, en serrant douloureusement les chevilles, nous empêchaient de nous retourner et de nous coucher sur le côté, rendant impossible tout véritable repos. La guitare de Keith Richard se glissait en éclaireur mélancolique dans la grande pièce, suivie au petit trot par celle, plus acidulée, de Ron Wood, avant que la voix poissée de blues de Mick Jagger commence à razzier la nuit. La batterie de Charlie Watts, d'abord à pas feutrés, les sabots enveloppés de mousse pour ne pas réveiller les gardiens, venait après. Bientôt, les accords s'emballaient et les Chevaux sauvages nous emportaient loin, de l'autre côté des murs, puis très loin, au-delà de la steppe et de la frontière.

C'est Jon qui avait permis aux Rolling Stones et à leur chanson magique d'entrer dans l'Usine. Lorsque la réalité tourne à la démence, lorsqu'elle atteint un seuil de violence jusqu'alors inimaginable, avec des chocs mentaux terribles, on ne peut l'endurer qu'avec encore plus de folie. C'est pourquoi, dans le milieu le plus hostile à la musique qui soit, nous parlions sans cesse des Rolling Stones et de leurs rivaux, les Beatles. Si les premiers venaient nous délivrer du tourment des nuits, les seconds étaient les cauchemars de nos journées. Car les Beatles occupaient les pièces voisines où l'on nous emmenait pour les interrogatoires. Si nos gardes-chiourmes étaient francophones, ceux qui nous tabassaient, nous brûlaient la peau en nous fouettant à coups de câble, nous plongeaient la tête dans des baquets d'eau dégueulasse, étaient quatre anglophones, avec, pour plusieurs d'entre eux, de gros accents de l'East London, ce qui leur avait valu d'être surnommés les Beatles. George, c'était Al-Shafee, expert en tortures et chaud partisan de la crucifixion. John, c'était Emwazi, alias Djihad John, chargé à la fois des négociations avec les familles des otages et des exécutions. Il y avait aussi Ringo, de son vrai nom Amon, le prédicateur du petit groupe. Et le gentil Paul, un bon gros qui se montrait peu, ne nous frappait pas trop durement, nous appelait *friends*, et dont nous savions qu'il avait le rôle du *good cop*. Tous portaient des masques noirs et des 9 mm passés à leur ceinture sur lesquels le regard de Jon, en bon Américain amoureux des armes à feu, venait souvent se poser.

Les Beatles étaient notre calvaire et les Stones, quand ils daignaient venir à la pointe de l'aube sur leurs Chevaux sauvages, notre rédemption.

Avec Jon, nous nous sommes découvert une passion commune pour le groupe à cause de la chanson « Gimme Shelter », qui parle du Vietnam mais dont les paroles peuvent s'appliquer à la plupart des guerres. Doté d'une mémoire fabuleuse, Jon en connaissait les paroles par cœur. Puis il nous est apparu que la chanson « Wild Horses » correspondait le mieux à notre situation. On aurait dit que les paroles nous étaient destinées. Un peu difficiles à comprendre, assez mystérieuses, nous devinions qu'elles évoquaient le chagrin, la trahison, la vie qui n'en était plus une. Elles parlaient aussi de liberté, même si le refrain nous inquiétait :

Wild horses couldn't drag me away.

Des chevaux sauvages n'arriveraient pas à m'arracher d'ici.

Heureusement, à la fin du morceau, les paroles se faisaient contradictoires. Elles disaient que si l'évasion n'était pas possible, nous parviendrions quand même, à un moment ou à un autre, à nous enfuir sur le dos de nos cavales de nuit.

Wild, wild horses, we'll ride them some day.

Ces chevaux sauvages, si sauvages, nous les monterons un jour.

Comme pour « Gimme Shelter », Jon connaissait par cœur tous les couplets de « Wild Horses ». La musique de la chanson servait même, jusqu'à son kidnapping, de sonnerie à son téléphone portable. Avec lui, nous avons parlé pendant des heures du sens des paroles, de ses possibles interprétations, de ses innombrables reprises. Parfois, nous la sifflotions ensemble discrètement. Je préférais la version originale, celle de 1971, issue du disque *Sticky Fingers*, avec la célèbre braguette d'Andy Warhol sur la jaquette. Jon aimait tout particulièrement, à cause des chœurs, de l'entrelacs des voix masculines et féminines et de la formidable énergie qu'elle dégageait, celle beaucoup moins connue de Keith Richard et de ses potes, enregistrée lors d'un concert en Amérique, en 2004. Nous tombions généralement d'accord pour conclure que celle d'Elvis Costello, accompagné de Lucinda Williams, était exceptionnelle.

Nous avons passé trois après-midi à chercher qui était le pianiste de la chanson dans la version des Stones. Je croyais que c'était Ian Stewart, qui, à cette période, tenait les claviers des Stones, mais ce n'était pas l'avis de Jon. « Impossible », tranchait-il, toujours un peu péremptoire et dans un français presque parfait, avec juste cette pointe d'accent américain qui devait contribuer à le rendre irrésistible aux yeux des filles. « J'entends des accords mineurs dans ce morceau. Or, Stewart s'est toujours refusé à jouer ce genre d'accord qui ne correspondait pas pour lui à l'esprit du blues. C'était un type incroyablement intègre, c'est pour ça que je l'admire encore plus que les autres. Mick Jagger l'a certes viré du groupe mais il a confié un jour avoir appris de Stewart à ne pas s'écarter de la ligne pure du blues. Donc, ce n'est pas lui le pianiste. Possible que ce soit Nicky Hopkins. »

Le nom du pianiste n'avait aucune importance. Cela nous permettait de nous raccrocher à quelque chose et d'oublier le temps. Alors, nous argumentions pendant des heures. Jon finissait toujours par me convaincre. Mais, un matin de février, après une longue séance d'interrogatoire où il avait salement « mangé », comme nous disions dans notre jargon, il n'a plus voulu parler de la chanson. J'ai insisté : « Jon, les

Chevaux sauvages vont venir pour de vrai une de ces prochaines nuits. Ils ne vont pas nous abandonner. » Il a mis un long moment à me répondre, sa langue passant et repassant sur ses lèvres et ses gencives ensanglantées. Sa poitrine s'est gonflée brusquement et il a craché un peu de salive rouge acompagnée de quelques mots, prononcés de façon à peine audible, d'une petite voix qui ne lui ressemblait pas, comme si, à l'intérieur de sa poitrine, la torture l'avait percé jusqu'à l'âme : « Un jour ou l'autre, *my dear friend*, les Chevaux sauvages seront là pour te chercher. Te chercher, toi. Et tu partiras avec eux, j'en suis sûr. Mais ils ne viendront jamais pour moi. Il est trop tard maintenant, ils ne viendront plus. »

Je n'ai pas essayé de le contredire. Est-ce que j'aurais dû le faire ? Par charité, oui. Mais la charité, c'est aussi de ne pas faire souffrir davantage un homme habité par la certitude d'une fin tragique. Jon avait raison et nous le devinions tous.

Ce jour-là, les Beatles ont gagné et les Stones perdu.

Je marche encore une vingtaine de minutes avant de m'asseoir sur une autre grosse pierre blanchie par le soleil. Je retrouve une nouvelle fois le Pater Noster de mon enfance. Cette fois, je vais le dire pour appeler l'ange à la rescousse de Jon et de ceux que les Chevaux sauvages n'emporteront jamais. Mes articulations me le permettraient-elles, je le réciterais agenouillé dans la poussière. Peine perdue. Le sortilège est là. Il bloque toujours la prière.

Notre Père qui es aux cieux
Que ton Nom soit *sacrifié*

Daniel

Bagdad, quartier de Karada

La nouvelle armée irakienne a été créée à coups de milliards de dollars par le contribuable américain. Cela ne l'a pas rendue capable de tenir une ville et a fortiori de la reprendre une fois perdue. Les soldats s'y engagent pour gagner quelques dinars qui finissent souvent dans la poche d'officiers sans vergogne, lesquels se jugent insuffisamment payés et se remboursent en piquant les soldes de leurs hommes. Il n'y a plus que les hommes du CTKI, les forces de sécurité anti-terroristes formées par les Bérets verts yanquis, pour tenir bon face à la déferlante islamiste. Ils se battent sur tous les fronts et accusent de lourdes pertes. Hachem en a fait partie. C'est un ancien prisonnier politique sous Saddam qui a retrouvé la liberté au moment de l'invasion américaine. Et s'est engagé ensuite dans cette unité d'élite. Il a été blessé dans l'explosion d'une bombe artisanale et a regagné la vie civile, du moins en apparence. Rien chez lui ne témoigne de son passé d'ancien commando. Il est discret, sans muscle apparent, un peu passe-muraille, avec des rides profondes qui creusent son visage maigre et une allure de professeur émacié par les temps difficiles. Il s'efforce de ne pas montrer qu'il boite à cause des éclats de ferraille que les médecins n'ont pas pu retirer de ses jambes. Et il ne sourit quasiment jamais.

C'est lui que j'attends à la cafétéria à peu près déserte mais que balaye, du matin au soir, avec une simple palme un pauvre diable, un immigré du Bangladesh, qui, la nuit venue, dort sur place, installant sa couverture entre les tables. Au moment du rendez-vous, Hachem ne s'est pas montré et pas davantage l'heure suivante. Mais il finit par appeler sur mon téléphone, m'invitant à le rejoindre dans la rue où, l'après-midi s'étant avancé, l'air de Bagdad est moins torride. Une banale Toyota de couleur blanche apparaît dès que j'ai un pied sur le trottoir.

Je ne suis pas encore installé que Hachem commence son interrogatoire, sans même me demander si je vais bien. « Pourquoi t'es revenu ? Pour relancer ta société…

– Non, affaires personnelles.

– Et t'as besoin de quoi ?

– D'entrer en rapport avec les *takfiris*.

– Pas possible !

– C'est déjà le discours que m'a tenu un général à la noix que tu dois connaître. Mais toi, tu sais comment faire.

– Qu'est-ce que tu cherches ?

– Rien qui soit contraire à la sécurité de l'Irak.

– C'est à moi d'en juger. Tu t'occupes de libérer un otage ?

– On peut dire ça.

– Lequel ? Un des Français ?

– Peu importe. Le principal, c'est d'établir un contact avec les takfiris. J'en ai connu certains du temps de Saddam, quand ils étaient à peu près fréquentables.

– Pas par moi.

– Ce n'était pas des potes. On avait simplement des intérêts communs. Et pour me faire plaisir, ils m'emmenaient le vendredi à la chasse. »

Hachem fait la moue, dépasse un bus qui semble dater du roi Fayçal tout en allumant une cigarette et en surveillant son rétroviseur.

« Ça ne marche plus comme tu le crois.

– Le général m'a déjà dit un truc comme ça. Ça marche comment ?

– Très compliqué. Je peux t'arranger une rencontre avec les moins méchants. Il y aura pas mal de conditions. La première, c'est que l'on doit tout savoir : tu nous racontes seconde par seconde qui tu verras, ce qui se dira et tout ce qui se passera. Mais d'abord, il faut que tu saches qu'il y a pas mal de chances pour que l'on ne te revoie pas de sitôt. Si c'est pour discuter du sort d'un Français, les risques que tu ne reviennes pas sont au moins de cinquante pour cent. Pour un otage espagnol ou italien, c'est plus facile de s'en sortir, du soixante à quatre-vingts pour cent. Pour un Anglais, un Russe ou un Américain, peu de chances que tu ne retrouves jamais le soleil. Il y a aussi le risque qu'ils te battent ou te torturent pour savoir ce que tu viens faire exactement chez eux et qu'ils te pètent un genou, ou les deux, de préférence en te tirant une balle, et t'abandonnent au bord d'une piste.

– Je suis prêt.

– Et ta fille ?

– Quoi, ma fille ?

– Tu m'as parlé d'elle quand tu traînais par ici. Je crois me souvenir que vous étiez très proches. T'as pensé à elle, si tu ne reviens pas ? Ou pas tout de suite. Ou handicapé.

– Il ne se passe pas une minute sans que je pense à elle, même si Sophie ne revient vers moi que lorsqu'elle a de petites peines de cœur. Mais je n'ai pas d'autre choix que d'aller les rencontrer.

– Alors la personne que tu veux retrouver doit être quelqu'un qui t'est sacrément cher. »

Alexandre

Paris, place du Trocadéro

Elle n'est pas restée longtemps avec le Maréchal, juste le temps d'un Perrier rondelle. Puis elle est repartie, toujours sans l'embrasser mais en lui adressant un très beau sourire, où les lèvres sont en harmonie avec les yeux, le même que sur les photos du temps de sa gloire. Le garde du corps est sorti derrière elle jeter un coup d'œil sur la place obscurcie par la nuit. Après une petite minute, je quitte le café et la rattrape le long de l'avenue Henri-Martin où elle habite. La fiche de la Boîte date un peu et ne précise pas si elle vit avec quelqu'un mais souligne qu'elle possède un étage entier dans un immeuble d'appartements cossus. Grâce à Facebook, je sais qu'elle possède une petite chienne nommée Josepha.

Même si l'âge l'a quelque peu rattrapée, il n'a pas alourdi sa démarche. Elle conserve une silhouette gracieuse, légère, et s'il y avait eu davantage de passants sur le trottoir, certains se seraient retournés sur son passage. Comme elle ne porte pas de foulard, sa belle chevelure d'une blondeur très élaborée – sur les premières photos, on la voit vraiment brune – ruisselle de lumière chaque fois qu'elle passe sous un réverbère.

Je laisse la distance s'installer entre elle et moi. Elle est devenue une ombre fugitive comme tant d'autres, qui chemine, en serrant son sac à main, d'un pas pressé, sans doute à cause de la pluie froide d'octobre qui menace.

Des différentes fiches que j'ai consultées, celle de l'ancienne DST est la plus précise. Et la plus lourde d'accusations. Elle indique qu'elle n'a pas été qu'une jeune Syrienne de bonne famille, ambitieuse et désireuse de briller à Paris, cherchant un protecteur de haut vol et le trouvant en la personne d'un ministre des Affaires étrangères appartenant au premier cercle des favoris de Mitterrand. Elle aurait été au service du régime syrien, pas une Mata Hari, mais plutôt une agente d'influence au cœur de la diplomatie française. Le ministre en a d'ailleurs été dûment averti par une note de cette même DST, une accusation qu'il a balayée en affirmant que le Mossad israélien avait lancé de fausses rumeurs pour lui nuire à l'heure d'un rapprochement franco-syrien.

Auparavant, elle a été l'épouse d'Akram Ojjeh, le célèbre marchand d'armes syro-saoudien. C'est à son bras qu'elle est apparue à Paris pour la première fois.

Je ne sais pas pourquoi je me suis mis à suivre la Sultane le long du boulevard Henri-Martin. Est-ce parce qu'elle est restée mystérieuse, qu'elle porte des secrets que nous ne percerons jamais, qu'elle a eu le petit monde parisien à ses jolis pieds ? A-t-elle été une ravissante manipulatrice, une opportuniste avisée, une agente syrienne avec beaucoup d'atouts ou, simplement, une belle Orientale qui désirait réussir à Paris ?

La veille, je suis allé voir dans sa retraite à Saint-Cloud, près de l'École américaine, ce bon vieux Charles-André qui a été un long moment en poste à Damas et connaît bien les services de sécurité syriens. Chez lui, il a reconstitué le souk de la ville avec des tapis persans, de vieilles icônes russes, qui risquent d'être authentiques, en particulier une superbe décapitation de Jean-Baptiste, des alignements de vieux fusils et d'anciennes boîtes en bois ou en papier mâché, ainsi qu'une ribambelle d'échiquiers. Mais c'est vers son bar en acajou que j'ai lorgné en premier. Il possède une collection de bourbons fabuleux. Nous avons commencé par un Old Weller Antique du tonnerre de Dieu.

« Peut-on être sûr à cent pour cent que la Sultane travaillait pour le régime ?

– On ne peut pas dire les choses aussi directement, camarade, tu t'en doutes bien. Mais on va essayer de regarder le problème sans parti pris. Tu sais comme moi que le régime repose d'abord sur les services de sécurité. Beaucoup plus que sur l'armée ou le parti. Pour aller vite, et tu le sais également, plusieurs des quatre grands services créés ou développés par Hafez al-Assad ont été formés ou supervisés par des anciens de la Gestapo et de la Stasi. Il est donc imaginable que l'un ou l'autre de ces services ait profité de l'aubaine que constitue le voyage d'un vieux ministre des Affaires étrangères d'un pays que le régime exècre, en compagnie d'une jeune et belle femme…

– Faire un peu de cinéma, c'était dans leurs cordes ?

– Ouais, surtout quand le couple allait passer des petits week-ends en cachette à Damas sans le dire au Quai d'Orsay ni même à l'ambassadeur. Oh ! t'aurais vu sa tête quand il apprenait par quelqu'un de bien intentionné, disons un gradé syrien, flic ou général, que son ministre était en goguette et qu'il n'en savait rien. Donc, il y avait obligatoirement au moins une caméra dans les chambres et sans doute une autre dans la salle de bains ; en plus, les amoureux ne logeaient pas à l'ambassade ou à la résidence mais probablement dans une maison appartenant au régime. Mais cela ne veut pas dire que les services syriens se servaient de ces images. Simplement, en cas de nécessité, ils les avaient à disposition.

– Mais le père de la Sultane, crois-tu qu'il aurait laissé des sbires de la sécurité reluquer sa propre fille ? Il est tout de même maréchal, et le plus vieil ami d'Hafez al-Assad.

– Affirmatif, camarade. Les services secrets, c'était l'âme d'Assad. Il les avait créés, il les dressait le cas échéant les uns contre les autres, il habitait dans leurs têtes et eux, c'est comme s'ils créchaient dans son cul, attentifs au moindre de ses pets qu'ils reniflaient et analysaient comme des paroles de prophète, cherchant à savoir s'ils venaient d'une chiasse ou d'une constipation. Sans eux, il était aveugle et sourd. Sans lui, ils n'existaient même pas. Et ton maréchal, tout maréchal qu'il était, il filait droit parce qu'il avait peur d'eux, parce qu'eux savaient tout de lui, tout de sa fille et, probablement, tout de notre bon ministre dès qu'il mettait les pieds sur le sol syrien. Sans compter qu'ils avaient la confiance absolue du raïs. On le découvre aujourd'hui : ces fumiers ont vraiment filmé tout le monde. Dès qu'un opposant émerge, il y a aussi sec une vidéo qui sort. Regarde le pauvre Abdel-Razzaq, le meilleur commandant que la rébellion syrienne ait jamais eu. Après quelques mois à la tête de la brigade Farouk, on le voit sur YouTube en pleine séance masturbatoire lors d'un Skype avec une fille d'Al-Jazeera. Viré aussitôt. Son cousin Firaz, c'est encore pire. T'as pas idée comme la vidéo qu'ils ont sortie sur lui était crasse. Ignoble.

– On va laisser de côté tes histoires cochonnes. Ressers-moi plutôt un autre verre et dis-moi si le Maréchal savait pour le petit Bellâtre. »

Charles-André m'a fait les gros yeux. Il n'a jamais aimé qu'un vieux pote lui parle sur ce ton. Il a attendu au moins cinq secondes avant de prendre la bouteille en me fixant comme un cobra hypnotiseur.

« T'es trop nerveux, camarade ! Tu pars quelque part ?

– Je te demande juste ce que le Maréchal savait du petit Bellâtre.

– Le petit Bellâtre, tu veux dire Abou Hossein ? Pourquoi cette question ?

– Tu ne vas pas répondre à toutes mes questions par d'autres !

– Alors écoute, tête de nœud ! Je réponds à ta question à la condition que tu répondes ensuite aux miennes. C'est la Branche 300 qui gérait Abou Hossein, celui que tu appelles le petit Bellâtre. Et elle était, à cette époque, si le bourbon n'a pas fusillé tous mes neurones, sous l'autorité de Bahjat Souleiman. Lui, tu le loges, bien sûr. Il a été l'un des plus proches amis de Bachar avant de se faire éliminer. Donc…

– Donc, Bachar était au courant du marché que son père Hafez avait passé avec le Bellâtre. Mais ça, je l'ai deviné et je m'en moque tout autant. Je veux savoir pour le Maréchal.

– Mais pourquoi ? Laisse-le terminer sa vie tranquillement. Il a finalement trahi Bachar en se réfugiant à Paris. Il est hors circuit maintenant, très vieux et probablement pas en bonne santé. Tu veux le traîner, à son âge, devant un tribunal international ?

– Il savait ou pas ?

– Mais évidemment qu'il savait. Comme si tu ignorais que ton Bellâtre, je préfère l'appeler par son nom arabe, Abou Hossein, a formé tous ceux qui comptent dans l'appareil de sécurité syrien. Tiens, ceux qu'on a appelés le clan des Alides : Ali Douba, Ali Haïdar et un troisième Ali dont j'ai, putain de bourbon, oublié le nom. Pareil pour Shafiq al-Fayadh qui a commandé la 4e division blindée au moment des massacres de la population de Hama, lors de la révolte des Frères musulmans, en 1982, et c'est cette même division qui aujourd'hui assiège Homs. Toute la garde rapprochée du régime a appris du Bellâtre à tracer les sept cercles de l'enfer. Alors, tu penses bien que ton Maréchal est passé lui aussi par le centre secret de Wadi Barada. Mais où est le problème ? Le Maréchal est à Paris, Abou Hossein, le Bellâtre si tu préfères, est au cimetière d'Al-Affif de Damas depuis une bonne quinzaine d'années. Tu penses à quoi ? Tu veux écrire l'histoire de ta famille ? Ou est-ce que tu prépares une mission en Syrie ?

– Possible.

– Je croyais que tu allais raccrocher les gants, quitter les opérations, un boulot qui n'est pas vraiment dans tes cordes, soit dit en passant, et rejoindre une ambassade en tant que diplo compatible sécurité. Un emploi parfait pour toi, où tu pourrais jouer au petit marquis avec ta belle.

– On m'avait promis un poste comme ça. Mais ils ont changé d'avis. »

Charles-André a froncé ses gros sourcils touffus pour marquer sa désapprobation.

« Et toi, t'as pas trop insisté, est-ce que je me trompe ? T'as pourtant rien d'un James Bond. C'est marrant de voir comme les petits dandys dans ton style peuvent avoir ce genre de pulsion qui court sous leur peau blanche. Ne me dis pas que tu vas chercher à récupérer le cadavre d'Abou Hossein. Pour lui faire quoi ? Un test ADN ? Décroche de ces trucs-là, c'est de l'histoire ancienne et ça te pourrit la vie.

– Je ne vais pas remuer tous les cimetières de Damas, promis. Ce sera beaucoup plus simple et beaucoup moins dangereux. »

Charles-André a hoché la tête et, cette fois, il a plissé les yeux pour indiquer qu'il n'était pas dupe.

« Faut qu'on parle. T'as le temps pour un bon havane ? Un Robusto tout frais. Arrivé en début de semaine tout droit de Cuba, via un copain qui bosse à l'ambassade.

– Non, merci. Je dois encore annoncer la bonne nouvelle à Paola. Et elle va mal le prendre. Elle se voyait déjà siroter des *long drinks* au bord d'une piscine dans une capitale exotique. Et elle va chercher à savoir où je vais aller me promener, comme si ça changeait quelque chose. Mais c'est sûrement ma dernière balade pour la Boîte. Après ça, je retourne fissa au Quai écrire dans une ambassade des télégrammes indigestes que personne ne lira.

– Fais gaffe à la der des ders, camarade. En plus, tu m'as l'air parti pour mener une guerre privée, et ça, c'est pire que tout. Tu vas quand même m'en parler le temps qu'on s'en jette un dernier en vitesse. Je ne te laisse pas le choix. Tiens, cette fois, on goûte un Basil Hayden's qui va te faire perdre l'envie de retourner en Syrie. »

Joan-Manuel

Frontière turque, désert de Badiya as-Sham

Avec Jon, nous n'avons plus jamais parlé des Rolling Stones mais, nuit après nuit, j'ai continué d'espérer la venue des *Wild Horses*. Ils se faisaient toujours attendre et, quand je ne les espérais plus, ils étaient là. Ils déferlaient au triple galop sur la plage blanche de la conscience au moment précis où, hallucinée de fatigue, elle demeurait perchée sur la crête d'une vague, figée dans son élan, incapable de verser dans le sommeil. Jaillis de l'océan, les Chevaux sauvages bousculaient la vague qui, après s'être cabrée, ne résistait plus et m'emportait. L'insomnie s'en allait, et avec elle toutes les larmes blanches et noires de la nuit, dans un gouffre d'écume et de mauvais rêves.

À cinq heures du matin, pour la prière de l'aube, les Chevaux avaient disparu. Il n'y avait plus que l'horizon gris et fermé des murs, une odeur de sueur rance, de pieds, d'aisselles, d'cntrejambes, parfois de sperme froid, des cliquetis de chaînes, des grognements et les plaintes de ceux qui souffraient de leurs chevilles serrées trop durement par les anneaux, et nous entendions les premiers ordres hurlés de l'autre côté de la porte.

Un autre après-midi, j'ai découvert, en l'entendant fredonner, que Jon aimait tout aussi passionnément que moi

Leonard Cohen. Le chanteur canadien remplaça les Stones et devint le sujet favori de nos discussions. Nous évoquions chacune de ses chansons. Jon, avec sa fidèle mémoire, en chuchotait les paroles et nous cherchions ensuite à les comprendre, à déchiffrer leur sens ombré de mysticisme. L'une d'elles nous occupa plus d'une semaine, nous permettant d'oublier fugitivement les coups et les mauvais traitements. Elle s'appelait « Take this walz ».

« Un copain m'a dit que c'est un poème de Garcia Lorca que Leonard a traduit et mis en musique. Tu crois que c'est vrai ? me demanda un soir Jon.

– Mais oui ! Ton copain a raison ! Cohen aimait beaucoup Federico, c'est pourquoi sa fille a pour prénom Lorca. Et les paroles me rappellent quelque chose. Oui, le poème s'appelle, je crois, "Vals vienés" ou plutôt "Pequeño vals vienés". Mais je ne me souviens plus très bien des vers en espagnol. On doit pouvoir les retrouver à partir de l'anglais.

– Tu connais bien les poèmes de Garcia Lorca ?

– Il en a écrit des milliers. Mais j'en ai en mémoire quelques-uns, ceux qu'on a étudiés à l'école, entre autres.

– Tu m'apprends ceux dont tu te souviens ? »

Jon comprenait bien l'espagnol qu'il prononçait un peu à l'américaine, un peu à la mexicaine. Mais j'avais du mal à réciter correctement une seule des poésies de Lorca, il manquait toujours deux ou trois vers. En fouillant dans ma mémoire, j'ai fini par en débusquer un qui m'est revenu entièrement. C'était le premier des six poèmes que Lorca avait écrits en galicien. Il s'appelait « Madrigal à la ville de Santiago ».

Chove en Santiago, meu doce amor.
Il pleut sur Santiago, mon tendre amour.

À chaque tentative pour retrouver un autre poème, les vers galiciens du madrigal venaient là encore s'intercaler et bloquer ma mémoire. Je me suis aperçu que le madrigal m'a toujours habité depuis le jour où je l'ai appris, comme ça, sans raison, peut-être un soir de solitude, peut-être pour le plaisir des mots et leur sonorité. Ce qui m'intrigue, c'est que je n'ai pas le moindre souvenir du moment où le poème est entré dans ma tête pour s'y cacher.

Chove en Santiago, meu doce amor
Camelia branca do ar brila entebrecida ao sol.
Il pleut sur Santiago, mon doux amour
Dans le ciel brille et frissonne le camélia blanc du jour.
Chove en Santiago, na noite escura,
Herbas de prata e sono cobren a valeira lúa.
Il pleut sur Santiago dans la nuit obscure,
L'herbe d'argent du sommeil recouvre l'aride lune.

Jon a un peu tout fait avant de devenir photographe, même des études de littérature française dans une université américaine qu'il n'a pas terminées, comme tout ce qu'il a entrepris. Il aimait tout particulièrement Verlaine, dont il connaissait plusieurs des poésies par cœur. « Lui, je le saisis bien, pas comme Rimbaud qui est incompréhensible, enfin pour un Américain. » Et il s'amusait à marier les mots du poète français avec le galicien de Lorca, ce qui donnait des vers un peu tarabisquotés. Il posait aussi des questions : « La sonorité du poème sur Santiago est magnifique, mais je ne comprends pas bien ce qu'il dit. "*Meu doce amor*" et "*Chove en Santiago*", c'est facile. "*Chove*" fait penser à "*lluve*" en espagnol. Cela doit vouloir dire qu'il pleut sur Santiago. C'est Santiago du Chili ?

– Mais non, Américain ignare ! Federico est allé en Argentine mais pas au Chili. C'est Santiago de Compostela, la capitale de la Galice.

– Le galicien est à ce point différent de l'espagnol ?

– C'est très proche du portugais.

– Pourquoi est-ce que Federico a écrit dans cette langue ?

– Sans doute qu'il la trouvait belle et élégante. C'est pourquoi il l'a apprise. C'est vraiment une très jolie langue, le galicien, plus encore que le portugais. »

En recommençant à marcher à pas prudents vers la frontière turque, je me reprends à murmurer « *Chove en Santiago, meu doce amor* ». Ces vers portent un mystère sur lequel j'ai réfléchi jour et nuit à l'Usine. Je les ai appris il y a très longtemps, sans savoir ni où ni quand, et sans me douter que ma mémoire allait les immerger dans ses profondeurs pour les faire resurgir des années plus tard dans un cul-de-basse-fosse. Tout comme cette réminiscence de la forêt de Birnam que j'ai portée en moi depuis le cauchemar. Mais pourquoi les ai-je retenus alors que je ne me souviens pas de les avoir jamais lus, tandis que ceux en espagnol que nous a imposés l'école ne me reviennent pas ? J'ai l'impression de porter les vers galiciens comme une vérité à découvrir, une fois que je serai sorti de la steppe syrienne. En avançant sur le sentier, je ne cesse d'imaginer où cette quête va me conduire.

« T'as sûrement eu une mignonne petite *girlfriend* à Santiago et t'as retenu la poésie de Lorca pour l'épater », s'est moqué gentiment Jon un après-midi où il avait repris un peu d'espoir.

« Non, je n'ai jamais mis les pieds dans cette ville et pas davantage en Galice.

– Dans ce cas, tu iras à Santiago chercher ce secret quand tu seras sorti d'ici. »

Ma réponse était partie trop vite :

« On ira là-bas le chercher ensemble, *compañero*.

– Arrête, *asshole*, ça fait salement mal quand tu débites des conneries. »

Daniel

Bagdad, quartier de Karada

Hachem a offert de me déposer près de mon hôtel. En voiture, l'ancien officier de la Golden Division passe encore une demi-heure à me convaincre de ne pas tenter de rencontrer l'un ou l'autre de mes vieilles relations du temps de Saddam. Puis, il veut savoir pour le compte de qui je bosse et, à nouveau, quel otage je cherche à faire libérer. Et, bien sûr, quel est le montant de la rançon que mes employeurs sont prêts à payer.

Je lui mens beaucoup. Je fais aussi semblant de ne pas comprendre, en prétextant ma pauvre connaissance de l'arabe, certaines de ses questions, mais je sens qu'il ne me croit pas. À la fin, il s'emporte : « Tu ne me dis pas la vérité. Donc, je ne vais pas t'aider. Si ce n'est pas pour les otages français que tu es venu, ce n'est pas non plus pour les autres. Car il y a des négociations en cours avec les autres prisonniers européens et tu les ferais échouer en tentant quelque chose. Ce n'est pas pour l'Espagnol, ou plutôt le Franco-Espagnol qui va bientôt sortir si ce n'est déjà fait. Et après, si j'en crois mes infos, ce sera au tour de l'Italien, car la rançon est prête. Donc, c'est pour un Anglais ou un Américain. Mais là encore ce n'est pas possible. Car tu aurais aussi contre toi le MI-5 ou la CIA qui ne veulent sous aucun motif que l'on traite avec les *takfiris*, les djihadistes comme vous les appelez, et qui peuvent te jeter en prison pour cette seule raison. Ce n'est pas non plus le Polonais, ils l'ont libéré il y a quelques mois et il ne comptait pas beaucoup. Pas le Russe non plus, cela n'aurait aucun sens et, en plus, le FSB est hostile lui aussi à toute négociation et t'aurait bloqué. Possible d'ailleurs qu'ils l'aient liquidé. Donc, c'est quelqu'un d'autre. Et je ne vois pas qui. À moins que cela soit un de ces otages dont on ne parle jamais.

– Et si c'était vrai, qu'est-ce que ça changerait ?

– Beaucoup de choses. »

Craignant qu'il me refuse son aide, je finis par cracher le morceau.

« Je suis venu chercher une jeune Américaine qui a disparu corps et âme depuis son passage à Hawa.

– Mais Hawa, c'est un poste-frontière entre la Turquie et la Syrie… Ça ne m'explique pas pourquoi t'es ici, à Bagdad.

– Elle a été kidnappée par les takfiris et, comme elle est américaine, c'est en Irak que l'on décidera de son sort. Peut-être du côté de Mossoul ou de Falloudja. Je te supplie de m'aider à les rencontrer. On ne peut pas la laisser entre leurs griffes, ce serait inhumain. »

Alexandre

Paris, quartier de l'Odéon

« Regarde, petit loup, tout ce que tu vas perdre. »

Paola a ouvert sans bruit la porte de la salle de bains et se tient nue sur le seuil.

« Arrête la douche une minute et regarde bien ! Tu les vois, mes seins, mon cul, mes cuisses, mes belles jambes ? Quand tu reviendras, petit loup, tout ce beau petit monde ne sera peut-être plus là pour t'attendre. »

Elle tourne sur elle-même, éclairée par la lampe tamisée de la table de nuit qui recompose son corps, rend ses hanches moins saillantes et dessine des cercles dorés autour de sa poitrine.

« Qu'est-ce qu'ils ont mes seins, tu les regardes drôlement ? Tu vas encore dire que tu les trouves trop petits, je me trompe ?

– Non, ça va. Ils sont…

– Ils sont quoi ? Dis ce que tu penses. Franchement.

– Anecdotiques. Ils sont anecdotiques. Enfin, un peu…

– Anecdotiques ? Tu as bien dit anecdotiques ? A-nec-do-ti-ques ? J'aurai tout entendu. Que je ne suis pas top au lit, que je fais mal la bouffe, que je me sape comme les bobos du quartier. Mais tu t'étais abstenu jusqu'à présent de balancer des trucs trop directs sur mon physique. Mes seins, ils sont trop bien pour toi. Ils sont géniaux. Ils sont tout ronds, ce sont de beaux petits seins tout fermes, que je peux balader sans soutif, montrer à la plage. Pas mal de femmes me lancent des regards noirs d'envie, les hommes, je ne t'en parle même pas. Et je suis fière d'eux, très fière. Pourquoi faut-il que je sois à ce point conne pour tomber sur des sales types comme toi qui ne se rendent même pas compte de ce qu'ils ont, qui sont aveugles et qui ne pensent qu'à se tirer. Ce sera où, cette fois ? En Syrie ? En Irak ? Chez les Kurdes ? Les Palestiniens ?

– Tu sais bien que je ne peux rien dire.

– Je ne veux même pas le savoir ! Simplement, la conne avec ses seins anecdotiques et qui, à t'entendre, ne sait pas faire une omelette, elle va encore devoir t'attendre quoi ? Un mois ? Deux mois ? Trois mois ? Je ne vais même pas te le demander pour t'entendre me répondre : "Je ne peux pas te le dire, je ne peux pas te le dire, je ne peux pas te le dire." Incroyable, je suis avec un aveugle qui, en plus, est bègue. Et, surtout, n'ajoute pas "ma chérie". Au fait, ce n'est que le premier problème.

– Il y en a un second ?

– Oui, je n'ai toujours pas de gros ventre.

– Il n'y a pas d'urgence.

– Pas d'urgence parce que tu crois que je me contenterai d'un seul gosse. Mais peut-être que j'en veux deux, trois, et même quatre. Oui, je me verrais bien avec quatre enfants.

– Écoute…

– Non, toi, tu m'écoutes. Tu m'avais dit que c'était fini les boulots dans les coins pourris, que t'avais plus l'âge de faire ça, qu'on allait te donner un bon poste de *moustache* dans une jolie ambassade. Et que, là-bas, on allait enfin vivre ensemble et faire des mômes.

– Cela va se faire.

– Peut-être, petit loup ! Ou peut-être pas ! Car tu verras bien si je suis encore là à ton retour. Comment t'as dit déjà qu'ils étaient mes seins, pour que je le répète à mes copines ?

– I-nou-bli-ables. »

Joan-Manuel

Frontière turque, désert de Baladiya as-Sham

À cause du soleil qui blesse mes yeux, je ne regarde plus en direction de la frontière. Et puis, après chaque butte, j'ai l'impression qu'elle recule. Même le ciel n'est plus une espérance de grand lac où je pourrais boire, me rafraîchir et me laver. Il est devenu d'un bleu aride, on ne peut plus y semer la moindre promesse. La peur a fini par revenir, celle de me casser en deux avant d'atteindre le muret. La chaleur et la sècheresse du plateau ont apporté la soif et, depuis au moins une heure, elle est diablement là. Ma langue a déjà doublé de volume et chaque déglutition devient douloureuse.

Le poème galicien et la promesse qu'il détient m'aident à résister. Il parle de pluie, de mer, de matins mouillés. Il a pris possession non seulement de ma mémoire mais de tout mon corps. Il me fait un peu délirer. Il est le vent dans mes jambes, la pluie qui chasse la sueur de mon front, l'ombre au-dessus de ma tête. Qu'importe si le chemin est long et la halte incertaine, j'arriverai avec lui jusqu'à Santiago et j'y entrerai victorieux. Ce sera sûrement un jour d'averses, elles y sont si fréquentes.

Olla a choiva pola rúa, laio de pedra e cristal.
Olla no vento esvaido, soma e cinza do teu mar.

Vois la pluie dans la rue, plainte de pierre et de verre.
Vois dans le vent évanoui, l'ombre cendrée de la mer.

À l'Usine, plus les semaines passaient, plus les Beatles s'en prenaient à Jon en le battant à coups de câble ou en le soumettant à des séances de *water-boarding* toujours plus longues. Ils le ramenaient ensuite dans la grande pièce et le jetaient sur sa couverture marron puante, souillée par des croûtes de sang séché. Certains otages l'ont surnommé le « punching-ball » sans même se rendre compte combien l'expression était offensante. L'Américain n'était en rien un punching-ball. C'était un ange foudroyé par l'éclair et nous nous agenouillions près de lui, démunis, n'ayant pas toujours de l'eau à lui donner quand il crevait de soif. S'il parvenait à ouvrir un œil, c'était pour nous regarder d'une façon étrange. Il nous demandait ensuite de le laisser récupérer mais quand je me levais, il me retenait par le bras et sa bouche aux lèvres écrasées chuchotait à mon oreille : « *El poema de Santiago.* Récite-moi encore le poème de Saint-Jacques. »

Soma e cinza do teu mar, Santiago lonxe do sol
Ãgoa da mañán anterga trema no meu corazón
L'ombre cendrée de la mer, Santiago loin du soleil.
L'eau de tes matins mouillés au fond de mon cœur ruisselle.

Dès lors que les Chevaux sauvages ne nous ont plus emportés ensemble, qu'ils ont abandonné Jon à son destin et ne sont plus venus que pour moi dans le secret du petit matin, le Madrigal est devenu notre prière. Il nous faisait communier avec la pluie fine de la Galice.

Jour après jour, vers après vers, j'apprenais le poème à Jon. En écoutant nos chuchotis sur la pluie, la mer, le vent, les matins mouillés, les autres copains pensaient que nous étions devenus fous.

Avant de me remettre en marche en direction de la frontière, j'essaye encore le vieux Pater Noster mais l'amnésie survient toujours au même moment :

Que Ton Nom soit…

Alors je remplace la prière par le poème. Après avoir réussi difficilement à me mettre à genoux, et malgré la douleur, je le récite à haute voix comme si j'étais seul dans une cathédrale :

Chove en Santiago, meu doce amor
Camelia branca do ar brila entebrecida ao sol.

La frontière ne me paraît plus si loin. Lorsque je me remets en route, le muret semble s'avancer à pas francs à ma rencontre. D'ici une vingtaine de minutes, je serai de l'autre côté et libre. Comme mon genou me fait déjà moins souffrir, j'essaie de progresser plus vite en dépit de la chaleur qui continue de monter en même temps que la soif qui déchire mon palais.

Au loin, j'aperçois une voiture, une grosse Jeep grise qui s'approche à toute vitesse en direction de la frontière. En même temps, j'entends une vague rumeur de moteur qui parvient à se faufiler à travers l'air lourd et brûlé. Peut-être est-ce la police ou l'armée turque, avertie de ma libération. Ils me remettront sans doute à quelqu'un de l'ambassade espagnole et nous irons fêter ma sortie. Nous ferons sauter les bouchons de champagne, j'espère qu'ils ne seront pas radins et que ça ne sera pas du cava catalan. Avant, il y aura sûrement les flics turcs qui voudront m'interroger. Pourvu que cela ne prenne pas trop longtemps. Je vais aussi devoir parler aux Français, aux Américains, aux Britanniques, à tous ceux qui ont des captifs à l'Usine. Il va falloir qu'ils se démènent pour sortir Jon et les autres, s'il n'est pas déjà trop tard, qu'ils payent sans transiger les foutues rançons. Et je commencerai à écrire… Est-ce que je saurai raconter l'Usine, dire vraiment ce qu'ils faisaient, comment nous encaissions et nous comportions les uns envers les autres ? Comment nous nous affrontions aussi ? Est-ce que j'oserai tout dire ? Que mon surnom était Cocotte ou Poupoule ? Qui étaient les loups et les brebis parmi nous, les durs et les mous, ceux qui parlaient de s'évader et ceux qui en refusaient l'idée, craignant la férocité des représailles ? Si j'y parviens, est-ce que l'on me croira ?

Avec Jon, nous parlions aussi de littérature. Pas ces dernières semaines où il n'était plus intéressé par grand-chose, sans compter que je l'ai salement déçu. Auparavant, parler de livres et des écrivains occupait une bonne partie de nos journées. La poésie, aussi bizarre que cela puisse paraître, était au cœur de nos discussions, peut-être parce qu'elle était le seul accès à la beauté qu'il nous restait. S'ils ont fouillé notre vie et celles de nos familles, exploré nos téléphones, cherché dans notre mémoire et celles de nos ordinateurs, ramassé tout ce qui pouvait nous affablir, nous briser, ils n'ont jamais débusqué les poèmes que nous avons appris par cœur, souvent à l'école. Et, comme avec les Chevaux sauvages, c'est grâce à eux que nous parvenions, le temps de deux ou trois quatrains, à nous échapper. Le vers le plus banal devenait tout simplement merveilleux.

Jon était aussi fasciné par la figure démoniaque de Hemingway. Cela me stupéfiait de voir combien une personne christique comme lui, incapable de reniement, de revenir sur la parole donnée, impossible à suspecter, même dans les pires moments, de la moindre trahison, l'aimait comme écrivain mais aussi comme homme, pour son magnétisme, sa voracité, sa démesure, ses nombreuses conquêtes féminines, sa manière conquistador et carnassière de vivre sa vie. À cause aussi de la guerre d'Espagne, que Jon a étudiée à l'université et dont il voyait la répétition dans la Syrie d'aujourd'hui, m'expliquant que les baasistes remplaçaient les fascistes, que les islamistes prenaient la place des communistes, qu'ils sabotaient la révolution de l'intérieur comme à Barcelone, Madrid ou en Aragon.

Jon était intarissable sur Hem, dont il a lu toute l'œuvre plus quelques biographies. Je lui parlais des écrivains espagnols d'aujourd'hui et des Français du XIXe siècle que je relisais parfois à Barcelone avant de commencer à écrire. Nous débattions encore et encore, toujours en murmurant pour que nos geôliers ne reviennent pas nous frapper. Je me souviens lui avoir demandé pourquoi, à son avis, Stendhal n'avait jamais vraiment raconté les horreurs de la campagne de Russie alors qu'il avait été de l'armée de Napoléon. « Tu t'imagines ? Il l'a suivi jusqu'à Moscou, qu'il a vu brûler. Après la bataille de la Moskova, il a été de la retraite de Russie où il a vu l'impensable, l'homme dans toutes ses abominations. Il a superbement raconté Waterloo, même s'il a appris la défaite de l'empereur à Venise, – et pas à la manière emphatique de Victor Hugo qui, lui non plus, n'y avait pas mis les pieds –, mais très peu écrit sur ce voyage d'enfer. C'est vraiment dommage.

– Ce n'est pas tellement surprenant. Les survivants des camps de la mort nazis ont rarement écrit sur ce qu'ils avaient enduré. Ils pensaient qu'on ne les croirait pas. »

Et moi, est-ce que j'aurai le courage de dire tout ?

Je n'en suis plus tout à fait certain. À l'Usine, j'étais pourtant sûr que je raconterais tout par le menu si je m'en sortais et, pour rêver, je m'imaginais taper frénétiquement sur le clavier d'une Hermès Baby comme le faisait Hemingway, debout dans sa chambre d'hôtel à Madrid sous les bombardements de la guerre d'Espagne.

Daniel

Beyrouth

La pluie n'est pas faite pour cette ville où rien n'a été préparé pour la recevoir. Sans égout pour l'accueillir, sans canalisation pour la contenir, elle dévale des hauteurs, cascade en liberté dans les rues, faisant chavirer sur son passage les lumières qui se reflètent sur les maigres trottoirs.

Habituellement, on passe d'un Beyrouth à un autre en suivant les anciens itinéraires de la guerre civile, et c'est le minaret, le clocher ou la coupole, le grand café, le petit bar, la boucherie ou le McDo, qui étiquettent le quartier, chiite, sunnite, grec-orthodoxe, maronite, arménien ou druze. Mais la pluie dissout tous les repères et pour peu qu'une obscurité profonde se mêle aux torrents du ciel, on ne sait plus où l'on est. On entre dans un nouveau Beyrouth, sans ligne de démarcation, un vaste espace liquide, un monde ruisselant d'immeubles et de maisons anonymes, qui glisse des collines au rivage. Même la circulation se fait plus prudente, abandonnant sa frénésie habituelle pour ralentir sérieusement.

Le chauffeur de taxi, qui m'a pris à la sortie de l'aéroport, n'aime pas la pluie. Sous le soleil, il doit sans doute conduire sa Mercedes aux milliards de kilomètres comme un ambulancier de l'enfer, mais à cause du fleuve qui coule du ciel à la terre, on dirait qu'il hésite en chemin, en particulier à l'approche des coins de rues transformées en lagunes, où il se met à freiner brusquement en prenant les virages.

On a déjà traversé tout le sud de la ville en suivant une route à quatre voies qui coupe la « maison » chiite. Ici, les quartiers se poussent, se serrent, se bousculent, grimpent les uns sur les autres pour recevoir comme ils peuvent une population toujours trop nombreuse, chassée par la guerre et la misère rurale ou attirée par les lumières. Les rues se font étroites, muent en ruelles, se tortillent pour se rejoindre, s'égarent dans des labyrinthes. Les mosquées sont de simple facture, souvent un bulbe turquoise à côté d'un minaret, tulipe bourgeonnante offerte au ciel. Elles permettent de se guider dans l'inextricable fouillis des bâtiments construits à la diable dans l'imbroglio grisâtre du béton.

Sur l'avenue, les phares du taxi accrochent de temps à autre l'un des innombrables portraits du Leader magnifique, du Commandeur absolu, du Grand Totem vivant, du Timonier sacré, du Seigneur des anneaux de la guerre sainte, qui prétend incarner tout, le parti, pas n'importe lequel – le parti divin –, la terre libanaise, celle encore plus sacrée de la Palestine, la Nation arabe et même l'Orient, pas du tout compliqué quand il défend, en brandissant le poing devant des foules en délire, la cause de la libération des opprimés. À lui seul, il personnifie la colère de Dieu.

La lumière crue fait écarquiller les yeux ronds de Sayyed Hassan Nasrallah derrière des lunettes aux verres épais et à la monture lourde. La pluie ruisselle sur son turban anthracite, dégouttant de sa barbe dure et noire, qui vaut presque déclaration de guerre. Sur une autre affiche, j'aperçois son mentor, l'imam Khomeyni, la foudre dans le regard, qui adresse son exhortation au monde entier : vous les tièdes, vous allez tous rôtir éternellement si vous ne combattez pas sur le sentier d'Allah. Sur le passage de la Mercedes se découvrent les portraits de quelques autres excellences barbues appartenant à la même maison. Crin de patriarches sévères, austères, qui font penser à des postiches. La longueur des poils est devenue un nouveau système métrique qui étalonne la fidélité à l'ordre religieux.

La banlieue sud s'efface, remplacée par d'autres quartiers pareillement invisibles derrière les rideaux de pluie grise. On passe chez les sunnites, chez les druzes pour finalement aboutir chez les chrétiens, dans le quartier d'Achrafieh. Au bas de la rue Adis Ishac, au fond d'une cuvette vers laquelle plonge un réseau de ruelles étroites, tout près de l'Hôtel-Dieu de France, un grand hôpital d'où partent régulièrement des ambulances aux sirènes hurlantes comme à Los Angeles, l'Alexandre existe toujours. Il a traversé la guerre civile, survécu à la reconstruction de Beyrouth qui a multiplié les hôtels sur la façade maritime de la ville. Il vivote, un peu triste, incroyablement suranné si on le compare à ses concurrents flamboyants de la Corniche. Il y a toujours près de l'entrée un bouquet de palmiers efflanqués, qui jaillissent comme des geysers. À l'arrivée du taxi, un garçon se précipite avec un parapluie alors qu'il n'y a pas un demi-mètre à franchir entre le véhicule et l'auvent du bâtiment. Celui-ci a été refait à neuf depuis mon dernier passage, il y a quelques années, mais, à voir l'alignement des clés dans les casiers de la réception, il est à peu près vide. C'est parfait pour qui veut passer incognito.

Cinq minutes plus tard, je quitte déjà ma chambre pour suivre la rue qui grimpe en direction du boulevard Elias Sarkis. En prenant à droite, j'arrive place Sassine où la pluie fait une pause. Il n'est que neuf heures du soir mais personne ne se montre. La place, assez moche, assez triste une fois la nuit tombée, dessine une forme géométrique inconnue, ni rectangle, ni carré, ni parallélépipède, mais un peu tout à la fois. Le Chase est ouvert. Je m'installe en terrasse sous un grand dais qui dégouline. Peu de monde, un seul couple devant des glaces chocolat-vanille, deux garçons qui bâillent et, tout à côté, trois chauffeurs de taxi, assoupis à leur volant, mais qui n'ont pas renoncé à l'espoir d'une course.

Un whisky n'est pas un choix déraisonnable pour affronter la pluie et la mélancolie de Beyrouth. Une minute plus tard, un Black Label est devant moi, avec l'inévitable coupelle remplie à ras bord de fruits secs. La semaine dernière, dans un bar de Saint-Germain, il m'a fallu attendre un quart d'heure pour que le serveur daigne m'apercevoir et dix autres minutes pour qu'il vienne prendre la commande, en bougonnant des « ouais, ouais, j'arrive ». C'est la différence avec le Liban ; ici, on fait toujours diligence, aussi bien pour vous servir un verre que pour faire sauter un Premier ministre ou un président, comme celui qui me fait face. De profil, le visage stylisé de Bachir Gemayel, ombre striée de raies blanches, tourne sur un grand panneau publicitaire mobile qui occupe un coin de la place. On le reconnaît à sa moustache et à son nez d'aigle. Je commande un deuxième whisky dans l'espoir d'y puiser les forces dont j'aurai besoin les prochains jours et un troisième parce que je n'arrive pas à me décider à reprendre la direction de l'hôtel. Pour la première fois, j'ai peur de me retrouver dans une chambre vide avec le sentiment que la partie sera difficile à jouer et que je n'ai pas beaucoup d'atouts. Si j'échoue, ce sera fini pour elle.

Le lendemain matin, le sale temps est toujours là. Sans son légendaire ciel bleu, Beyrouth trempe dans des tons grisâtres qui ne lui vont guère. On dirait que la ville a changé de nature. Ce n'est plus une cité de mer mais une mégapole comme une autre, et l'on remarque encore davantage combien elle s'est abandonnée à l'anarchie immobilière. Sous les averses, l'entrelacs des petites rues du vieux quartier d'Achrafieh donne l'impression d'un labyrinthe frileux ou d'un ghetto en sursis en dépit de la circulation satanique qui paralyse le quartier, bloquant la place Sassine, remontant dans les ruelles les plus exiguës, débordant en direction du quartier arménien de Bordj Hammoud.

Je donne quelques coups de téléphone et obtiens un rendez-vous pour la fin de matinée.

L'homme veut que je vienne par mes propres moyens. Au volant d'une petite Toyota de location, qui me permet de passer à peu près inaperçu, je longe l'avenue de Paris, puis celle du Général de Gaulle qui suit le rivage. La pluie vient de reprendre. Elle est portée par un vent fort qui assombrit les vagues, les agite, les rend nerveuses comme mes mains quand je cherche sur la Toile de ses nouvelles. Mais rien, aucun signe de vie. Comme si elle s'était volatilisée après son entrée clandestine en Syrie ou n'avait jamais existé.

Je regarde un long moment la mer depuis la Corniche en sachant qu'elle n'apportera pas non plus de réponse. Si, habituellement, la Méditerranée à Beyrouth prend des allures de pavane, avec des mouvements un peu solennels, le staccato des rafales la fait danser aujourd'hui un petit menuet triste et frénétique.

Je délaisse le rivage par le boulevard Saed Salam qui conduit au palais de l'Unesco. La circulation est relativement fluide, ce qui me permet de m'assurer que je ne suis pas suivi. Comme le GPS m'est interdit pour des raisons de sécurité, j'ai encore besoin d'un petit quart d'heure pour trouver l'hôtel Cléopâtre.

On pourrait le croire abandonné mais, à l'entrée de la rue déserte, une voiture est arrêtée avec, à bord, deux hommes qui notent mon numéro d'immatriculation. En sortant de la Toyota, la pluie me cingle le visage en disant : enfin, en voilà un ! Ne le ratons pas.

L'hôtel a connu plusieurs vies. Celle d'aujourd'hui n'est sûrement pas la meilleure. Dans l'immense lobby, il fait presque froid et, sitôt poussée l'antique porte à tambour, une odeur, mélange d'humidité, de vieille poussière et de mauvaise aération, picote les narines. En face de la réception, l'assortiment de gros fauteuils et de canapés verdâtres a dû être livré pendant la Première Guerre mondiale. La moquette de couleur marron est encore plus ancienne et a eu beaucoup de chance de survivre aux brûlures de cigarettes. Tout le centre de la pièce est éclairé par une verrière sous laquelle s'étend un grand bassin à sec qui semble imiter un impluvium dans le Sahara et que traverse un pont arrondi japonais en faux marbre. Autour, des plantes luxuriantes en plastique partent à l'assaut du plafond dont les moulures en plâtre résistent plutôt bien. Le vieil employé de la réception, ombre affable en strict costume sombre, avec une cravate si serrée qu'elle ratatine son cou en trognon de pomme, prévient l'homme que je suis venu voir. En attendant de me laisser monter dans les étages, il m'invite à m'asseoir dans un des fauteuils qui s'avère si profond que je crois disparaître dans une trappe.

Après quelques minutes, un jeune type, en jeans et chemise rouge, avec une écharpe de la même couleur, vient me demander de le suivre jusqu'à un antique ascenseur qui nous conduit à un long couloir chichement éclairé. Il frappe plusieurs fois à la porte d'une suite avant de s'effacer pour me laisser entrer.

L'homme qui m'accueille, une cigarette à la main, s'appelle Élias. Pendant longtemps, il a appartenu au Parti communiste libanais avant de le quitter discrètement. Il aurait pu en grimper les échelons pour devenir l'un de ses dirigeants mais il n'a jamais voulu être un cadre de l'appareil, préférant la compagnie des combattants. Sa moustache totalement blanche, son crâne bien dégarni, ses rides profondes, ses bajoues et ses paupières lourdes, plissées par l'âge et le tabac, qui lui ferment à demi le regard, permettent de lui donner autour de soixante-dix ans. Dans la pénombre de la pièce, cela lui confère une bonne tête de cavalier mongol. De ses traits accusés percent l'énergie, la fermeté et la volonté, ce que confirme sa poignée de main. Mais l'âge a quand même pris le dessus, trop d'années pour le boulot que j'aimerais lui confier même si, dans ses yeux d'un bleu à la fois vif et profond, qui vaut son pesant de franchise, brille encore un vieil alcool ambré d'éternelle jeunesse.

Ses vêtements, une veste en toile claire sur une chemisette bleue à manches courtes et des jeans qui n'arrivent pas à contenir une imposante bedaine, tranchent avec le style habituel des politicards libanais, le plus souvent sévèrement cravatés et engoncés dans de stricts costards *made in* Paris ou London. Il m'invite à m'asseoir dans un fauteuil du salon qui dégage une banalité confortable, avec un joli désordre de journaux et de livres accumulés sur les tables, le sofa et la moquette. La suite pue la clope, presque naturellement, comme une écurie sent le fumier. Les volets de la pièce sont tirés, les lourdes tentures brunes aussi. Brun sur brun, la couleur des papiers peints, ton sur ton avec celle des fauteuils. Garçon, repeignez-moi donc cette pièce et vous y ajouterez encore un peu plus de tristesse pour coller à l'atmosphère de l'hôtel. Mais monsieur, la chambre est gaie : regardez, tous les meubles sont marron. La voix qui interrompt mon tour d'horizon est chaude des quelque 20 ou 30 000 cigarettes qui l'ont forgée et lui ont donné une exceptionnelle gravité.

« Asseyez-vous et bienvenue ! J'aurais aimé vous recevoir au bar de l'hôtel mais mes camarades ne veulent pas que je quitte ce maudit endroit.

– Depuis combien de temps vous vous planquez ici ?

– Plusieurs mois, mais je ne tiens pas à les compter. Les camarades se terrent loin de Beyrouth, à Paris ou Dubaï. Moi, j'ai fait le choix de demeurer coûte que coûte au Liban. Je ne sais pas encore combien de semaines je pourrai tenir sans sortir. Vous voulez boire quelque chose ? Nescafé ou scotch, c'est tout ce que je peux vous proposer. »

Comme il doit vider pas mal de flacons, ses whiskies sont des ersatz venus des tréfonds de l'Europe de l'Est. Il lui reste une bouteille bien entamée de Red Label que je désigne du doigt. Élias se lève pour la prendre sur une table roulante marron ou brune, la couleur n'est pas bien définie, où elle voisine avec des piles de journaux arabes. Il trouve deux grands verres propres avant de me verser une rasade si magistrale qu'elle aurait pu passer, devant nos tribunaux hygiénistes, pour une tentative d'assassinat. On allume ensuite des Chesterfield tirées de mon paquet pour alourdir encore un peu plus l'atmosphère de la pièce. C'est lui qui engage la conversaton. « Bachar veut transformer toutes les villes syriennes en de gros tas de cailloux. À peine avait-on commencé à aider les camarades syriens en leur trouvant quelques armes prises ici et là que les menaces ont commencé. C'est pourtant plus grand-chose, la gauche libanaise : les doigts d'une seule main moins ceux qui ont été broyés dans les salles de torture. Pourquoi vous êtes venu me voir ?

– Des copains à Paris m'ont dit que vous pourriez m'aider.

– Vous êtes de gauche ?

– Peut-être pas, non ! Je ne sais pas. Je ne m'intéresse pas beaucoup à la politique. Pourquoi ?

– Parce que la gauche française nous a laissés crever. Moi, j'ai été coco pendant un sacré bon bout de temps. Mais, à cette époque, quand vos putains de services me demandaient un coup de main parce qu'ils avaient encore déconné ou qu'ils étaient dans le brouillard, le coup de main, je le filais, même si ça heurtait pas mal mes convictions. Pourquoi, vous allez me dire ? Parce que. Parce que quoi ? Je ne vais pas répondre parce que la France, ça serait pas bien. Parce qu'elle fut une putain de puissance coloniale, la France, et qu'elle reste une ennemie de classe. Alors ? Parce que… Paris. Parce que le Quartier latin et le Père-Lachaise. Parce que Mai 68 et les barricades. Parce que la Sorbonne d'où je me suis fait virer.

Parce que les jolies jambes des filles – elles sont si belles, les jambes des Françaises – et leurs robes légères sur les terrasses du printemps qui laissent apercevoir leurs seins tout mignons. Parce que le petit blanc avec les rillettes et le café sur le zinc, le Jean Moulin et son chapeau, le Malraux qui lui disait « amène-toi au Panthéon et fais de la place à ceux qui ont parlé », le Miles Davis qui soufflait du soleil par l'embouchure de sa trompette et qui illuminait les caves de Saint-Germain, l'Antoine Vitez et le Jean Vilar qui faisaient voir du beau théâtre aux ouvriers, l'un, je sais plus dans quel ordre, qui leur disait que tous les bouquins leur appartenaient, et l'autre, que la poésie, c'est la liberté, et la Jane Seberg si touchante dans le film de Godard avec le Belmondo qui pissait sans vergogne dans le lavabo… Ce film, on devrait le projeter dans toutes les écoles libanaises, obligatoire, histoire d'apprendre à nos gosses la liberté. Ça me parlait, tout ça. Bon Dieu, qu'est-ce que ça me parlait !

– Et puis…

– Et puis, vous la savez, la suite. La merde au Liban a commencé. Il a fallu rentrer pour se battre avec les camarades. Sur tous les fronts. Aux côtés de la gauche et des nationalistes arabes, des Palestiniens et même des islamo-progressistes comme on disait, mais quelle connerie ce mot quand j'y pense. Contre les phalangistes, les Israéliens qui nous avaient envahis et assiégeaient Beyrouth en détruisant à peu près tout. C'est alors que les islamistes chiites sont apparus, tiens à peu près au même moment que votre Mitterrand est arrivé au pouvoir. Ils étaient commandés, armés et organisés par Khomeyni et ses copains. Ils avaient du fric pour tout acheter et ils nous ont liquidés les uns après les autres. Faut le savoir, tout ça ! Ce ne sont pas les Hébreux qui nous assassinaient, même s'ils se donnaient un mal de chien pour y arriver, mais nos camarades dans la lutte armée, les partisans de Dieu et de l'ordre noir. Comme pendant la guerre d'Espagne quand les staliniens assassinaient les camarades trotskistes et les anars qui auraient dû être leurs alliés contre Franco. Et le gouvernement français, socialiste ou pas, toute la gauche, même votre putain de Parti communiste, n'ont rien fait pour arrêter l'hécatombe. Rien de rien. Du coup, tous mes potes y sont passés. Dix-huit en tout, c'est pas rien dix-huit potes, vous ne croyez pas ! Si je ne pleure pas, c'est parce que ce serait des larmes de vinaigre. Et vous venez quand même me demander de vous aider ? »

Il s'est mis en colère, presque tranquillement. Cela ne l'empêche pas de me verser une nouvelle rasade qui équivaut à une récidive.

« Je ne travaille pas pour le gouvernement français, encore moins pour ses services.

– Mais vous avez bossé pour eux. Ou pour l'armée. Ça se voit, ça transpire dans vos gestes, la façon dont vous marchez, dont vous me regardez, dont vous tenez votre clope.

– C'est du passé. Disons que je me consacre maintenant à consoler ma fille à chacun de ses chagrins d'amour, dresser deux anglo-arabes, ainsi qu'à élever un petit vin produit par quelques arpents de vigne.

– Je m'en fous de vos canassons, c'est pour les riches. Les gosses, ça m'aurait plu d'en avoir mais je ne voulais pas faire des orphelins. Sans compter que je préfère le scotch à la vinasse. Dites plutôt ce que vous me voulez et jouez franco.

– Je viens régler une histoire. Et j'ai besoin de quelques gars fiables et costauds, vous en connaissez sûrement, pour m'aider à mener une opération qui pourrait sauver quelqu'un qui est dans une merde noire. Un détail : je paye cash. Un tiers avant l'opération, les deux tiers après.

– Ça ne colle pas avec votre histoire, celle d'un type qui ne s'occupe plus que de sa fille, des chagrins d'amour de la demoiselle, de ses bourrins et de son pinard. Vous bossez encore pour un service.

– Non, c'est fini, disons que je suis à mon compte.

– Et celui que vous voulez sauver, c'est un type bien ? »

Je n'arrive pas à lui répondre qu'il s'agit d'une jeune fille et me contente de hocher la tête. Élias dit qu'il va réféchir et me demande de revenir le voir demain. En attendant, on boit encore un peu.

Après quelques autres whiskies et plusieurs cigarettes, je retrouve la pluie et la rue totalement vide qui se met à trembler. Il me faut un petit moment pour comprendre que c'est moi qui chancelle et pas l'après-midi qui titube dans la grisaille. Je reprends la Toyota pour me perdre dans les artères à peu près désertes du quartier. Je finis par retrouver la Corniche avec la certitude de ne pas être suivi. Première bonne nouvelle depuis longtemps.

Alexandre

Londres, Portobello Road

J'ai menti à Paola, comme à chaque fois que la mission n'est pas trop urgente, pour venir profiter d'une dernière nuit à Portobello Road. Elle me croit en route ou déjà arrivé. Peut-être a-t-elle commencé à se faire du souci. Toutes les femmes de ma vie ont été étouffantes à l'heure des départs, comme si leurs bras avaient le pouvoir de calmer l'angoisse. Si elles ne l'avaient pas été, je crois que cela n'aurait rien changé, j'aurais quand même cherché à disparaître plus tôt. Rester à Paris n'est pas possible : je ne me vois pas débarquer avec des bagages dans un hôtel de la ville où j'habite. Les chefs de la Boîte trouveraient bizarres mes petites fugues. Comme ma mère vit à Londres, j'ai le prétexte d'aller la voir, c'est toujours bien d'embrasser une maman seule et vieillissante avant un départ et une mission incertaine. Et comme j'ai un statut de conseiller diplomatique détaché auprès de la Boîte, que je dépends en réalité du centre de crise et de soutien du Quai d'Orsay, ils ne peuvent guère s'y opposer.

Londres, c'est idéal : l'aller-retour est rapide et il n'y a que dans cette ville que l'on sache vraiment préparer des cocktails. Je fréquente le Bar Termini, sur Old Compton Street, le Zetter Townhouse sur Marylebone ou le Bar With No Name, au 69 Colebrooke Row. Dans ces établissements opère un maestro alchimiste du nom de Tony Conigliaro, personnage méphistophélique à barbe drue et lunettes noires, qui a passé une vingtaine d'années de sa vie à repousser les limites de ce que les pédants appellent la mixologie, en mariant les arômes les plus improbables. Pour parfaire ses compositions, il a fouillé les bibliothèques, fait appel à la science et s'est inspiré de la parfumerie. Au Zetter Townhouse, je prends en général un sour qui s'appelle, en français pour faire plus chic, Les Fleurs du mal, où l'absinthe rencontre le citron, bio évidemment, en compagnie de notes de rose et de poudre d'iris florentin. Ce genre de composition ultra-sophistiquée, dont certaines coûtent de quoi nourrir un village du Bangladesh pendant trois mois, je ne me l'offre qu'avant un départ. Une fois le cocktail avalé, je passe à une autre décoction, puis à une troisième. À la dixième, je ne sais plus exactement ce que je bois.

Si j'expliquais cette recherche de la mixture parfaite à des amis, ils penseraient que je cherche à noyer l'angoisse des départs. Une réflexion d'ignorants. Cela relève plutôt d'une sorte de quête métaphysique, d'une démarche existentielle que je prétends ne pas vouloir comprendre. Chaque décoction, une fois avalée, est une frontière que je laisse derrière moi. Je veux du chic, de l'ultra-chic, avant d'aborder le sauvage. Les cocktails sont la quintessence du vide, une rivière vide aux mille parfums, une parenthèse indéfinissable d'éternité qui ne dure que quelques secondes tant le précieux breuvage est confectionné dans la parcimonie, à peine les larmes d'un chagrin d'amour. Après la dernière gorgée avalée, le monde redevient barbare, tragique, effroyable.

Une fois posés sur le comptoir, les cocktails se métamorphosent en papillons exotiques qui traversent en virevoltant un espace dévasté, des ruines, des charniers, un univers corrompu et font oublier ce chaos puant en déployant, à l'envol du palais, leurs ailes aux couleurs chatoyantes. Plus la planète s'enlaidit – et ces dernières années elle le fait à grandes enjambées –, plus la beauté se réfugie dans l'instant, comme si la bouche en était le dernier calice. Les cocktails sont une exhortation à vivre, malgré la tragédie, les guerres et la mort. Dans leur superficialité, ils affirment la profondeur de l'éphémère. Et ils mettent en scène, comme le dit Faulkner dans une expression que j'aime bien, l'inimportance des choses. Mieux, ils me donnent envie de revenir vivant, intact, épargné de mes missions. Peut-être même ont-ils plus que Paola cette force d'attraction.

Depuis l'année dernière, je m'installe aussi pour boire du côté de Portobello Road. C'est assez loin de l'appartement où vit ma mère mais, dans les bars du quartier, les cocktails à base de gin sont fabuleux. Eric Blair, alias George Orwell, fréquentait ce coin qui existait déjà à son retour de Birmanie, peu après sa démission du poste d'assistant du superintendant de la police impériale indienne. Avec sa première femme, il habitait au 22. Une plaque bleue indique qu'il a bien vécu ici. Sa maison n'était sans doute pas aussi pimpante que ce qu'elle est devenue. À côté, sur Henrietta Street, vivait Victor Gollancz, son éditeur. Il a reconnu en Orwell un incomparable écrivain et l'a poussé à enquêter sur la condition de la classe ouvrière dans le Lancashire, du côté des mines de cuivre de Wigan, lui donnant l'occasion d'écrire un récit bouleversant sur la misère mais, pour des raisons politiques, il a refusé son *Hommage à la Catalogne*, et les deux hommes se sont brouillés. Visionnaire, Gollancz l'a été comme Orwell, et l'un des tout premiers intellectuels à prévoir dès 1942 l'extermination des juifs d'Europe par les nazis. Aujourd'hui, les cocktails les plus sophistiqués des bars du quartier portent le nom de certains des livres qu'il a publiés et ils sont sirotés par des filles superbes et des hommes trop bien habillés qui n'en liraient probablement pas la première ligne. Sans doute Orwell fréquentait-il l'American Bar, qui existe toujours et vient d'être refait à neuf. Combien valait à cette époque un *dram* d'un bon embouteillage de scotch ? Peut-être cent fois moins qu'aujourd'hui, où le prix d'une seule rasade de Gordon & Mac Phail Collection Ultras peut atteindre les 750 pounds.

L'écrivain aimait bien venir boire dans un pub après une journée d'écriture, même si le Gin Tonica Bar n'existait pas sous ce nom à son époque. C'était un café d'ouvriers. Dans *1984*, le héros n'a pas d'autre choix que le « gin de la Victoire » que fait distiller Big Brother, un breuvage imbuvable au goût de pétrole. Au Gin Tonica Bar, la carte est des plus sérieuses et recense plus d'une centaine de gins en provenance du monde entier. À chacun de mes passages, j'en essaye de nouveaux. Je termine par un negroni puissant où l'on marie, par la grâce du shaker, un gin de prunelle que l'on appelle sloe gin à un très bon whiskey irlandais.

Au retour de mission, l'opération est analogue. Après le débriefing, je m'arroge à nouveau un peu de temps, pris sur mes congés, sans rien dire à Paola. La destination, c'est Aberdeen, en Écosse. On y va aussi vite et facilement qu'à Londres – plusieurs vols par jour depuis Roissy. La ville est étendue, moche, maussade et offre peu à voir. Elle a de longues avenues cafardeuses, où, une bonne partie de l'année, une farandole de bises méchantes s'amuse à prendre en chasse les quelques touristes et les papiers des trottoirs. Les fish and chips sont à peine plus répugnants qu'ailleurs et la cathédrale serait à la rigueur élégante si elle n'était noire de suie au point de ressembler à un gros terril. Je vais m'installer à l'hôtel Altens, à l'extérieur de la ville, près d'une zone industrielle. La soirée, je la passe au Cask, dans le Merchant Quarter, tout près du port. Avec un choix de plus de 500 whiskies, il est le meilleur bar au monde. Il a aussi un bon fumoir où le Saint-Esprit cubain fait descendre du ciel quelques bons apôtres qui ont pour nom Robustos.

Le lendemain, avec ou sans gueule de bois, je pars à l'aube avec une bonne voiture, louée la veille, sur des petites routes désertes qui n'arrivent jamais à destination. Ne pouvant disparaître qu'une journée ou deux, je me retiens de pousser jusqu'à la côte Ouest, le pays des grands tourbillons. Sur l'île de Jura, il y a tout ce qu'il faut pour rendre un homme heureux : du whisky tourbé, les ondes d'un silence bienfaisant – ce singulier silence, propre aux pays de grands vents et qui miaule dans les oreilles –, du brouillard qui pénètre partout, emplit les poumons, la mémoire, protège des mauvais souvenirs quand ceux-ci vous recherchent mort ou vif, et, pour finir, toute la castagne de l'océan. C'est là qu'Orwell est venu rédiger *1984*, dans une vieille ferme du nom de Barnhill, complètement isolée.

Parfois, en m'approchant d'une île et après m'être enivré dans un bar du coin, je l'aperçois en chemise blanche, pochette et gilet, à travers la petite fenêtre de sa chambre, au premier étage de sa retraite aux murs de pierre avec un toit d'ardoises qui luit sous la pluie comme les nageoires d'une otarie. Il tape sur sa machine à écrire, le plus souvent allongé sur son lit métallique, avec un plaid sur les jambes pour se protéger du froid. Sous sa chambre, la cuisine d'où monte un peu de chaleur, des bruits de vaisselle, le babillement de Richard, son fils adoptif, dont il s'occupe beaucoup depuis qu'il a perdu sa femme quand le gamin avait dix mois, et les éclats des disputes entre sa sœur et l'intendante. Il fume du gros noir, un tabac épais, puissant, alors que ses poumons sont en loques, déchiquetés par la turberculose. Ces cigarettes, il continue de les rouler comme le faisaient les ouvriers qu'il a côtoyés. Il lui arrive de lever les yeux pour contempler la péninsule de Kintyre, aux collines hésitant entre l'ombre et la lumière et qu'il peut distinguer quand le brouillard se dissipe.

Certains jours, j'arrête la voiture pour aller renifler en chien de chasse la mer, la pluie, la brise qui couche les bruyères, courbe les grands arbres, rapporte un parfum de lointains, des fragrances de temps perdu, l'odeur tiède et douceâtre de la pièce qu'il rafraîchissait rarement, et où, dans un cocktail grossier, se mélangent tabac fort, vin rouge, l'âcreté du bois humide et la salinité apportée par l'océan.

En attendant de trouver un jour le temps d'aller à Barnhill, j'avale avec un appétit d'ogre des kilomètres le long de la North Coast 500, cherchant les petites routes, m'égarant chaque fois qu'il me reste un peu de temps du côté de Glencoe ou dans les étendues désolées des Cairngorm Mountains. Si je m'arrête, c'est pour boire dans les pubs tristes des rares villages ou m'enfoncer pendant des heures dans le fouillis profond des forêts et les landes traversées de spectres, cherchant les rafales d'une averse, un bon coup de flotte froide, brutal et imparable, le mordant d'une rafale de vent glacé qui casse les fougères trop hautes, fait tomber une grêle de feuilles mortes et craquer les branches, remonter le col du pardessus et se recroqueviller les oreilles.

Parfois, dans le ciel de cendre, là où filent les météores camouflés en oies sauvages, apparaissent quelques éclats d'intranquillité. Si l'apaisement est possible, c'est là qu'il se cache.

Daniel

Tripoli

Le kidnapping devra être mené à la vitesse de la lumière et sans pour autant attirer l'attention. Tout va se jouer en moins d'une minute. Cela relève un peu de la mission impossible mais Simon, un copain d'Élias, aussi laconique que celui-ci était bavard, assure que c'est jouable. Que faire si la fille se met à hurler sur le trottoir ? « Avec tous les voiles qu'elle a sur la figure, ça m'étonnerait qu'on l'entende », répond-il. Je devine pourtant qu'il n'en est pas si sûr que ça. On en discute en allant repérer les lieux où va se dérouler l'enlèvement.

En traversant Tripoli, je vois combien la ville a vieilli. Même si elle est toujours aussi bruyante, désordonnée, avec une circulation dure et brutale, qui avance lentement au son du klaxon, si la population des trottoirs est énervée et pressée, si les marchés sont des foires où l'on crie beaucoup pour vendre peu, elle ne bondit plus à l'appel de la vie comme avant. Elle est devenue triste et, en regardant depuis la forteresse Saint-Gilles, on dirait un immense gribouillis d'immeubles grisâtres d'où s'échappent les multiples coups de crayon des minarets et de quelques clochers. Ses rues se sont enlaidies, entassant, année après année, les constructions les unes sur les autres, et ses murs se sont ridés comme la peau d'un vieil éléphant. Les nombreuses pâtisseries, qui vendent les meilleurs gâteaux du Liban, ont toujours l'air de dames âgées mais plus vieilles encore que la dernière fois, et les cafétérias qui prospèrent un peu partout sont ostensiblement maquillées de plastiques criards et de panneaux aux couleurs trop vives pour faire jeune. C'est le linge qui sèche sur les balcons des immeubles pauvres qui donne aux quartiers populaires de petites notes de gaîté, tout en cachant les balafres de la guerre, celle d'hier et celle plus sporadique d'aujourd'hui, laquelle se fait entre deux quartiers, celui de Bab Al-Tebbaneh, acquis à l'insurrection syrienne, et celui de Jabal Mohsen, favorable à Bachar al-Assad. Sur la grande place An-Noor, un panneau proclame que « Dieu est la lumière du ciel et de la terre », ce qui n'a pas empêché l'armée libanaise d'y installer quelques blindés.

À l'entrée de la ville, des tours ont poussé et semblent se demander ce qu'elles font là. Même les plus luxueuses sont bordées de lopins d'ordures jetées derrière de frêles rideaux de bambous. C'est dans l'une d'elles, à l'intérieur d'un vaste appartement dont les grandes baies vitrées donnent sur la mer, que Simon m'a installé. L'avantage est que l'on s'y fait moins remarquer que dans un hôtel. J'attends, en fumant, en buvant et en trompant le temps devant une immense télévision, pendant que l'équipe se prépare.

J'ai tablé sur sept ou huit hommes mais Simon pense que c'est trop. Il a un bon argument : plus nous sommes nombreux, plus les risques que l'opération s'ébruite sont élevés. Et puis, il n'accorde sa confiance qu'à quelques très bons potes, ceux qui ont fait la guerre civile à ses côtés. Le sang versé demeure l'un des meilleurs ciments de l'amitié.

Nous utiliserons deux véhicules, aussi ordinaires que possible pour ne pas attirer l'attention. Pas besoin qu'ils soient rapides à cause de la circulation qui est souvent à l'arrêt. Ce que Simon et ses copains craignent par-dessus tout, c'est précisémment d'être coincés dans un monstrueux embouteillage, l'une des plaies de Tripoli. Et le quartier où nous interviendrons, avec ses rues étroites et ses petits trottoirs, se prête bien à ce genre de souci. C'est un sale endroit, une planque pour djihadistes plus ou moins rangés des voitures piégées, pour imams hystériques, pour trafiquants d'armes reconvertis dans l'import-export de tracteurs d'occasion et autres joyeux lurons, où, habituellement, ni les chrétiens, ni les chiites, ni même la police ne se risquent – quand il y a des troubles, c'est l'armée qui intervient.

Nous finissons par trouver deux itinéraires de dégagement. Mais le bon déroulement de l'opération reste très incertain. Or je n'ai pas droit à la moindre erreur.

Joan-Manuel

Frontière turque, désert de Badiya as-Sham

À quelques dizaines de mètres du muret, je leur fais de grands signes amicaux de la main. Les soldats turcs ne répondent pas. Ils sont descendus de leur véhicule et l'un d'eux, peut-être un sous-officier, me regarde avancer dans ses jumelles. Puis ils se mettent à crier et répondent à mes gestes par d'autres qui signifient : « Ne t'approche pas, va-t'en. » Je m'arrête, stupéfait, puis je reprends ma marche en leur criant en anglais : « Aidez-moi, aidez-moi. Je viens d'être libéré. Je suis français. Je suis espagnol. Je n'en peux plus. » Alors que je ne suis plus qu'à vingt mètres, ils arment leurs fusils et l'un d'eux tire en l'air une courte rafale. Les balles claquent dans l'air pétrifié avec une telle violence que je la ressens dans chacun de mes muscles. Mais je continue quand même à marcher dans leur direction jusqu'à ce qu'une autre rafale, toujours très courte, prenne pour cible le petit mur. Je comprends enfin ce qu'ils hurlent : *« Go, go, go back. No go or we shoot.* » L'un d'eux crie même : « *Kill you.* »

Mais je ne peux plus revenir en arrière. La peur qu'ils m'inspirent n'est en rien comparable à la terreur que j'ai laissée derrière moi. Alors, je continue d'avancer en dépit d'un autre tir de sommation, puis d'un autre, et encore un autre qui fait éclater une pierre devant moi. Ils ne peuvent pas me tuer, ils n'ont pas ce droit, ils veulent juste m'effrayer. Je ferme à moitié les yeux pour ne pas les voir, mais je ne peux m'empêcher de frissonner de peur.

Sans même m'en rendre compte, j'ai levé les bras. Les soldats turcs se sont approchés du muret, ils sont quatre, avec le même masque glacé qui crispe leurs traits lourds de paysans anatoliens. Je leur crie: « *Friend. I am friend. Call your officer. Call please.* » Ils ne répondent pas mais pointent toujours leurs fusils automatiques dans ma direction et je distingue leurs doigts sur la queue de détente. Sur leurs visages, je peux lire une expression de férocité, comme s'ils s'apprêtaient à me dévorer. La peur finit par s'imposer et je n'arrive plus à marcher dans leur direction.

Je ne suis plus qu'à dix mètres de la frontière. Ils ont décidé que je ne la franchirai pas. Ils ne me viseront sans doute pas mais me frapperont.

Je m'éloigne d'eux en suivant le muret, en direction de l'ouest. Trois d'entre eux m'accompagnent à pied, en se gardant de franchir la frontière, pendant que le quatrième retourne à la Jeep qui démarre peu après.

Nous marchons de part et d'autre du muret, tandis que nos ombres commencent à s'allonger. J'avance en boitillant, toujours en espérant que mes genoux ne vont pas me lâcher, eux, en traînant les pieds comme s'ils avaient des ampoules, et en courbant l'échine comme s'ils ployaient sous le joug invisible d'une autorité lointaine. Ils sont suivis par le bourdonnement de la Jeep dont le moteur s'emballe de temps à autre lorsque le chauffeur donne de brusques coups d'accélérateur. Bientôt, j'ai quelques mètres d'avance sur mes suiveurs, puis une vingtaine, mais ils n'abandonnent pas l'idée de me coller aux basques. Je sais qu'au bout d'un moment, nous arriverons à un endroit où commence le grillage qui matérialise la frontière et remplace le muret. Après, je ne pourrai plus la franchir, à moins de revenir sur mes pas. Mais ils seront encore là à m'attendre. Nous marchons un quart d'heure. Ensuite, faisant mine de céder et sans leur accorder un regard, je tourne les talons comme si j'avais décidé de retourner en Syrie, vers la ville des mille et une ténèbres.

Daniel

Tripoli

Lorsque Rana a été arrêtée, elle ne portait pas de niqab mais un simple foulard, noué très serré et qui ne laissait pas dépasser la moindre mèche de cheveux. Sur la vidéo de la BBC, j'ai pu voir un visage assez fin, quoique banal, si l'on excepte un nez pointu et de forts sourcils arqués. Les soldats libanais, qui l'ont appréhendée à Aarsal, une petite ville-frontière avec la Syrie, se tenaient à distance. Ils veillaient tout particulièrement à ne pas l'effleurer, on aurait dit qu'ils étaient sous le regard de Dieu. Elle a été libérée dans le cadre d'un échange de prisonnières, des épouses de chefs djihadistes contre des nonnes du monastère syrien de Maaloula capturées par des bandes islamistes. La plupart de ces femmes de djihadistes sont des répudiées ou des veuves de guerre. Certaines sont syriennes, d'autres irakiennes. Rana est de Baqouba, non loin de Bagdad. L'armée libanaise l'a interceptée alors qu'elle venait de franchir la frontière, sans doute avec le dessein de venir se cacher dans les bas-fonds de Tripoli. Elle n'était déjà pas grand-chose quand elle était femme d'un seigneur de la guerre sainte, qui l'a prise comme sa troisième ou quatrième épouse, avec un horizon qui allait de la cuisine à la chambre. Répudiée, elle n'est plus rien mais lui appartient toujours. Ce qui fait que si elle tombe entre les mains d'une milice chiite ou d'un groupe syrien pro-régime, elle va souffrir. C'était la femme d'un chef ennemi, une bonne raison pour la kidnapper, la violer, la battre, la torturer, par sadisme, par vengeance ou pour lui faire avouer ce qu'elle ne sait pas, et pour l'égorger en faisant en sorte qu'elle se sente lentement mourir.

Rana est en principe libre mais, avec les autres anciennes prisonnières, elle reste sous la protection, toute théorique, de l'armée libanaise qui lui a demandé de ne pas quitter la maison où elle a trouvé refuge. Elle a simplement l'autorisation de sortir deux fois par jour, à heure fixe. Ce qu'elle fait le matin et en fin d'après-midi. On peut alors la voir se glisser incognito dans la rue pour gagner l'épicerie voisine et en revenir une vingtaine de minutes plus tard avec quelques courses. On la reconnaît parce qu'elle est la plus menue des anciennes prisonnières et porte un sac Gucci qui n'est pas une imitation. Dans les jumelles, on ne peut plus voir son visage qu'elle a complètement muré. Je cherche à trouver ses yeux comme s'ils étaient la clé de l'énigme mais je n'y arrive pas.

« On ne va pas pouvoir garder encore longtemps la planque. Même en changeant à chaque fois de voiture et avec de nouvelles plaques. On risque de se faire repérer et là, on joue gros. Pas seulement à cause de l'armée. T'as vu que c'est aussi un sale quartier. »

La grosse voix de Simon me fait sursauter. Il a déjà allumé le moteur et la voiture a commencé de déboîter de la ligne où elle est stationnée depuis déjà une demi-heure.

« OK, on rentre.

– C'est demain qu'on tente le coup. Ou alors jamais. Tu dois te décider d'ici là. Nous, on est prêts. »

Pour la première fois, ce n'est pas moi qui organise une opération que j'ai décidée. Pire, je suis totalement dépendant de ceux qui y prennent part et qui, en plus, ne sont pas des professionnels. Simon est un garagiste de Borj Hammoud, le quartier arménien de Beyrouth. Il approche les cinquante-cinq ans mais ses biceps en font vingt de moins. Il affiche ses kilos en trop dans ses bajoues, ses trois ou quatre mentons et dans le gras de son nez, mais son ventre est plat comme la plaine russe. Il sent un peu la graisse, beaucoup l'essence et une odeur de désinfectant de station-service. Il traîne avec lui une tristesse existentielle qu'il essaye de planquer en lâchant des blagues un peu lourdes.

Ses trois copains, Tony, Samy et Michel, qui bossent ou trafiquent avec lui, sont tout aussi volontaires. À cause de l'argent mais pas seulement. Ils ont du respect pour Élias, pour le combattant qu'il a été, pour sa guerre contre ceux qu'ils appellent les Iraniens et qui ne sont pourtant pas moins libanais qu'eux. Tous les quatre sont plutôt du côté des phalangistes ou des Forces libanaises, et trente ans plus tôt ils se seraient battus à mort contre l'ancien chef de la branche militaire du Parti communiste libanais. Mais les lignes ont été bouleversées depuis la fin de la guerre civile, les étiquettes ont valsé et les identités confessionnelles sont revenues en force. La droite chrétienne, même la plus raide, les laïcs, fussent-ils athées, les libéraux et les anciens cocos sont désormais dans le même camp.

Simon et Tony me ramènent dans l'immeuble à l'entrée de Tripoli. En chemin, ils s'arrêtent pour m'acheter une pizza et des mezzés. Dans l'appartement, ils me laissent une bonne bouteille de whisky qu'ils ont apportée de Beyrouth. J'ai toute la nuit pour dialoguer avec elle et me décider.

Alexandre

Beyrouth

Je vais devoir attendre plusieurs jours, peut-être une petite semaine. Le réseau qui doit me permettre d'aller de l'autre côté, en Syrie, n'est pas encore prêt, la traversée de la frontière pas assez sécurisée. Le passeur est hésitant et il manque ici et là quelques relais.

Plutôt que d'attendre à Beyrouth en jouant à l'homme d'affaires, j'aurais pu rester au moins une journée de plus à Londres, aller déjeuner au Whitesheap, un pub que fréquentait Orwell, et retourner à l'Imperial War Museum où se tient une exposition sur le courage des gens ordinaires – les Anglais ont toujours des idées originales pour traiter de la guerre. Et revoir, pour la dixième fois, la galerie consacrée à la Shoah où figure le portrait du Bellâtre. Il se tient en bonne compagnie avec l'*Obergruppenführer* Reinhard Heydrich, Ernst Kaltenbrunner, Henrich Himmler, Joseph Goebbels, et, bien sûr, Adolf Eichmann, dont il fut l'un des proches collaborateurs.

Frédéric, une des *moustaches* de la Boîte à Beyrouth, passe me voir à l'hôtel. Ses informateurs libanais lui disent que l'itinéraire prévu est devenu compliqué à cause d'une offensive inattendue de l'armée syrienne le long de la frontière. « On ne peut pas prendre le moindre risque. T'imagines quelles seraient les conséquences si tu te fais gauler avec les rebelles. Le cauchemar que ce serait pour le service, la Boîte, le Quai et même l'Élysée.

– Et moi, je ne compte pas ? Ne te fatigue pas, on m'a déjà fait un grand dessin avant de partir. On m'a dit aussi à Paris que Homs risquait de tomber rapidement et qu'il ne fallait pas trop que je traîne en route.

– Des conneries. Ceux qui t'ont dit ça ne lisent pas mes rapports. L'armée syrienne pourrait prendre la ville mais en y laissant pas mal de plumes. Je crois que l'enjeu est ailleurs. Le régime veut d'abord écraser avec son artillerie tous les quartiers rebelles pour faire un exemple. Donc, il va les massacrer pendant un bon moment, en particulier celui où tu dois te rendre. C'est déjà ce qu'il fait depuis des semaines. Et quand la ville sera réduite à un champ de patates, il enverra son armée au sol exterminer les survivants. Donc, ton départ n'est pas urgent. Vaut mieux qu'on le prépare bien.

– Si on m'avait dit ça avant de partir, j'aurais demandé à rester un ou deux jours de plus à Londres plutôt que de traîner ici, au risque de me faire repérer.

– Depuis combien de temps ta vieille mère est-elle au bord de sa tombe ? Tu ne changeras jamais. Tu dois te douter que cela fait un moment que la Boîte ne croit plus à tes histoires. T'as de la chance de dépendre du Quai. Mais fais un peu gaffe : elle n'aime pas trop les coucheries et préfère les couples fidèles. Cela pourrait te jouer un tour, un jour ou l'autre. Elle est belle au moins, la raison de tes séjours à Londres ?

– I-nou-bli-able ! »

Joan-Manuel

Frontière turque, désert de Badiya as-Sham

La chaleur a baissé mais la soif reste une tourmente. L'impression d'avaler des cristaux de quartz à chaque déglutition, que la gorge va se déchirer et la langue gonfler au point d'éclater. Je finis par m'asseoir au pied d'une butte, incapable de marcher plus longtemps. De là, je regarde les soldats turcs en plissant les yeux. Ils m'observent dans leurs jumelles. J'essaye régulièrement de téléphoner avec le petit Samsung que mes anciens geôliers m'ont donné mais la communication n'aboutit toujours pas. Peut-être passera-t-elle en haut du monticule. J'attends de retrouver quelques forces pour me relever et rejoindre le petit sommet aplati, à quelques dizaines de mètres, dans l'espoir de capter le réseau turc.

Je repense à Jon. Qu'est-ce qu'il ferait à ma place ?

C'est lui qui m'a accueilli quand ils m'ont poussé dans la pièce des otages après m'avoir retiré mon bandeau. Il m'a tendu une main ferme et s'est présenté en disant simplement « Jon ». J'ai hésité quelques instants à croire ce que me montraient mes yeux. Ainsi, contre toute attente, il était vivant. Cela faisait plus d'un an qu'il avait disparu dans le nord de la Syrie et ses copains, comme ses employeurs, avaient fini par le croire mort, même si sa photo continuait à circuler. Mais il était bien là, méconnaissable à cause d'une immense barbe blonde et de sa camisole orange souillée, lui qui avait la réputation d'être toujours soigné, y compris au milieu des mêlées sanglantes de la guerre. J'étais heureux de découvrir qu'il avait survécu et, en même temps, abominablement désespéré parce que sa présence signifiait que ma captivité risquait d'être également longue.

Mais Jon ne se serait jamais trouvé dans la situation qui est la mienne. S'ils m'ont libéré, c'est parce que je suis le maillon faible du groupe, donc le télégraphiste idéal, celui qui va transmettre fidèlement leurs instructions. Lui, c'est le maillon fort. C'est pour cette raison qu'il encaisse autant. Parce qu'il est américain et représente la meilleure image de son pays, le beau gosse, grand, bien nourri et baraqué comme le joueur de basket qu'il a été, avec des yeux bleu ardoise, l'inévitable fossette à la pointe d'un menton carré, à présent cachée sous sa barbe sauvage, et un visage aux traits encore en devenir, d'une vigueur à peine affirmée, comme s'il n'avait pas tout à fait renoncé aux contours vaporeux de l'enfance. Séducteur sans le vouloir, entouré de jolies créatures qu'il feint de ne pas remarquer pour mieux les attirer, c'est comme cela que je l'imagine hors de la geôle, mi-Gary Cooper, mi-James Stewart, la dureté loyale du premier, l'élégance faussement nonchalante du second. Lorsque Mehdi le Cogneur ou les quatre Beatles l'emmenaient, ils n'arrivaient pas à briser le miroir ensanglanté mais toujours bleu de son regard où se reflétait ce qu'ils étaient, des égorgeurs, des rats d'égouts aux dents cruelles. Dans ses yeux, ils se voyaient nus, eux qui étaient d'une pudibonderie absurde, et, en dépit de leur quête de la rédemption sacrée, qui passait par le viol et l'assassinat au nom du djihad universel, ils restaient de minables petites frappes, des chevaliers pour salles de torture.

Est-ce la vérité ? Est-ce que je ne me trompe pas ? Peut-être que le reflet qu'ils distinguent dans son regard dit exactement le contraire, qu'il témoigne de leur toute-puissance, qu'il leur donne la certitude d'avoir gagné. La belle image de l'Amérique, ils la fracassent à volonté, la font ramper sous leurs coups jusqu'à décharner le corps musclé de leur victime et le faire ressembler à un épouvantail christique. Et il y a du bonheur dans leur façon d'exprimer leur haine. Pourtant, quoi qu'ils fassent, Jon reste le maillon fort, celui qu'ils n'ont pas réussi à fendre en deux pour faire naître un second Jon qui deviendrait l'ennemi du premier. Ils y sont parvenus avec la plupart des otages qui doivent vivre avec, enclos dans leur tête, leur meilleur ennemi, dont la lâcheté, les compromissions, les calculs misérables permettent la survie. L'amitié de Jon à mon égard était celle qu'un maillon fort se doit de donner au maillon faible. Mais elle s'est estompée le matin où ils nous ont obligés à réciter le Notre-Père.

Le souvenir de cette prière est si violent que, pour le fuir, je me dresse brutalement sur mes jambes en vacillant. Ma tension est sans doute trop faible. Mes jambes ont tangué même si les genoux se sont tenus tranquilles. Après un regard en arrière en direction des soldats turcs qui continuent à m'observer à travers leurs jumelles, je recommence à marcher en me concentrant sur chacun de mes pas. Mais ma mémoire ne cesse de me harceler.

Quelques minutes plus tard, j'ai atteint le sommet de la butte. Devant moi s'étire à perte de vue la frontière, ce muret de pierres noires qui paraît si facile à enjamber.

Mais la frontière est bien plus que ce mince trait d'ombre qui va durcir à mesure que la lumière du jour se retire : elle sépare ma vie en deux.

De ce côté-ci, c'est la vie d'hier, la vie de l'homme ancien, façonnée par une très vieille peur que j'ai emportée dans la Syrie des ténèbres, où je croyais pouvoir m'en débarrasser en la confrontant à la pure terreur, en me forçant à pénétrer dans la forêt épaisse de Birnam. De l'autre côté, m'attend la vie de demain, la vie qui ne commencera que lorsque j'aurai franchi le muret, dernière ligne de nuit sous l'enfer bleu du jour, et atteint la clairière. Alors pourra naître l'homme jeune, l'homme nouveau affranchi de toute frayeur, allégé du poids des angoisses, débarrassé de son ennemi intime, libéré de son âge et qui ne sera plus jamais le maillon faible.

Encore faut-il que je trouve le moyen de sauter par-dessus le muret. Il me faut attendre la venue de l'obscurité, qui sans doute obligera la patrouille turque à se retirer, si le soleil et la soif m'épargnent d'ici là et s'Il daigne s'occuper de moi, Lui qui coupe désormais ma prière dès que je la commence, si bien que je ne cherche plus à la réciter.

À condition aussi que cette autre ombre qui vient de trembler dans la brume de sable derrière moi ne soit pas une nouvelle menace. Elle est encore loin de la butte et je la distingue à peine tant la lumière écrase le paysage. Une voile noire sur les vagues de caillasses du désert. Elle avance lentement. Ce n'est sans doute pas un groupe de djihadistes. Ils ne viennent jamais par ici sans leurs Land Cruiser.

Daniel

Tripoli

Les copains d'Élias ont changé une nouvelle fois de voiture. Cette fois, c'est une camionnette passe-partout Nissan, bien sale et couleur olivâtre, qui vient de Syrie et dont ils ont remplacé la plaque d'immatriculation.

Il nous reste quelques heures à tuer avant le début de l'opération. En partageant avec moi d'innombrables cafés dans l'appartement, Simon se montre plus curieux que les jours précédents. « C'est toi qui as eu cette idée d'enlèvement ?

– Non, d'anciens copains en Irak.

– Ah! bon. Des Français?

– Non, des Irakiens.

– Des Irakiens ? Des types que tu connais bien…

– Je les ai connus il y a pas mal de temps quand j'étais officier de sécurité à l'ambassade de France.

– Tu ne l'es plus?

– Non, cela fait un bon moment que j'ai laissé tomber ce boulot.

– T'étais pas bien payé ?

– Si. Mais, un jour, du temps de Saddam Hussein, quelques années avant l'invasion américaine, j'ai eu une embrouille avec son fils Oudaï.

– Raconte ! Nous, au Liban, on adore tout ce qui touche les dictateurs arabes et leurs familles. Alors, Saddam, tu penses si on est preneurs. En plus, si c'est avec Oudaï, c'est forcément une histoire incroyable. Allez, tu nous la racontes… »

Le fils cadet du raïs était un psychopathe et un violeur en série. À force d'abuser des jeunes filles, toutes présumées vierges, certaines kidnappées par ses sbires en pleine rue, il s'est pris une rafale dans le ventre. La vengeance d'un père ou d'un frère plutôt qu'un attentat politique, comme le régime avait cherché à le faire croire. Il s'en est sorti mais diminué, provisoirement paralysé, et le docteur Martin, un chirurgien français, spécialisé dans les blessures de guerre et barbouze sur les bords, venait régulièrement à Bagdad s'occuper de lui. C'était un excellent toubib. Grâce à lui, Oudaï arrivait à quitter sa chaise roulante. C'était du temps de l'embargo international, décrété par l'ONU après l'invasion du Koweït, et l'Irak manquait de tout. C'est pourquoi le fils chéri du dictateur demandait à son bon docteur de lui faire ses courses à Paris avant de rejoindre Bagdad. Le chirurgien lui rapportait les meilleurs champagnes et des cognacs hors d'âge, de belles godasses anglaises et des fringues dignes d'être portées lors d'un bal à Buckingham. Oudaï voulait aussi des sous-vêtements chics, en particulier des slips en soie de chez Dior. Mais une fois, le docteur les a choisis trop petits ou trop grands, je ne sais plus, pour la quéquette de son patient. Cet impair a été considéré comme une atteinte à sa virilité et il n'en fallait pas davantage pour le mettre en colère. Pas possible de punir le chirurgien car il avait trop besoin de lui. Mais Oudaï se devait à tout prix de calmer ses nerfs. Avant d'être à moitié paralysé, il aurait demandé qu'on lui amène une jeune fille comme on livre une pizza. Mais l'attentat l'avait handicapé. Alors, il lui restait la *falaqa*, un supplice terrible où l'on fouette la plante des pieds de la victime et qu'il pratiquait sur ses collaborateurs quand il les estimait défaillants. Cette fois, c'était le tour du chef de l'équipe nationale de football. Le pauvre type venait de perdre un match décisif pour une quelconque qualification internationale et Oudaï, en sa qualité de directeur du Comité olympique irakien, avait de bonnes raisons de le châtier.

Les hurlements du footballeur, on les entendait jusque dans le salon style Versailles où j'attendais le docteur, le *hakim*, comme ses hôtes l'appelaient, et que j'avais dû accompagner jusqu'au palais comme à chacun de ses passages à Bagdad. Sans réfléchir, je suis parti en direction des cris, de plus en plus forts, poussant des portes, longeant des couloirs, avant d'arriver dans le bureau d'Oudaï. Ses gardes du corps se sont jetés sur moi mais j'ai pu voir le supplicié, attaché par des sangles sur une planche inclinée, les pieds en l'air et la tête en bas. C'était Oudaï en personne qui le frappait depuis sa chaise roulante. Quand je suis entré dans la pièce, il brandissait une canne en osier et s'apprêtait à la lever. Le chirurgien était planté dans un coin, pétrifié comme un crucifix. J'ai dû gueuler deux ou trois mots d'arabe et des injures en français qu'ils n'ont pas comprises. Ses sbires ne m'ont pas cogné mais m'ont ceinturé, ramené jusqu'à ma voiture dans l'enceinte du palais et m'ont demandé de déguerpir. Le docteur, lui, m'a fait la gueule et on ne s'est plus jamais revus. Quelques mois plus tard, j'ai été rappelé à Paris et on m'a servi une bonne leçon de morale. On m'a dit que j'avais failli griller une relation étroite avec le régime. J'ai écouté, je n'ai même pas cherché à protester et, le lendemain, j'ai démissionné.

« Tu veux dire que le *hakim* t'a reproché ton attitude et qu'il a tout balancé à tes chefs ? Et que t'as perdu ton job à cause du zob d'Oudaï, d'un slip en soie qui n'était pas à la hauteur de son outil ? » s'esclaffe le triste Simon, pour une fois hilare.

L'anecdote me vaut de progresser dans leur estime. Comme il reste encore une heure avant de descendre au garage et de monter dans la camionnette, ils me demandent de leur raconter d'autres histoires. Et, surtout, ils espèrent apprendre ce qui m'a conduit à Tripoli et à recourir à leurs services.

Alexandre

Beyrouth, la Corniche

Le beau temps est revenu. Le matin, je vais marcher face à la Méditerranée, jouant à l'homme d'affaires qui, avant ses rendez-vous de l'après-midi, prend l'air de la mer et la vitamine D du soleil. À midi, je retrouve le commandant Frédéric à la Querelle byzantine, un minuscule restaurant situé dans une petite rue paisible, à l'ombre d'un grand immeuble de la Corniche. La Moustache est un peu en avance, ce qui lui permet de vérifier depuis la salle du premier étage que je ne suis pas suivi. Il ne cache pas sa morosité : « Toujours aussi mauvaises, les nouvelles. Les bombardements sur Homs ne s'arrêtent jamais. Apparemment, Prométhée, notre homme là-bas, est à peu près en sécurité. Il crèche dans un dispensaire médical où il joue à l'infirmier. Mais il vient de nous faire savoir qu'il demandait son exfiltration en échange des documents.

– C'était prévisible, non ? La Boîte m'avait déjà laissé entendre que ce serait sans doute le prix à payer pour les récupérer. Ça va compliquer les choses mais c'est sans doute faisable. Il est comment, ce Prométhée ?

– On n'avait aucune fiche sur lui avant qu'il ne fasse défection. Mais c'est sans doute un mec bien. Un petit officier tranquille qui travaillait aux archives de la section diplomatique d'Amn al-Dawlat, tu sais, la Sécurité de l'État. Il a fini par être écœuré par Assad et sa clique. C'est pourquoi il a déserté et est parti avec des clés USB sur lesquelles on trouve des tas de cochonneries et de secrets d'alcôves enregistrés par son service. Tu te souviens de César ?

– J'ai travaillé sur son dossier. C'est pas tous les jours qu'un transfuge emporte dans sa fuite autant de photos de cadavres, tous morts sous la torture. Au total, 50 000 photos digitales, toutes plus abominables les unes que les autres.

– 50 000 ? Je ne me rappelais pas qu'il y en avait autant.

– 53 275, exactement. C'est un chiffre qu'on n'oublie pas quand on a fait partie de l'équipe qui a vérifié les documents. Et les photos ne provenaient pas de tous les centres de torture du régime. Seulement de quelques-uns. Au début, c'était dur à avaler. Plus on vérifiait, plus on faisait des cauchemars. Cela me rappelait d'autres images…

– T'en fais pas, Prométhée, c'est pas le même genre de beauté. Le sujet est plus léger, si on peut dire, carrément porno même, je parle des photos qu'il a emportées avec lui sur les clés USB. Si on l'appelle Prométhée, ce n'est pas par hasard. C'est lui aussi un voleur de feu. Les documents qu'il nous apporte sont du genre incandescent, en tout cas on l'espère.

– Les tueurs d'Assad sont sur sa piste ?

– Évidemment. Mais bon, ça, c'est pas trop grave. Il est en sécurité à Homs, sous réserve qu'une roquette ou une bombe ne le fracasse pas. Mais il y a un autre pisteur, c'est la mauvaise nouvelle que je voulais t'annoncer. On vient d'apprendre que les Américains sont sur le coup. Ils ont appris la fuite de Prométhée et veulent ce que nous voulons. On le sait parce qu'ils ont contacté une filière pour entrer dans la ville. Et comme il n'y en a pas trente-six, c'est la même que la nôtre. Tu vois le problème ?

– Une joint-venture avec eux n'est pas possible ?

– On n'est pas contre, répond Frédéric avec une grimace. On prend ce qui nous intéresse et on leur laisse le reste. Mais eux, pas question. Ils veulent tout, les Ricains. Tu sais bien que ce ne sont pas des mecs qui aiment le partage.

– Donc ?

– Donc tu risques de rencontrer en chemin le type qu'ils envoient.

– On sait qui c'est ?

– Pas encore. Probablement quelqu'un avec de la bouteille. Du coup, ta mission n'est plus exactement la même. Et ce qui m'inquiète, pareil pour nos chefs à Paris, c'est que ce n'est plus un boulot dans tes cordes. Non, ce n'est vraiment plus un job pour un petit marquis du Quai d'Orsay. Cela devient une opération SA, où il faudra peut-être montrer ses muscles. Toi, tu n'as pas les bonnes vaccinations. La Boîte n'aurait jamais dû t'envoyer.

– J'ai déjà bossé en Syrie.

– T'as fait quoi ? Un peu de renseignement à Damas, c'est-à-dire des relations publiques. Et de l'humanitaire. Ah ! Oui, t'as travaillé sur des libérations d'otages. Mais tu ne t'occupais que de la partie diplomatique ou des problèmes juridiques liés au versement de la rançon. C'est pas du tout le même boulot qui t'attend. Cette fois, tu seras en plein dans la fournaise, pas sur les bords, et tu devras te coltiner un gros balèze de la Centrale.

– Mais j'imagine qu'il est trop tard pour envoyer quelqu'un d'autre.

– Je vois bien que tu veux y aller et je me demande pourquoi. Ça te regarde, après tout. J'ai fait pression sur notre contact syrien et nos amis libanais pour que tu puisses partir demain ou après-demain. Si j'y arrive, on aura une petite avance sur nos bons amis américains.

– J'aurais quand même un flingue ?

– Pour tirer sur qui ? Tu seras en mission de reconnaissance humanitaire, n'oublie pas.

Joan-Manuel

Frontière turque, désert de Badiya as-Sham

La brume de chaleur agit comme un grand miroir où flottent des fantômes. Ils sont trois ou quatre. Leurs ombres très noires s'étirent en direction du ciel comme des cyprès. Il me semble distinguer aussi des vêtements plus clairs, peut-être ceux d'un homme.

Les soldats turcs ont aperçu les nouveaux arrivants qui passeront bientôt au pied de la petite colline s'ils ne changent pas de trajectoire. Ils les suivent attentivement à la jumelle et c'est comme si je n'existais plus.

Je ne les quitte pas non plus des yeux. À présent, je peux discerner une tache beige, celle de l'homme, et trois silhouettes de femmes noir vêtues.

Elles me font penser aux veuves du théâtre de Lorca et, l'instant d'après, à Jon. Il n'avait pas lu ses pièces mais il me demandait de lui raconter celles dont je me souvenais. Une fin d'après-midi, aussi étouffante que celle-ci, il m'a posé une question qui trahissait ses angoisses : « Est-ce que Federico pressentait qu'il allait mourir ? C'était un grand poète, il devait le savoir. »

Je ne voulais pas aller sur ce terrain et j'ai essayé de changer de conversation. Mais il a insisté : « *My very good friend*, tu me réponds et tu me dis la vérité.

– Je ne connais pas très bien sa vie.

– *Mentiras* ! Tu n'es pas bon dans cet exercice. Quelque chose me dit que tu le sais très bien.

– Je sais simplement ce qu'il a dit à son ami Rafael.

– Qu'est-ce qu'il lui a dit ?

– C'était quelques jours avant qu'il soit assassiné par les phalangistes au bord du ravin. Il s'apprêtait à regagner Grenade.

– Raconte ! Vas-y, raconte-moi ce qu'il lui a dit.

– *Me voy a Granada y que sea lo que Dios quiera*. Tu as compris ?

– Évidemment : je vais à Grenade et qu'il advienne ce que Dieu voudra. Est-ce que tu sais s'il avait peur de mourir ?

– Oui, terriblement.

– Alors, pourquoi est-il revenu à Grenade ? Tu m'as dit qu'il était à Madrid, puis à la campagne. Il y était certainement plus en sécurité.

– Peut-être qu'il pensait disposer de suffisamment d'amis haut placés du côté franquiste pour le protéger. Un grand poète peut être un grand naïf.

– C'est sûrement vrai. Même quelqu'un qui a couru après les guerres peut l'être aussi. Je ne m'attendais pas à ce que les combattants avec lesquels je suis parti me vendent aux djihadistes comme un mouton. Pour quelques centaines de dollars. »

Je me suis dépêché de parler d'autre chose. Ce n'était pas trop difficile. Outre la musique, Jon aimait bien parler de trois sujets, de photographie, bien sûr, de littérature, en particulier de poésie, et des jeunes filles.

Les jeunes filles, il les collectionnait, et comme il tirait un peu de vanité de sa bonne fortune, l'un de ses rares défauts, il me les présentait. Du fait de ses nombreux voyages, il lui arrivait d'avoir jusqu'à six ou sept amantes – il n'aimait pas dire le mot maîtresse ni copine – en même temps. Sa dernière conquête, il y tenait beaucoup. C'était une belle Américaine du nom de Naïma, blonde, toute blonde, une vraie blonde même, à ce qu'il prétendait, avec des yeux verts, qui travaillait dans l'humanitaire et l'avait rejoint dans la région. Elle s'était engagée auprès d'une ONG basée le long de la frontière turco-syrienne. Il s'est souvent demandé pendant combien de temps elle lui resterait fidèle, ce qui donnait lieu à de longs débats entre nous.

La mystérieuse Américaine de Jon me trouble aujourd'hui encore. Je pense l'avoir rencontrée à plusieurs reprises sans en être vraiment sûr. J'espère qu'il ne s'agit que d'un des multiples tours que me joue mon imagination.

Mon attention s'est reportée vers les voiles noires qui se sont rapprochées de la frontière turque. Sur l'immense patinoire fauve du désert, elles glissent plus vite que je le croyais. D'ici dix minutes, elles arriveront, précédées par l'homme qui semble être leur guide, au pied de la colline. Après, les soldats turcs les empêcheront sûrement de franchir le muret. Peut-être qu'en profitant de cette diversion, j'arriverai à me faufiler dans leur dos.

Daniel

Tripoli

Simon et ses potes continuent d'insister pour que je leur raconte ce qui m'a amené à solliciter leur aide par l'intermédiaire d'Élias. Comme il est difficile d'envoyer balader des gars qui risquent leur vie pour vous, même si ce n'est pas gratuit, je finis par leur dévoiler le marché passé avec les djihadistes de Bagdad par l'intermédiaire de Hachem, mon contact du CTK. Car ce sont eux qui m'ont suggéré l'échange des prisonnières.

« Comme ça, t'es allé au rendez-vous dans un coin pourri de Bagdad et t'es monté, les yeux bandés et les mains ligotées, dans le coffre de leur voiture. T'es frappé, complètement frappé ! Tu ne crevais pas de trouille ?

– Je n'ai jamais eu aussi peur. Je crois qu'avant d'y aller, j'ai bouché les chiottes. Mais pas d'autre choix. Le trajet a duré au moins une heure. Impossible de savoir où ils m'emmenaient. Ils ont sûrement fait beaucoup de détours pour éviter des barrages. Au début, ce n'était pas trop inconfortable. La route était goudronnée. Ensuite, sur les chemins défoncés, c'est devenu beaucoup plus dur, le type au volant conduisait comme un vrai sauvage.

– Après ?

– On a fini par arriver dans la cour d'un bâtiment. Je ne sais pas où exactement. Peut-être dans un village près de Samarra ou de Falloudja. Ils m'ont sorti du coffre et m'ont conduit dans une grande pièce, une sorte de mosquée. Ils m'ont retiré mon bandeau mais mes mains sont restées attachées et ils m'ont empêché de m'asseoir. Puis trois types sont arrivés. Deux étaient des cheikhs et je connaissais le troisième. Il avait fait partie de Amn al-Amn, la Sécurité de la sécurité, qui était le pire des services secrets du temps de Saddam Hussein. On avait chassé ensemble quand la France était cul et chemise avec le régime irakien. Hachem, mon contact du CTK à Bagdad, était en lien avec lui pour des questions d'échange de prisonniers et c'est comme ça qu'il a pu organiser le rendez-vous. C'est un sale mec, un monstre capable de violer une gamine devant son père pour le faire parler. Mais c'était lui le garant de ma sécurité. Sans ce gros salaud, j'étais cuit. Les religieux, d'après ce que je comprenais, me voyaient comme un espion à la solde des juifs, des Américains et des Iraniens, rien que ça, et ils voulaient m'envoyer direct à la salle de torture. Ils se sont engueulés tous les trois un moment mais les *akhound* n'étaient que des religieux de second rang. Ils ne faisaient pas le poids et sont partis en braillant. Je n'ai commencé à respirer que quand l'ancienne barbouze de Saddam a défait mes liens et m'a serré la main avant de me demander pour quel otage j'étais venu. »

Simon et les trois autres sont suspendus à mes lèvres. Mais je ne veux pas leur dire toute la vérité. Je regarde ma montre pour leur signifier que l'heure de partir approche, ce qui ne suffit pas à les faire bouger. Alors je leur parle du tortionnaire et de nos parties de chasse du côté de Hilla : « Je savais que c'était un putain d'écraseur de couilles. Mais après quelques sangliers chassés ensemble, puis deux ou trois bonnes bouteilles de scotch, j'aurais pu lui donner ma fille à garder et me tirer pendant des mois. Il aurait passé ses journées à jouer à la poupée avec elle et préféré se faire découper en rondelles plutôt qu'elle se fasse une égratignure.

– Mais pour eux, quel est l'intérêt de cet échange d'otages ? demande Samy, l'un des trois potes de Simon.

– Ils veulent récupérer coûte que coûte Rana. Même si elle n'est plus l'épouse d'Abou Moussab al-Daghestani, ils ne veulent pas la laisser traîner au Liban, pays qu'ils considèrent comme un territoire ennemi. Et comme elle ne veut pas revenir, j'organise pour eux le kidnapping. »

Simon n'arrive pas à cacher une grimace de dégoût.

« C'est gonflé quand même ce que tu nous demandes de faire ! On ne sait pas ce qu'elle va devenir une fois qu'ils l'auront récupérée. Peut-être qu'ils vont l'égorger. Et ça ne me plaît pas qu'on égorge une femme, même un sac-poubelle.

– Je ne crois pas. Personne ne l'a touchée ni même effleurée et, d'après ce que je sais, elle n'a rien balancé. Mais il n'est pas exclu que le Hezbollah et les Américains tournent un jour ou l'autre un peu trop près autour de sa petite personne. Elle a été quand même la bonne femme d'al-Daghestani. C'est pour ça aussi qu'ils la veulent. »

Simon cherche aussi à savoir à qui profitera l'échange. Je tente un mensonge, « le fils d'un de mes meilleurs copains », mais je ne suis pas sûr de l'avoir convaincu. Il a sur les lèvres une autre question mais Tony, le chauffeur de l'opération, vient de donner le signal du départ : « C'est l'heure du ramassage du sac-poubelle. »

Samy et lui partent en vitesse chercher la camionnette et la voiture d'accompagnement dans laquelle je m'engouffre quelques minutes plus tard. Auparavant, j'ai glissé sous ma chemise une arme que je connais bien, un Glock 17, un joli 9 mm, fiable, léger, peu bruyant, au canon non fileté, avec, dans son petit ventre d'acier noir, la capacité de tirer dix-sept coups. Le pistolet accuse une bonne trentaine d'années et a dû servir pendant la guerre du Liban. L'usure est uniforme, signe d'une bonne longévité. Sa crosse est froide mais, en la serrant fort, elle devient tiède comme le cou d'un chat. Elle ne réchauffe pas que la main mais aussi tout ce qui s'est réveillé aux quatre coins de la nuit intérieure, le ventre, le cœur, les entrailles, et qui ont brusquement froid quand commence l'opération. La serrer fort et longtemps finit même par donner un sentiment de volupté. Elle ne se contente pas de remplacer une rasade de gnole dans le creux de l'estomac. Bon Dieu, elle fait beaucoup mieux.

Alexandre

Baalbek

Un taxi vient me chercher à l'hôtel à dix heures du matin. Les embarras de la circulation ne sont pas terminés et il nous faut une heure pour gagner un de ces quartiers de la ville où les étrangers ne vont jamais, et pas davantage ceux qui se prennent pour de vrais Beyrouthins. Nous longeons des rues et des ruelles étroites, profondes, encore des rues, et une multitude de boutiques à la peinture craquelée par le soleil où l'on vend de tout. Il y a du monde sur les trottoirs, les hommes ont l'air fatigué, les femmes font les courses avec de gros cabas, les jeunes filles se tiennent par la main, mais on ne retrouve plus les mêmes passantes que sur la Corniche, les robes légères ont disparu, les chemisiers aussi, et n'étant plus capturées par la lumière belle et drue du matin, les couleurs ont fondu, remplacées par une masse informe. Des manteaux ternes et sombres, certains épais et longs au point de balayer le sol, cachent tout ce que l'autre Beyrouth dévoile, même si certaines adolescentes du quartier trichent avec la bienséance en soulignant leurs fesses avec des jeans aussi ajustés que leurs foulards.

Le chauffeur du taxi me dépose dans l'arrière-cour en terre battue d'un garage sans que j'échange un seul mot avec lui. Au pied d'un combi Volkswagen passablement décati, un grand homme maigre, avec des petites épaules, une tête blafarde, des cheveux luisants comme du beurre au soleil, des joues creuses et mal rasées et une bouche de travers, comme si elle avait reçu un bon coup de latte, se donne du mal pour paraître aimable. Il vocifère comme un damné dans son portable et désigne son véhicule en tordant son menton.

J'essaye les sièges ramollis du véhicule avant de choisir une place sur la banquette placée derrière le chauffeur. Celui-ci n'est visiblement pas pressé et continue sa conversation au téléphone. Tout en braillant, il réussit à allumer une cigarette.

Pour une fois, l'improvisation pèse sur la mission. Normalement, toutes les opérations sont méthodiquement organisées. Les libérations d'otages demandent des mois de préparation, des allers et retours à n'en plus finir, des réunions qui se succèdent les unes aux autres. Cette fois, c'est différent. C'est une opération du centre de crise du Quai d'Orsay avec le soutien logistique de la Boîte. Pas question qu'une barbouze se pointe sur le terrain. Il y aura peut-être du linge sale à laver et nous préférons le faire en famille.

Le chauffeur finit par grimper derrière son volant. Il fait ronfler son moteur jusqu'à ce que la cour soit immergée dans une mare de fumée âcre et noire. Après avoir encore crié un bon moment dans son téléphone, il consent à démarrer.

Nous ne sommes pas encore sortis de Beyrouth qu'il écrase à la fois l'accélérateur et l'avertisseur, en particulier quand il dépasse sur des kilomètres les files de voitures coincées dans les embouteillages de la périphérie, ou quand il emprunte les trottoirs et les bas-côtés, forçant les femmes accablées de sacs et de bébés à se plaquer contre les murs. Il hurle toujours dans son portable, ce qui me convainc de changer de place, tout en injuriant les autres automobilistes. Mais il traque aussi tous ceux qui attendent un autobus sur le bord de la route, s'arrêtant brutalement pour leur crier de monter en leur proposant un meilleur prix. Ce n'est pas prévu dans l'arrangement que la Boîte a conclu mais je ne tiens pas à chicaner avec lui.

La route de la Bekaa, je l'ai déjà faite à plusieurs reprises. La dernière fois, c'était avec Paola, il y a quelques années.

Pour nos premières vacances ensemble, nous voulions nous la jouer romantique. À cause de mon statut de diplomate, je n'étais pas autorisé, même hors service, à m'éloigner de Beyrouth. Raisons de sécurité, l'éternelle rengaine du Quai. Nous sommes tout de même allés à Baalbek visiter les plus belles ruines romaines de la région mais nous n'avons pas envoyé de cartes postales.

Nous sommes partis dans un joli coupé Mercedes, la capote baissée et les cheveux au vent en dépit des ardeurs du soleil. Paola a dénoué les siens et ses boucles tombaient sur ses épaules nues ; elle portait une délicieuse minijupe qui, une fois assise sur le cuir brûlant de la voiture, remontait tout en haut de ses cuisses brunies et laissait entrevoir l'éclair blanc de sa culotte. Nous avons dormi face aux ruines, à l'hôtel Palmyra, vieux palace aux murs usés, au charme fatigué, flétri par les années, celles de la guerre et celles de la paix, où les pierres étaient, comme les domestiques, rhumatisantes, et où les marches de l'escalier craquaient comme les phalanges du maître d'hôtel qui tenait son rang depuis soixante-quinze ans. Des dessins de Cocteau conduisaient au bar avec ses tabourets bleu outremer où s'étaient perchées Ella Fitzgerald, Joan Baez et Nina Simone qui avait pris une cuite dont le personnel parle encore.

Sur le chemin de notre chambre nous faisaient escorte des meubles en acajou, des tapis persans sans âge et des marbres antiques. L'établissement avait vu le jour en 1874 mais le personnel était un peu plus jeune et nous traitait avec un dévouement comparable à celui qu'il avait témoigné en leur temps au général de Gaulle, au chah d'Iran, à Mustapha Kemal et à l'empereur d'Éthiopie. Dans la chambre, il faisait une chaleur de hammam. Pas d'air conditionné et les ventilateurs s'épuisaient à faire danser l'âcre poussière du temps. Pas même d'eau fraîche en l'absence d'un minibar. Et pas question d'ouvrir la fenêtre.

Car Paola criait très fort en faisant l'amour et je prétendais que ses performances sonores allaient nous attirer la brigade de répression du vice du parti divin qui administrait la ville et se ferait fort de la calmer avec quelques bons coups de fouet. Aussi, les portraits surannés des murs, qui représentaient des personnages enturbannés et embusqués derrière d'épaisses moustaches courbées comme des cimeterres, voyaient nos épidermes se convertir en flaques de sueur huileuse sur lesquelles je dérapais comme une formule 1 sur le circuit de Monza. L'air de la pièce sentait le moisi, la fragrance épicée et un peu écœurante de la nudité en combustion, une note de mon eau de toilette, les arpèges de son parfum Chanel, et rapidement une odeur puissante de vase suintait de mes aisselles, grimpait jusqu'au plafond et, en passant devant ses fines narines d'Italienne des beaux quartiers, lui donnait des haut-le-cœur. Les ruines en contrebas de l'hôtel, aperçues depuis le lit, ruisselaient d'argent sous la pleine lune. Celle-ci caressait de sa paume rêche le temple de Bacchus, les longues colonnes du théâtre, le cou, les seins et les fesses de Paola et faisait luire les rigoles nées de notre transpiration. Nous dégoulinions comme des gouttières percées au point d'inonder le matelas devenu une grosse éponge que l'on traversait à gué pour gagner la salle de bains où l'eau était plus tiède qu'une pluie des tropiques. C'était bien des vacances follement romantiques.

Tout était romantique à Baalbek mais, déjà, se multipliaient un peu partout ces horribles constructions en ciment qui endeuillent les villages et les paysages le long de la route depuis Beyrouth.

Par la fenêtre du minibus, je peux voir qu'elles ont encore proliféré et gagné des hauteurs, des collines, parfois le sommet des montagnes. Elles donnent l'impression que le monde arabe – c'est vrai pour le Liban comme pour les autres pays de la région – a renoncé à la beauté. L'éminent professeur Jacques Berque, dont j'ai suivi il y a bien longtemps les dernières conférences, disait déjà quelque chose comme ça. Peut-être que la guerre commence quand on s'habitue à l'enlaidissement du monde.

Le combi Volkswagen arrive à Baalbek où descendent quelques passagères strictement voilées ramassées sur la route. Elles empruntent la rue qui conduit à l'hôtel Palmyra, celle que nous avons prise à vive allure avec le coupé décapoté et l'insouciance amoureuse qui faisait danser l'aiguille du compteur. Les souvenirs idéalisés se reforment très vite. On regardait la belle époque de l'amour balbutiant avec le même émerveillement que devant un bébé qui accomplit ses premiers pas.

Mais, une nuit, la seconde que nous passions à l'hôtel Palmyra, il a fait son apparition. Était-il un fantôme, une ombre, un spectre ? Comment le nommer ? Peut-être le passager clandestin. Après tout, c'est ainsi qu'il m'est apparu à Damas, la première fois. Cette fois-ci, il a surgi dans la chambre étouffante alors que j'ouvrais la fenêtre, tout de suite après l'amour, et il s'y est immiscé en même temps que la vague fraîcheur apportée par la tombée brutale du soir. J'ai su l'instant précis où il était entré : la nuit avait mauvaise haleine.

Peut-être que je me joue la comédie, celle du voyageur ayant cherché tout l'après-midi son chemin dans la houle des hautes collines de la Bekaa et qui découvre qu'il y a quelqu'un dans sa tête, quelqu'un qui ne le quitte jamais, qu'il n'a pas réussi à semer, quelqu'un qui le regarde se perdre sur les routes de montagne et faire l'amour à la lumière de la lune.

C'est romantique de croire que l'on porte en soi la perpétuelle douleur du temps qui ne passe pas et de la culpabilité. Peut-être ce mensonge permet-il d'entrevoir la vérité ? Le décor du Palmyra, en emmêlant les époques romaine, arabe, ottomane, française et libanaise, raconte lui aussi une histoire trompeuse mais authentique.

Depuis des années, je feignais de l'avoir oublié, je faisais semblant de vivre sans lui, comme s'il n'habitait plus que de lointains arpents de ma mémoire. S'il est apparu ce soir, après le dîner trop pesant, accompagné des vins rouges libanais puissants comme des tirs d'artillerie, s'il s'est glissé dans notre chambre, apportant avec lui des remugles aigres de charniers, c'est parce je suis allé le ressusciter d'entre les spectres et que je l'ai ramené parmi nous.

Le lendemain de notre arrivée à Baalbek, Paola et moi sommes partis pour visiter les ruines ommeyyades d'Anjar qui se dressent non loin de cette petite ville. Nous avons eu très soif et sommes allés chercher un joli coin du côté de la bourgade de Zahlé, si possible un petit café typique, avec une tonnelle accueillante, de la vigne vierge, au bord d'une rivière pas trop à sec, où le patron servirait de l'arak *baladi* fait maison, quelque chose de romantique pour le dandy arrogant et sa nymphette à la page. Mais, faute d'avoir trouvé ce havre idyllique, nous nous sommes laissé entraîner par un chemin défoncé sur lequel des camions avaient creusé des ornières profondes. Ce chemin partait on ne sait où. Très vite, Paola s'est montrée nerveuse : « Fais demi-tour. S'il te plaît, fais demi-tour. » J'ai continué à rouler plein pot dans la lumière déclinante qui auréolait la brume de poussière que le coupé laissait derrière nous. Nous sommes arrivés près d'un ensemble de lourds hangars sinistres, chacun d'eux fermé par de gros cadenas. Auparavant, les couleurs qui flottaient sur ces lieux que les Libanais, du moins ceux qui connaissaient son existence, appellent l'Entrepôt d'oignons, étaient celles de la Syrie.

Anjar est un drôle d'endroit. Il désigne trois lieux sous un même nom, des vestiges ommeyyades, l'un des plus beaux sites du Liban, une petite agglomération arménienne, construite autour des ruines par des rescapés du génocide turc et blottie au pied d'une église orthodoxe, et une ville musulmane sunnite plutôt rigoriste, ces deux localités se tenant à distance l'une de l'autre, séparées par la route qui mène à Damas.

Au Quai, l'une de mes premières occupations a été de travailler sur les disparitions de plusieurs ressortissants franco-libanais pendant la guerre civile, la plupart imputées aux services secrets de Damas. Après le départ de l'armée syrienne du Liban, en 2005, on m'a donc envoyé à Anjar pour une enquête de routine, une des premières missions mixtes que je menais à la charnière de la diplomatie et du sécuritaire. L'Entrepôt d'oignons abritait le quartier général et le centre de détention des services de sécurité syriens au Liban jusqu'à ce qu'ils se replient en Syrie. Des gens du coin avaient forcément collaboré avec eux pour gagner quelques sous, peut-être avaient-ils été en contact avec ceux dont nous étions sans nouvelles. Je ne devais pas pour autant, ordre de mes supérieurs, m'approcher de l'Entrepôt. C'est donc le hasard qui a voulu que je m'y retrouve quelques années plus tard, pendant ce bel été en compagnie de Paola, dont je sentais à présent monter l'angoisse. « Mais qu'est-ce que l'on fait ici ? C'est sinistre à faire peur. Ne me dis pas que tu vas t'arrêter ? »

Je suis descendu de la voiture pour longer le premier hangar. J'ai trouvé l'entrée, je suis revenu chercher une manivelle dans le coffre et j'ai tenté de forcer le cadenas, malgré les supplications de Paola. C'était totalement idiot mais je voulais savoir. Peut-être, dans ce bâtiment, trouverais-je la pièce où officiait celui qu'on surnommait Nabi Youssef, le Prophète Joseph.

Tous les Libanais arrêtés par les services secrets syriens sont passés par Anjar avant d'être transférés en Syrie, dans les prisons damnées de Tammouz, Sebnaya, Kfar Souseh et tant d'autres, et, pour la plupart, ne sont jamais revenus. Tous ont été accueillis par Nabi Youssef.

Nabi Youssef a passé vingt-cinq ans à l'Entrepôt d'oignons, où il a commencé sous-officier et fini général. C'est lui qui conduisait les interrogatoires. Une fois le prisonnier poussé dans son bureau, les gardes lui intimaient de quitter ses chaussures. Quand il se redressait, c'était pour rencontrer son regard. Il se tenait debout, grand, puissant, suintant la cruauté par tous les pores de sa peau, par tous les poils de sa barbe noire puis poivre et sel. Quand il le voyait s'approcher, le prisonnier savait que ce qui l'attendait serait terrible.

Sans prononcer un seul mot, Nabi Youssef tournait autour de sa proie. L'instant suivant, il lui assenait un coup terrible de karaté à la figure. Si le prisonnier n'était pas projeté à plusieurs mètres, il recommençait. C'était sa façon de souhaiter la bienvenue à ceux qui entraient en enfer. Le pire venait après. Nabi Youssef aimait battre les gens, composer avec les tortures un menu et en faire son après-midi ou sa grasse matinée, et, parfois, les tuer lentement. Il avait toute liberté pour le faire.

Nabi Youssef, mais je préfère l'appeler le Prophète Joseph, nom qui nous est plus familier, a été à bonne école. Il a eu le meilleur des maîtres en la personne d'Abou Hossein, alias Aloïs Brunner, dit encore le Bellâtre. C'est ce professeur, l'homme qui a instruit le Prophète Joseph des supplices les plus cruels, comme la chaise allemande, le planeur ou le parachute, c'est cet homme qui est entré dans la chambre de l'hôtel Palmyra quand j'ai ouvert la fenêtre, au moment où Paola exigeait : « Viens te recoucher. Tout de suite. Dépêche-toi ! Tu regarderas tes ruines demain. Et laisse bien la fenêtre grande ouverte, qu'on puisse respirer. »

Le Bellâtre était avec nous, là, dans notre chambre. Il partageait notre intimité. Ses ondes gravitaient dans la pièce et recouvraient celles du bien-être que le cerveau éprouve après l'amour. Le pire, c'était son odeur, celle d'une cave où pourrissent des ordures, d'une bouche aux dents avariées, d'un gros rat sortant des égouts. Elle était plus insistante que le parfum et la lotion de toilette, que l'odeur du marigot qu'était devenue notre chambre, que celle du sexe et des draps trempés. Elle était fétide et forte, et il fallait qu'elle le soit pour s'insinuer jusqu'ici et se mêler à notre transpiration, sur laquelle elle flottait comme un cadavre.

C'était l'odeur de la mort.

Une odeur éternelle.

II

Joan-Manuel

Frontière turque, désert de Badiya as-Sham

Je commence à descendre la pente en direction du petit groupe qui est arrivé au pied de la colline. L'homme m'aperçoit. Il s'arrête, remonte la besace qui a glissé de son épaule et place ses mains en visière. Il n'a pas soixante ans, peut-être cinquante, mais son dos très voûté et le chaume d'une barbe blanche le font paraître bien plus vieux. Il porte un *shemagh* grisâtre qui ressemble un peu à un chèche et masque en partie son visage tailladé par des rides profondes comme des canyons. Il n'a aucune arme, du moins visible, ce qui me rassure. Il doit lui aussi avoir remarqué que je n'en porte pas. Nous nous regardons longtemps en dépit de la lumière qui nous brûle les yeux. Les trois femmes en *abaya* ont immédiatement tourné leurs visages en direction de la steppe tout en faisant retomber devant leurs yeux le *sitar* noir qu'elles ont soulevé pour marcher dans les cailloux. Deux d'entre elles ont l'air d'être très jeunes. Toutes sont épuisées et se soutiennent mutuellement.

Ce sont les premières femmes que je vois depuis plus d'un an. Hormis celle que je veux oublier.

À l'Usine, il y avait aussi des captives arabes et kurdes. Nous ne les voyions jamais mais, parfois, nous les entendions, « de grands coups d'éperon qui percent la nuit » murmurait Jon, les yeux embués de larmes. C'était plutôt à l'approche de l'aube, quand les djihadistes venaient faire leur marché, comme ils disaient. Les cris, pour violents qu'ils soient, ne duraient jamais longtemps car ils savaient comment cravacher les jeunes filles pour qu'elles se taisent. Les geysers de douleur qui montaient très haut semblaient porter d'anciennes et lointaines souffrances, puisées dans les tréfonds des âges, à ces époques où les cavaliers surgis de derrière l'horizon déferlaient sur la plaine, brûlaient les villages et razziaient tant et plus, attrapant femmes et fillettes de toutes les manières, par la taille, par les seins, par les cheveux, pour les coucher ensuite sur leurs montures et les emporter au galop comme des tapis roulés.

Quelques femmes étaient retenues dans une autre prison de Raqqa. Des Occidentales. Les quelques études de médecine que j'ai faites à Barcelone m'ont valu d'être conduit à trois reprises en qualité de soignant auprès de l'une d'elles, une Américaine à moitié inconsciente, une belle inconnue aux yeux verts et à la chevelure blonde. Toute captive qu'elle était, et, en plus, fille de butin d'un chef de guerre, elle ne pouvait être regardée par aucun autre homme, même par les médecins du djihad. Mais un autre otage, pour peu qu'il soit praticien et étranger, pouvait à la rigueur l'ausculter sans pour autant toucher son corps. Car ils nous avaient si bien animalisés et dévirilisés que nous n'étions plus des hommes à leurs yeux. À peine des ennuques. C'est pourquoi j'ai été autorisé à l'examiner sommairement. La fièvre la faisait délirer à tel point qu'elle était incapable de répondre à mes questions ni même de me donner son nom.

Le type au *shemagh* me salue le premier d'un grand *salam aleikoum* et sa paume droite touche rapidement son cœur. Je fais de même avant de lui tendre la main qu'il prend et soupèse comme si elle allait lui indiquer combien je valais. « *You, prisonner ?* demande-t-il.

– *Finish*. Khalas !

– Ah ! Khalas. *You speak arabic? You come where ?*

– Raqqa. »

Il hoche la tête, répète Raqqa, comme si le mot était synonyme de cataclysme, et tend le bras en direction des trois femmes fouettées par un vent de poussière en train de contempler la mer de caillasses qu'elles viennent de traverser. L'une d'elles, la plus âgée, s'est assise sans même chercher l'âpre confort d'une pierre. « *Women come from Raqqa. Go to Turkey*, dit le vieux.

– *But Turkish soldiers? Problem, big problem.*

– *No big problem. With money, Turkish soldiers never problem. They wait for us. They want money.* »

Nous continuons de parler. Il sait autant de mots anglais que moi de mots arabes mais nous parvenons à nous comprendre. Je lui dis que je n'ai pas d'argent mais que je leur en donnerai une fois que j'aurai franchi la frontière et que l'on viendra me chercher. Le vieux réfléchit. Il me jauge, pèse le pour et le contre. Puis, il me prend le bras et m'entraîne à l'écart des femmes. « *Me give money soldiers. You, money to me after, but big money. OK ?* »

Nous nous aidons de nos doigts pour fixer le montant de la transaction. Trois mille dollars, dont une partie seulement, c'est ce que je devine, ira dans les mains des *mehmetçik* turcs. Je serais prêt à aller jusqu'à un million de dollars pour franchir la ligne noire.

Nous nous serrons la main longuement pour légitimer la transaction. Le vieux décide de me faire confiance, il n'a pas vraiment lc choix, et me tend un stylo mâchonné et un bout de papier froissé sur lequel j'écris mon nom et la somme convenue avec ma signature. Il détache le cordon de son pantalon bouffant pour cacher le papier entre ses fesses avant de repartir en direction de la frontière, avec des pas rapides qui ignorent subitement la fatigue, en me laissant seul avec les trois femmes. L'une d'elles, âgée de seize ou dix-sept ans, s'est retournée. Elle a rejeté son *sitar* puis sa burqa en arrière et ses yeux, après avoir examiné le sol comme pour calculer le risque qu'il y avait à relever la tête, se fixent sur moi. Elle a le même regard que Jon, celui des dernières semaines, celui d'un homme jeune qui sait qu'il va être arraché au monde, où il a pourtant toute sa place, pour rejoindre cette poussière dont il aimait regarder danser les atomes, et qui pressent chaque jour un peu plus que la vie va lui être ôtée alors qu'il avait, jusqu'à sa détention, la prétention de la faire rire, chanter et s'envoler. Les yeux de l'ancienne captive disent qu'elle n'a pas encore acquis la certitude d'être sauvée, que la frontière toute proche est peut-être un leurre, que la malédiction dont elle a souffert est une force de gravité contre laquelle il n'y a rien à faire. Ils disent qu'elle a depuis longtemps désappris l'espoir mais qu'elle se battra quand même jusqu'à ses dernières forces.

Ce regard, elle le partage avec Jon et avec Lorca. La même lumière noire où l'on devine, à en juger les portraits photographiques sépia du poète, qu'il appréhendait sa destruction prochaine, ce qui donnait une tristesse magnétique à son merveilleux sourire.

Je suis gêné par ce regard. Son visage fin, avec des pommettes larges et hautes et une bouche joliment dessinée, est enlaidi par des coulées de crasse, de boue et de cendre qui glissent de ses yeux de pierre grise affreusement cernés et lui donnent vingt ans de plus. Ses lèvres sont couvertes d'une croûte de salive blanchâtre mêlée de pus et fendues. Elle sent horriblement mauvais. Je voudrais lui parler mais aucun mot ne vient.

Les deux autres femmes ont fini par se retourner et rejeter les étoffes noires qui les masquent. La plus vieille, toujours assise à même la rocaille et qui semble totalement épuisée ou malade, a peut-être une cinquantaine d'années, et la troisième une trentaine. On s'observe mutuellement, d'abord à la dérobée puis de plus en plus franchement. La plus jeune finit par me demander : « Ameriki ?»

Je lui réponds que je suis espagnol par mon père et français par ma mère. J'utilise mon vocabulaire arabe pour leur demander leur nom. Après un long moment d'hésitation, celle qui m'a parlé me répond en essayant de bien articuler avec des mots d'anglais sans doute appris à l'école : « *My name is Shamal.* » L'autre jeune fille ne dit mot et c'est Shamal qui m'apprend son prénom, Sara. La plus âgée a tourné la tête en direction du désert.

Nos regards se dirigent ensemble vers la frontière. Le guide n'est plus très loin du muret que l'on aperçoit à peine. Comme nous nous tenons un peu en contrebas, nous ne distinguons plus les soldats turcs. Nous restons plusieurs minutes sans bouger. Puis la voix de Shamal retentit dans mon dos : « *Mister, you want water ?* »

Elle me tend un gros bidon en fer-blanc. L'eau est chaude mais elle calme la brûlure du gosier. J'essaye de ne prendre qu'une gorgée mais je n'y arrive pas. Je bois un long trait, un second et un troisième avant d'arriver à me retenir. « *No problem*, dit-elle lorsque je lui rends la gourde. *You, before, prisoner ?* »

Nous échangeons encore quelques mots entrecoupés de silences. Elle parle mieux l'anglais que je le croyais.

« *My village is Qastel Jando. You know ?* »

Elle semble étonnée de ce que je ne connaisse pas cet endroit, comme si personne au monde ne pouvait plus ignorer ce qui s'y est passé. Elle compte et recompte sur ses doigts tout en cherchant ses phrases en anglais. « *They kill all the men and boys more than twelve years. Maybe five hundred, maybe more. They took all the women and the girls. Maybe 700. Even my mother. And all the babies.* »

Elle continue : « *They kill my father, kill my brothers, not all my brothers, five brothers. They kill my cousins, all my cousins, twelve. They kill…* »

Je n'entends plus que le mot « *kill* » et la steppe, jusqu'alors muette, s'en fait l'écho. « *They kill my uncles, except one. Four uncles. They kill…* » La steppe reprend la même sinistre comptabilité: cinq frères, douze cousins, quatre oncles, cinq neveux de plus de douze ans. *Kill, kill, kill.*

La steppe est l'immense théâtre où se joue la tragédie du monde. Le public s'est absenté pour ne pas entendre les trois actrices en noir crier sans fin « *kill* » jusqu'à ce que le mot se désarticule, que chaque lettre se désagrège, emportée par des rafales de poussière. Un théâtre où le souffleur, les gifles de vent et les âmes mortes reprennent « *kill* », comme le font les démons cachés derrière chaque grosse pierre, et jusqu'aux éclats calcinés de l'infini écrivant à leur tour « *kill* » à l'encre noire de la lave. Si l'on écoute attentivement Shamal, on peut entendre au fond de sa voix la gorge rauque de Poncia, la vieille gouvernante de la dernière pièce de Lorca, qui résume ainsi la tragédie : « Nous autres n'avons rien, que nos mains et un trou en terre de vérité. »

Le vieux revient avec un visage souriant. « *No problem, my friend. Turkish soldiers are OK* », dit-il à mon intention. Shamal tend sa main à la femme plus âgée pour lui permettre de se relever. Toutes ajustent leur voile sur leur visage et recommencent à marcher.

Atteindre la frontière prend une quinzaine de minutes. Les soldats turcs, alignés en rangs d'oignons, nous regardent franchir le muret. Les deux jeunes femmes aident leur compagne plus âgée.

C'est mon pied gauche qui se pose le premier sur le muret anthracite à peine maçonné. Ma jambe droite est encore de l'autre côté et elle le reste pendant dix secondes. Je m'imaginais, il y a quelques minutes, bondir par-dessus malgré mes genoux déficients. Mais l'homme ancien me retient, celui que je laisse derrière moi avec Jon, avec les autres, avec le sang noir qui coule sous la porte, les paillasses dégueulasses, le claquement des culasses, les femmes qui crient à l'approche de l'aube, avec le mystère du mal à l'œuvre sous nos yeux, chaque jour, chaque nuit. Il me fait savoir que je me suis sauvé mais que je ne suis pas sauvé. L'homme ancien, que j'espère voir mourir et ressusciter en homme jeune, marche encore devant moi.

La terre qui accueille mes premiers pas est turque ou kurde, je ne sais pas, quelle importance ! Elle est légère. L'air aussi, et la chaleur semble moins forte. L'inspection des *mehmetçik*, je n'y prête guère attention, même s'ils la font avec rudesse, en particulier lorsqu'ils appuient sur mes côtes fêlées, mais le cri de Shamal interrompt la première invitation à savourer l'instant. Deux des conscrits ont commencé à la fouiller et la main de l'un d'eux est déjà entre ses cuisses. Elle se débat, crie encore, tandis que l'autre soldat lui palpe les seins tout en se frottant contre elle. Le vieux essaye de dire quelque chose, les autres femmes se sont figées, sachant que ce sera bientôt leur tour, et les autres grivetons ricanent. Je m'arrache à ma stupeur pour sauter au cou du soldat en hurlant « *Stop it* » avec une voix qui rassemble toute la haine que j'ai accumulée pendant plus d'une année, et la volonté de l'étrangler. Le militaire parvient à se dégager et je m'attends à recevoir des coups de poing, de pied, de crosse. Mais non, les soldats sont stupéfaits. Le caporal leur ordonne quelque chose que je ne comprends pas. La minute d'après, nous avons recommencé à marcher.

« *A good man, you* », me dit Shamal, qui avance à côté de moi.

Je fais non de la tête mais elle insiste :

« *Yes, very good man. They can beat you. Beat you very much.* »

Elle me dit que les soldats turcs sont bêtes mais pas foncièrement méchants, qu'ils pensent simplement que les filles qui viennent de là-bas ne sont plus des filles, juste de la viande. « *They think like that.* »

Elle termine chacune de ses phrases par « *it's like that* » : c'est comme ça. Comme si l'on ne pouvait rien changer à l'ordre du monde. Pourtant, elle a pu se sauver de Raqqa, grâce à son courage, son audace, grâce aussi à l'argent qu'ont pu réunir les quelques membres de sa famille qui ont échappé aux massacres ou à la captivité. Elle me dit qu'ils ont donné beaucoup d'argent une première fois et ils l'ont attrapée quand même. Beaucoup une autre fois, et encore une troisième. Ils l'ont prise, battue, encore et encore, chaque fois plus longtemps et plus fort. Sa famille était riche mais pas assez pour sauver ses autres sœurs et sa mère. C'est comme ça.

Le petit téléphone est toujours dans ma main et je vois sur son écran qu'il peut capter le réseau turc. Shamal continue de parler et l'homme jeune que je veux devenir ne souhaite pas l'interrompre. Elle a encore deux frères qui n'étaient pas à Qastal Jando lors du grand massacre. L'un d'eux l'attend dans la ville turque d'Urfa et l'emmènera, avec ses deux autres amies, dans un camp du nord de l'Irak, sous la protection des Kurdes.

« *After, I learn kalachnikov and go kill Nouredine.* »

Nouredine, c'était le couturier de la famille. Il a confectionné toutes les robes des femmes. Elles avaient tellement confiance en lui qu'elles lui laissaient prendre leurs mensurations pour les robes de fête. C'était un musulman dévot, aisé, avec une bonne réputation. Il était invité à toutes les cérémonies, aux mariages comme aux circoncisions. Quand elle était petite, Shamal allait sur les genoux de Nouredine à chaque occasion et sa mère s'inquiétait de le voir un peu trop affectueux. Mais quand les hommes en noir sont arrivés au village, c'est lui qui leur a dit où se cachait sa famille. Et c'est encore lui, l'ami, le couturier, le protecteur, qu'elle a vu égorger des hommes du village. Oui, c'était bien lui, filmé en gros plan, avec un immense coutelas de boucher, sur une de ces vidéos que les hommes en noir les obligeaient à regarder pour mieux les terroriser.

Shamal ne peut plus s'arrêter de parler. Elle ne pourra rien dire à ses frères et ceux-ci ne voudront pas savoir. Il n'y aura pas de tribunal pour l'écouter. À la rigueur un médecin, et ce n'est pas sûr. Les sanctuaires de Barsah Khatun, Cheikh Hamid, Cheikh Gharib et Cheikh Barakat, où sa mère l'emmenait chercher la bonne fortune et la promesse d'un heureux mariage, ne l'entendront pas se confier : ils ont tous été détruits. Mort est son village et tous ceux du mont Sinjar, déracinés sont les vergers, comblés les rigoles d'irrigation et les arroyos, éboulés les murets des champs, incendiées les maisons après avoir été pillées, peut-être pas la grande et belle demeure familiale que Nouredine a sûrement voulu récupérer pour sa nombreuse famille. Il n'y a d'avenir que dans la steppe, la steppe nue, bientôt l'horizon fermé d'un camp et, quelque part, une fosse commune, celle où ils ont jeté ses frères, ses cousins, sa cousine, demain ses sœurs si elles ne survivent pas aux viols et aux coups. Un trou en terre de vérité.

Vieille hantise, Lorca émerge sans cesse de la fosse commune de l'Histoire. La guerre d'Espagne est terminée depuis longtemps mais elle est sans cesse recommencée quelque part. À dix mille kilomètres, on continue d'exécuter les poètes et de violer les femmes. La différence, c'est que l'on ne s'attendrit plus sur les vaincus. Cette guerre-ci n'est en rien romantique. Orwell, Hemingway, Dos Passos, Koestler, Huxley, Simone Weil, Malraux, Kessel, Bernanos, Saint-Exupéry et tant d'autres ne sont pas là. N'ont-ils pas de successeurs ?

Shamal ne s'arrête plus de parler, sans reprendre haleine, sans un sanglot, d'une voix aussi sèche que le vent, aussi dure que le granit de ses yeux. Elle dit tout ce qu'elle ne veut pas dire. Son anglais est incertain et haché et elle en oublie de respirer. Ce que je ne comprends pas, je l'imagine très bien.

L'histoire de Sara, l'autre fille, elle veut aussi la raconter.

Sara a dû abandonner ses deux filles, de neuf et onze ans, et c'est pourquoi elle ne peut plus parler, peut-être dans la crainte qu'on lui demande ce qu'elles sont devenues. Elle sait qu'elles devront subir ce qu'elle-même a subi, qu'elles seront vendues au plus offrant, violées encore et encore, battues, revendues, beaucoup moins chères parce qu'elles ne sont plus vierges et frappées pour cela, rebattues, parfois torturées par sadisme. C'est d'abord pour sauver les deux petites qu'elle a cherché à s'enfuir. Elles ont été reprises le jour même par le gros notable irakien qui les avait rachetées à un djihadiste marocain, lui-même les ayant marchandées à un Tunisien, qui les tenait d'un Ouzbek. Pour les punir, il les a enfermées dans une cave immonde pendant trois mois en leur donnant le minimum à manger et à boire. Le jour où elles ont pu à nouveau voir le jour, elles étaient si faibles et malades qu'il a dû les conduire à l'hôpital et, quand elles sont sorties, il les a directement emmenées voir des décapitations sur la place publique, les obligeant à se tenir au premier rang dans la foule. Une nuit, après avoir vu ses filles battues à coups de lanière de pneu pour n'avoir pas suffisamment appris de sourates par cœur, elle a voulu en finir et a versé de l'essence sur les burqas, la sienne et celles des petites. Mais l'aînée, Zeena, a réagi à temps et les a sauvées. Trois mois plus tard, elle a cherché une nouvelle fois à s'enfuir avec ses filles mais, quand tout était prêt, l'argent versé aux passeurs, la filière sur le qui-vive, Zeena a refusé tout net et s'est déclarée prête à la dénoncer. Elle ne voulait plus être une adoratrice d'Iblis mais une pieuse musulmane, et, si l'évasion réussissait, elle craignait de se damner en fréquentant des oncles et cousins infidèles. La cadette, très vite, s'est rangée de son côté. Alors,

Sara est partie seule et en secret. Sans même les embrasser. Son évasion a été plus facile.

La femme plus âgée, ils l'ont jugée trop vieille pour la violer. Ils l'ont enfermée dans un *maqqar*, une maison où vivent des veuves de djihadistes et des étrangères en attente d'un mari. Du matin au soir et une partie de la nuit, elle servait et préparait la cuisine. Les plus cruelles étaient les veuves qui la battaient chaque fois qu'elles trouvaient le ménage mal fait. Elles lui faisaient comprendre qu'elles auraient aimé la savoir traitée comme les plus jeunes, qu'elles appelaient les *charmouta al-Iblis*, les putes du diable. Et elles lui montraient la cour en faisaient mine de creuser le sol pour lui signifier que si elle ne s'appliquait pas, c'est la fosse commune qui l'attendait, le sort des vieilles femmes qu'ils assassinaient quand elles devenaient inutiles.

Ce n'est pas la première fois qu'on est venu prendre les femmes de Qastal Jando et tuer les hommes. On les accuse d'adorer Malek Taous l'archange-paon, qui dirige tous les anges depuis l'arc-en-ciel. En s'aidant des doigts de ses mains, Shamar fait le compte des génocides que l'Histoire a recensés contre les fidèles de la petite religion. Elle compte et recompte longuement pour arriver au chiffre de 73, plus le dernier, toujours en cours. En réalité, ce chiffre, elle l'a dans sa tête depuis toujours, instruite par les conversations qu'elle a surprises dès l'enfance. C'est à cause de tous ces massacres que les anciens ont choisi la protection des montagnes, sans cesse plus reculées, jusqu'au massif sacré du Sinjar. Cette fois, si les familles ne se sont pas enfuies avant la prise du village par les hommes en noir, c'est parce que les tribus arabes de la région avaient juré de les défendre. Comme Nouredine avec la famille de Shamal, elles étaient les protectrices de la communauté et, pour être sûrs de pouvoir compter sur elles, les habitants aisés de Qastal Jando gâtaient les chefs de clans et de tribus avec de belles chaussures et du tabac parfumé.

Mais ces cadeaux ne les ont pas empêchés de trahir le village dès l'arrivée des Land Cruiser battant pavillon noir. Les combattants kurdes, eux aussi, avaient promis de les défendre. Ils montaient la garde dans la rue principale et aux entrées de la localité. Mais quand ils ont appris que les djihadistes allaient déferler sur la région, ils se sont évaporés pendant la nuit. Sans alerter personne, ce qui laisse penser qu'ils se sont également entendus avec les guerriers de l'ordre noir. Alors les djihadistes, sans avoir besoin de tirer un coup de feu, si ce n'est de longues rafales de kalachnikovs pour témoigner de leur joie devant le merveilleux butin qui les attendait, sont tranquillement descendus de leurs véhicules pour traquer les adorateurs d'Iblis. Ils ont séparé les hommes des femmes, qui ne pouvaient garder que leurs jeunes enfants.

Les miliciens islamistes ont commencé par prendre tous les téléphones portables. Puis ils ont arraché les bijoux des femmes et un chef avec une barbe immense roussie au henné a hurlé en brandissant un long poignard recourbé : «Si nous voyons une boucle sur l'oreille d'un bébé, on lui coupera l'oreille, une bague sur le doigt d'une fille, on lui coupera le doigt. » Après, ils les ont enfermées dans les locaux de la maison commune. En regardant par la fenêtre ouverte, elles ont vu les hommes, leurs pères, grand-pères, frères, cousins, oncles poussés à coups de crosse dans des camionnettes et, une demi-heure plus tard, elles ont entendu les longues rafales du massacre. Toutes les femmes se sont mises à hurler en un seul cri. On les a ensuite traînées dans des bus. Pendant la traversée des villages, les habitants applaudissaient, remerciaient les djihadistes de les avoir débarrassés des fidèles de Taous, l'archange-paon, et certains crachaient sur les véhicules. Ils les ont conduites jusqu'à une grande école déserte devenue un centre de tri dirigé par un émir saoudien obèse. En descendant du bus, elles ont pu voir son sourire, celui d'un fauve dans un conte cruel, et l'ont entendu s'époumoner avec une voix criarde dans son téléphone : « Elles sont arrivées, les jeunes filles de Qastal Jando. Elles sont aussi savoureuses que du miel et du lait de coco. »

Le marché a commencé peu après. Les miliciens ont trié les otages, les jeunes d'un côté, les vieilles de l'autre. Shamar les a vus emmener sa mère, cassée en deux par le chagrin d'abandonner ses filles. Le gros cheikh saoudien la convoitait et il avait toute l'autorité et l'argent nécessaires pour la posséder. Mais sa grande sœur lui a discrètement donné l'un de ses deux petits garçons, ce qui lui a permis de se déclarer maman et d'échapper à l'ogre. Awar est devenu son fils et c'est lui qui, du haut de ses quatre ans, la protégeait. Dans la grande cour, c'était le carnage. Les filles qui résistaient, ils les traînaient par les cheveux et les battaient. Les enfants de plus de six ans étaient arrachés à coups de crosse des bras de leurs mères devenues hystériques.

Shamal raconte et raconte encore comment ils ont brisé à coups de crosse la tête de sa cousine qui ne voulait pas donner ses filles. Elle est tombée sur ses genoux, elle n'a plus bougé, plus respiré, ses jambes étaient trempées de sang. C'est comme ça.

Le vieux s'approche de moi pendant que nous marchons sur le sentier devenu un peu plus large que celui de la steppe syrienne. Il a l'œil inquiet de celui qui se demande s'il va être payé pour ses services. « *My friend, money when ?* » finit-il par demander, après avoir plusieurs fois cligné des yeux à cause du soleil qui s'abat sur l'horizon. Je l'insulte en espagnol. « *Porque no te callas, cabrón.* » Shamal le défend : « *Not a bad man. Please, give money to him.* »

Puis elle reprend son monologue. La même voix égale, sans colère, aussi inflexible que la pierre brûlée du plateau. L'émotion est un sentiment qui n'appartient plus à ce monde. La sévère pudeur dans laquelle elle a été éduquée non plus, et certains des mots graveleux et injurieux qu'elle emploie en arabe, elle ne les a jamais prononcés avant le cataclysme. Elle raconte que les hommes en noir les appelaient les sales truies ou les tracteurs. Elle les entendait s'exclamer : « À quelle heure on va à la foire aux bestiaux ? » ; ou encore : « Tu vas te payer combien de tracteurs ? » Ils faisaient leur marché vers trois heures du matin. Cela se passait le plus souvent à la Maison noire. C'est là qu'ils choisissaient les « tracteurs » et s'en offraient mutuellement. Plus les *sabayaïn,* les filles du butin de guerre, étaient jeunes, plus elles avaient de la valeur. De temps à autre, ils organisaient un marché en gros et elles étaient vendues par lots. Les plus belles et celles à peine pubères, les fillettes à partir de l'âge de neuf ans, allaient aux chefs. Ils discutaient aussi longuement entre eux pour savoir ce qui était licite ou pas de faire aux captives. Pratiquer *al-liwatou* leur posait problème. Ils en rêvaient mais, obsédés par la pureté, ils craignaient de se salir, surtout que les filles ne s'essuyaient plus. Après de longs débats, ils ont sollicité l'avis d'un grand cheikh de Mossoul. « Mes frères, leur a-t-il répondu, pourquoi voulez-vous entrer dans vos *sabayaïn* en passant par la fenêtre alors que vous pouvez le faire en passant par la porte ? »

Derrière nous, on ne distingue plus les soldats turcs ni la frontière. Je suis libre, marchant dans un pays sinon ami, du moins vaguement allié. La joie devrait irradier chaque cellule de mon corps, l'euphorie gonfler mes veines, élargir mes poumons mais c'est comme si ma part d'existence la plus intime était restée dans le royaume des ombres. La clé qui en ouvre la porte n'a fait qu'un tour dans la serrure, bloquée par les mots de Shamal. Pourtant, je ne veux pas qu'elle s'arrête de parler.

Awar, le garçonnet de sa sœur, était toujours avec elle. Ils prenaient soin l'un de l'autre. Ensemble, ils se sont réfugiés pendant des heures dans les latrines, malgré la puanteur, en faisant croire qu'Awar était très malade. Comme elle avait réussi à cacher une puce de téléphone dans sa culotte, elle a pu contacter son frère avec un téléphone qu'elle a subtilisé à son premier propriétaire, un des chefs militaires de l'organisation. Mais Awar était trop petit pour qu'elle puisse l'emmener et le voyage trop difficile. Elle l'a abandonné pour mieux fuir. Depuis, il n'y a pas une seconde où elle ne pense à lui.

Parfois, le vent de la steppe plaque nos habits sur nos corps et réveille les odeurs. Je sens que Shamal pue, pue vraiment. L'urine, la sueur, la crasse, le dégueulis, la merde. Sûrement que je pue aussi mais pas autant. Elle remarque que je tourne la tête dans la direction opposée et dit simplement : « *They don't take dirty girl. But they beat them until they wash.* »

Après sa première tentative de fuite, son propriétaire l'a donnée en pâture à ses gardes du corps, six brutes avec des têtes de molosse, qui se sont amusés à la forcer et à la battre pendant toute une nuit. Après, il l'a vendue à un Algérien. Sa troisième tentative de fuite a été la pire. À la suite d'une dénonciation, les membres de la filière d'évasion ont été arrêtés et fusillés. Une grande partie des 15 000 dollars que ses frères avaient donnés aux passeurs sont tombés entre les mains des djihadistes. Mais c'est la seconde fois que son deuxième propriétaire, l'Algérien, l'a fouettée le plus longtemps, de minuit à cinq heures du matin, avec, si je comprends bien ce qu'elle me décrit de ses mains, la tige en métal qui lui servait à nettoyer son arme. Elle a dû faire semblant de devenir folle sous la douleur pour qu'il s'arrête. Il l'a ensuite revendue à un Koweïtien.

Nous marchons encore une heure et Shamal poursuit son monologue, sans même se demander si je l'écoute, comme si elle s'adressait aux anges. Elle dit qu'ils lui ont tout pris, qu'il n'y a pas un morceau de sa peau qu'ils n'aient pas palpé ou tourmenté. Qu'ils ont entre leurs griffes le petit Awar que sa sœur lui a confié pour la sauver de l'émir obèse. Elle raconte qu'ils lui ont arraché des hurlements mais qu'ils n'ont jamais eu ses larmes. Elle a souvent sangloté, des nuits entières, des jours entiers, mais toujours seule ou avec d'autres filles. À chaque fois que les pleurs montaient quand ils la battaient, la haine dressait un barrage et les refoulait. Et s'il y a une victoire qu'elle a remportée, c'est de ne leur avoir jamais permis de voir une seule larme glisser telle une coulée de nacre sur ses joues creuses et crasseuses. Elle a donné à chacune la valeur d'une *louliha*, une perle fine. Ses larmes qu'ils n'ont pu razzier, c'est son butin de guerre à elle.

« *Malek Taous helps me. You believe Angel ?* » me demande-t-elle alors que nous apercevons une route sur laquelle une camionnette grise vient de s'arrêter.

Je lui réponds en anglais que l'ange m'a peut-être aidé à sortir, mais pas Taous, sans doute un autre.

L'ange des maillons faibles.

Le vieux revient vers moi. Avant qu'il n'ouvre la bouche, je lui confirme qu'il aura bien son argent. Il me donne un bout de papier avec son numéro de téléphone. Je prends ensuite le petit Samsung, celui des djihadistes, et appelle le numéro préenregistré. Une voix en espagnol me répond dès la première sonnerie. « Où êtes-vous ? On s'inquiétait. Vous avez passé la frontière ? On va vous localiser. On arrive. Bougez pas. Surtout ne bougez pas. »

Les filles continuent en direction de la camionnette. Aucune d'elles ne s'est retournée, pas même Shamal, dont j'attendais un signe, au moins un regard. Mais rien. Alors je m'assieds sur un tas de pierres. Tout va bien. Je suis sauvé. Je vais pouvoir écrire. J'ai une grande histoire à raconter. Je n'ai jamais oublié la phrase de Hemingway, affichée dans un petit cadre posé sur ma table de travail à Barcelone, puis récitée chaque nuit en attendant les Chevaux sauvages. Il l'a prononcée à Stockolm, le 1er décembre 1954, en recevant le prix Nobel de littérature : « Chacun de ses livres devrait être pour un véritable écrivain un nouveau commencement, un départ une fois de plus vers quelque chose qui est hors d'atteinte. Il devrait toujours essayer de faire quelque chose qui n'a jamais été fait. »

J'écrirai l'histoire de Shamal et celle de Jon, ils seront l'héroïne et le héros du roman, l'histoire du Russe au nom inconnu qu'ils ont égorgé, avec son sang noir et épais qui ruisselait sous la porte et, s'il le faut, j'irai à Moscou pour connaître son parcours. J'écrirai l'histoire de la captive enfermée dans l'autre prison, dont les yeux verts étaient deux puits grands ouverts sur l'enfer, l'histoire des tortionnaires et des geôliers, Mehdi le Cogneur, qui veut faire sauter Paris, le Ravi du Djihad, petit branleur délinquant de Mantes-la-Jolie, l'histoire de la peur qui avilit tout et nous rend lâches, l'histoire de la guerre, l'histoire de la Ville des mille et une ténèbres. Je raconterai les Rolling Stones qui lâchaient les Chevaux sauvages pour nous délivrer de la nuit sans fin et les Beatles qui nous enfermaient et nous battaient. J'irai à Santiago de Compostela chercher ce que voulaient dire Lorca et ses vers que je porte en moi. Et j'avouerai au monde que c'était moi, le maillon faible de l'Usine.

Les filles s'approchent de la camionnette et le vieux passeur les suit en se retournant parfois dans ma direction. Son visage s'allonge comme celui d'un renard. Elles ne sont déjà plus que des *abayas* émaciées par le vent, et l'œil rouge de Caïn étire leurs ombres faméliques sur la plaine. Autour d'elles, les djinns, les *affâris*, les *samuns* et autres démons dansent la sarabande des tourbillons de poussière et soufflent sur la steppe des rafales torrides. Ils sont depuis toujours les ennemis des anges, qu'ils veulent anéantir et réduire en esclavage : les *ferechte* au vol plus léger qu'une libellule, les *péris*, belles créatures aux ailes diaprées, et leur grand roi, Malek Taous, l'archange-paon, venus de l'au-delà des monts Zagros dans la Perse immémoriale. Les djinns leur reprochent de fréquenter le ciel, quand eux rampent parmi les scorpions et les cancrelats.

Ils attendent la nuit qui leur permettra de réveiller leurs frères des franges du monde, les serpents des cauchemars, les plus venimeux d'entre eux, ceux de trois heures du matin, l'heure des ampoules couvertes de chiures de mouches qui s'allument brutalement, des portes de métal qui claquent, des insultes, des menaces, des coups, poings, pieds, câbles électriques, lanières taillées dans des pneus, l'heure du marché aux bestiaux, de la foire aux tracteurs, du tri qui commence, les jeunes et les jolies d'un côté, les vieilles et les moches de l'autre, et des enchères qui montent à travers les ricanements et les *Allahou Akbar* scandés à tue-tête quand la prise est belle, en même temps que la pièce aux fenêtres murées s'imprègne de l'odeur acide de celles qui pissent de terreur.

Shamal avance nue et tremblante dans son *abaya* noire sur le sentier de la steppe. Toute puante, tout écorchée, toute décharnée qu'elle soit, elle a la beauté tragique des mannequins de l'abîme, des fées qui marchent sur la margelle des cauchemars.

Je sais quels seront mes cauchemars. Ils s'incarnent dans une prière, simple et pérenne, le Notre-Père que j'ai dû réciter un après-midi à l'Usine, pour la première fois depuis mon enfance. Je vais le gueuler à la face des djinns de la steppe pour les tenir à distance. Les mots vont casser le silence, abolir le passé et annoncer au monde la victoire finale des anges.

Notre Père qui es aux cieux

Que Ton Nom soit *sacrifié*

Les esprits malfaisants qui rôdent autour de moi restent les plus forts. Pour les repousser en attendant mes sauveteurs, je leur jette de gros cailloux, visant en particulier les *samuns*, ces djinns qui lancent du sable dans les yeux. Je m'arrête à la cinquième pierre en découvrant que c'est sur mon ombre que je tire.

Puis je me souviens d'un poème de T. S. Eliot que Jon aimait tout particulièrement et qu'il récitait en français avec son délicieux accent. Un poème intitulé « Waste Land » :

Et je te montrerai quelque chose qui n'est
Ni ton ombre au matin marchant derrière toi,
Ni ton ombre le soir surgie à ta rencontre,
Je te montrerai ton effroi dans une poignée de poussière.

Alexandre

Chemin de Homs

Le combi Volkswagen va repartir d'une minute à l'autre mais il est encore temps de descendre et d'aller revoir les temples. Mon cœur a commencé à battre plus vite. Les pierres ont une force d'attraction à laquelle je ne m'attendais pas. Elles m'appellent par mon nom d'une voix douce et mystérieuse. S'y entrelacent les souvenirs des vacances avec Paola, et nos déclamations exaltées dans le temple romain pour nous moquer de Chateaubriand et de Lamartine – l'érudition égotiste de l'un, les épanchements mystiques de l'autre. Je revois Paola, toujours fofolle et un tantinet exhibitionniste, assise à califourchon sur une colonne effondrée, sa jupe retroussée au-dessus des hanches, jouer à la nymphe bouclée en offrant à Bacchus ses belles cuisses dorées, puis, ayant ouvert son corsage pour laisser le soleil bénir ses petits seins bombés, lui crier à tue-tête en brandissant son exemplaire des *Mémoires d'outre-tombe* : « Le cœur se brise à la séparation des songes tant il y a peu de réalité en l'homme. »

Du haut de l'Olympe, de beaux nuages crémeux nous regardaient d'un air atterré. Paola prétendait qu'ils étaient les gros derrières tout blancs de divinités impudiques et les apostrophait elles aussi : « Hou-hou, les déesses, vous avez d'énormes fesses ! Hou-hou, les déesses, cachez donc vos grosses fesses ! »

Je repense à mon ordre de mission signé à Paris et me dis qu'il est encore temps de renoncer. Comme le disait Frédéric, je n'ai pas le bon vaccin pour ce genre de mission. Mais il me faudra passer pour un lâche, voir ma carrière foutue pour un paquet d'années, affronter le regard de Paola qui signifierait : « P'tit loup, je t'avais bien dit de ne pas y aller », et revenir bredouille, sans avoir rien appris de plus sur le Bellâtre.

Mais que puis-je espérer apprendre de plus sur lui ? Apparaîtra-t-il sur l'une des clés USB que Prométhée doit me remettre ? C'est peu probable, même si, dans le domaine du renseignement, il ne faut jamais rien négliger. C'est pourquoi j'ai voulu forcer à tout prix la porte de l'Entrepôt d'oignons, faisant fi de toute prudence, sans même prendre en compte la présence de Paola qui m'attendait en se rongeant les sangs dans la voiture, pour dénicher quelque chose sur le Prophète Joseph, l'élève le plus doué d'Aloïs Brunner. Je n'ai trouvé qu'un immense hangar complètement vide. Rien n'indiquait que le mal avait régné ici en monarque absolu, qu'il avait ordonné les châtiments les plus cruels dans des cellules infectes et des salles de torture. Je n'ai découvert que de longs graffitis sur les murs, ceux de soldats syriens, probablement écrits au moment où ils se repliaient dans leur pays.

Même si tout a été soigneusemet démonté et nettoyé, les déménageurs ont été impuissants à emporter avec eux l'odeur qui imprégnait le hangar et m'a fait regagner très vite le coupé Mercedes. La même odeur qui allait s'inviter ce soir-là à l'hôtel Palmyra.

Savoir le Palmyra aussi près, juste au bout de la rue, provoque un pincement au cœur lorsque le minibus repart pour la plaine de la Bekaa. Quelques passagers sont restés à bord, une mère, sa fille et sa petite-fille, toutes enveloppées de voiles noirs. Il prend la route de la petite ville d'Al-Kaa, bifurque au premier croisement pour emprunter des routes étroites qui lui permettent d'éviter les barrages de l'armée libanaise. Rares sont les voitures croisées, essentiellement des camionnettes de fermiers, avec sur la plate-forme arrière un mouton apeuré ou une chèvre. Comme la route tourne peu, le fou furieux déguisé en chauffeur va encore plus vite. De temps à autre, il décroche son téléphone et se contente d'acquiescer à ce qu'on lui dit. Soudain, une fourgonnette apparaît à l'horizon. Les deux véhicules se rapprochent en occupant l'un et l'autre le centre de la route et, si l'un d'eux ne se déporte pas sur le bas-côté, ils vont se télescoper. Notre conducteur pousse son moteur au maximum et au moment où la collision devient probable, il freine brutalement, au risque de casser le nez des trois passagères projetées contre le dossier des sièges, et range son bolide-poubelle sur le bord de la chaussée. La fourgonnette s'arrête et une porte s'ouvre en même temps que celle de notre minibus. « *Bye bye, Mister* », dit simplement le chauffeur en m'invitant à descendre.

En quelques secondes, je change de véhicule. Le nouveau chauffeur est un paysan d'une petite trentaine d'années qui n'a pas l'air d'aimer parler, ce qui n'est pas plus mal. Il m'a simplement donné son nom, Hassan, en me serrant la main avec une poigne rugueuse et ferme. Sa fourgonnette coréenne quitte la route pour des chemins boueux, à peine carrossables, qui traversent une campagne bocagère. Il conduit très doucement. De temps à autre, nous rencontrons un jeune berger qui veille sur quatre ou cinq moutons sans même la compagnie d'un chien. La frontière syrienne n'est pas très loin et nous la longeons en gardant une certaine distance. La fourgonnette passe à proximité d'un campement de l'armée libanaise mais les soldats ne nous jettent qu'un regard distrait. À la fin de l'après-midi, nous arrivons dans la cour d'une ferme isolée, que l'on pourrait confondre avec un bunker tant elle est épaisse, basse de toit, avec des murs en béton et des fenêtres étroites. Autour, des lopins pelés que contournent des sentiers lourds de la gadoue des dernières averses. L'horizon, barré par les chaînons de l'Anti-Liban, est marron comme la glaise des champs. Le vent d'ici est froid et aime bien tabasser. Le plateau est nu et désert comme un ring abandonné. La hache des hommes n'a eu aucune pitié à l'égard des arbres. Il en reste un près du bâtiment principal, foudroyé, ses branches mortes et crochues dressées comme un reproche au ciel grisâtre. Mais le silence est beau. Pas un moteur, pas un chien, pas un coq, même si j'aperçois de la volaille autour de la maison, pas un braiement ni un pleur d'enfant, pas même le froid croassement d'un corbeau ou le pépiement tiède d'un moineau. Pas une rumeur de guerre non plus. On pourrait le mâcher tant il est dense, et il aurait un goût de feuilles brûlées, de terre humide froissée par l'automne, de bise chargée de pluie et de l'hiver qu'elle va bientôt rapporter dans ses longues rafales.

La grande pièce, celle où l'on reçoit, est nue aussi, hormis les matelas et quelques cendriers. Il y a déjà des invités : une femme blonde et mince, au visage sévère et triste, qui doit accuser la cinquantaine, un grand gars dégarni et plus âgé, qui est en train de bouquiner, et un troisième larron, nettement plus jeune, qui nettoie ses appareils photo tout en fumant une clope. Tous doivent être des journalistes, la pire engeance que je pouvais trouver sur ma route. Tandis qu'un des fils du paysan m'apporte un café de bienvenue, nous faisons les présentations. La femme s'appelle Marie Colvin, est américaine et travaille pour le *Sunday Times*. Le photographe qui l'accompagne est Paul Conroy, un Britannique petit et râblé, sûrement robuste, avec des cheveux très courts, une barbe poivre et sel et les traits marqués d'un type ayant passé dix ans aux galères. Il allume une cigarette à celle qu'il vient de terminer. Pas de chance, l'autre type est un compatriote, un certain Perrin, un nom qui me dit vaguement quelque chose.

Je prétends que je suis humanitaire, en mission d'évaluation et je leur mens aussi sur mon nom. Je comprends que le passeur attendait mon arrivée pour gagner la frontière et que je dois voyager avec ces trois importuns.

Après quelques discussions relatives à notre départ, je sors dans la cour pour appeler le commandant Frédéric à Beyrouth. « Premier problème, camarade. Il était prévu que je voyage seul. Or il y a trois gêneurs sur le coup, en plus ce sont des journalistes, une Américaine, un Brit et il y a même un Français. Le passeur veut nous emmener ensemble pour limiter les risques.

– C'est mieux comme ça ! On fera moins attention à toi.

– Il va falloir à un moment ou un autre que je leur fausse compagnie.

– Cela devrait être facile. Ils ont leur mission, tu as la tienne. Vos chemins vont se séparer naturellement une fois dans la ville. Simplement, dis-leur bien de ne pas utiliser leurs téléphones satellitaires une fois à Homs. Ils doivent avoir eux aussi des Thoraya et, une fois sur place, ils vont appeler à tout va, leur rédaction, leurs familles, leurs copines, son mec pour l'Américaine si elle en a un. Le téléphone, ça permet de faire le beau en disant "j'y suis", c'est du réconfort, sauf que celui-ci est mortel, tu le sais, n'est-ce pas ? En Syrie plus encore. Je viens d'apprendre que la Branche 261 est sur place, qu'elle navigue autour de Homs. C'est une unité spécialisée dans l'écoute des communications. Elle a une espèce de machine infernale, prénommée Rachida, qu'ont dû leur filer les Russes et qui piste les appels téléphoniques par satellite. C'est grâce à vos appels qu'ils vous repéreront et, s'ils y arrivent, ils vous fracasseront la gueule avec leur artillerie. Ils ont des 120 mm, des 160 mm et des mortiers de 240 mm, des Katioucha, sans oublier leurs gros chars russes.

– C'est trop d'honneur.

– Au lieu de déconner, donne-moi le nom des zozos avec qui tu vas te balader. »

Au nom de Marie Colvin, je l'entends s'échauffer : « Putain, t'es avec la crème des correspondantes de guerre, le genre intrépide chic, soutien-gorge La Perla sous le gilet pare-balles. La dame a perdu un œil à cause d'un éclat d'obus ou de grenade au Sri Lanka. Depuis, elle arpente les champs de bataille avec un bandeau de pirate. Elle l'a toujours ?

– Non, il me semble qu'elle porte un œil de verre. »

Dans la ferme, les trois journalistes se préparent. L'Américaine et le Britannique sont équipés comme s'ils allaient être parachutés avec des commandos du côté du pont de la rivière Kwaï, surtout Paul Conroy qui, outre son gilet pare-balles et son casque, porte à sa ceinture une torche, une lampe frontale, une boussole, un couteau, une corde et tout ce que je ne distingue pas maintenant que la pénombre s'est invitée dans la grande pièce. Je lui demande en anglais : « Tu as été soldat ?

– Royal Artillery. Pendant dix ans. »

À côté d'eux, le Français fait vraiment amateur. Il n'a quasiment rien pour affronter la guerre et le mauvais temps qui menace, juste un K-Way, un pull et un petit sac à dos. Aux pieds, à défaut de bonnes grosses godasses, il porte de simples baskets qui accusent pas mal de kilomètres. On dirait qu'il a atterri là par hasard, qu'il a simplement suivi la flèche d'un panneau marqué « la guerre, c'est par là ». L'Américaine et l'Anglais échangent des regards qui en disent long sur la méfiance qu'ils éprouvent à son égard. Ils le trouvent sans doute trop âgé pour l'aventure.

À mon égard, ils se montrent plus circonspects et ne me posent aucune question. Comme je ne suis pas un concurrent, ils m'acceptent plus facilement que le Français et, s'ils m'observent à la dérobée, c'est sans animosité.

Hassan me fait signe et je vais le rejoindre dehors, sous un appentis. Il me remet un sac de sport qui est arrivé dans l'après-midi. À l'intérieur, il y a un gilet pare-balles, un casque, une trousse de secours et des faux papiers. J'aurais bien aimé y trouver aussi une arme.

Une fois la nuit tombée, nous partons sur des motocyclettes que des adolescents font pétarader dans la nuit. La frontière avec la Syrie est franchie quelques minutes plus tard sans même que l'on s'en rende compte. Nous nous arrêtons dans une ferme pour partager un café et quelques biscuits – des poignées de main sont échangées, en arrivant et en repartant, avec tous les membres mâles de la famille, petits et grands. Une camionnette en sale état nous attend. Elle garde ses feux éteints et nous ne voyons pas qui la conduit. Nous n'appartenons plus qu'à la nuit compacte. Nous devinons la piste rude et étroite, les pierres cognent le châssis et des branches lacèrent la carrosserie. De temps à autre, elle devient carrossable avec quelques segments goudronnés, et le moteur du véhicule s'emballe pendant quelques minutes avant de retrouver les ornières qui nous précipitent les uns sur les autres.

Nous finissons par arriver dans la cour d'une villa de construction moderne. Elle a été réquisitionnée par un officier de l'Armée syrienne libre, Abou Saleh, un ancien capitaine d'une unité de défense antiaérienne. C'est un jeune type jovial et rigolard, d'une trentaine d'années, qui parle un anglais rudimentaire en roulant les « r », et qui a déserté parce qu'il ne supportait plus de tirer sur la foule à la mitrailleuse lourde. Plus tard, il nous en parlera avec le souci de se justifier : « C'étaient les ordres. Les chefs nous demandaient de tirer dans les jambes des manifestants et, si cela ne suffisait pas à les arrêter, de les viser à la tête. Ils nous disaient que c'étaient des terroristes et la télévision de Bachar al-Assad nous répétait la même chose. Alors les soldats les croyaient et, comme ils sont très ignorants, certains le croient encore. Si des soldats refusaient de tirer, les chefs appelaient Amn al-Tayara, vous savez, les services secrets de l'armée de l'air, les plus méchants qui soient, qui arrivaient aussitôt pour les tuer. »

Abou Saleh commande une compagnie de quarante-six hommes composée de soldats ayant rallié la rébellion. Ce sont tous des gars de la campagne. Lui, le seul citadin, est ravi, après le thé de bienvenue et un plat de riz en sauce, de nous enrôler dans une partie de poker. Paul Conroy et moi nous laissons tenter, d'autant qu'un bon feu brûle dans la cheminée de la pièce, tandis que Marie Colvin et Perrin préfèrent aller se reposer dans une grande chambre glaciale.

Avant d'aller se coucher, Perrin nous stupéfie en prenant soin de se déshabiller pour enfiler un pyjama *long John* de couleur jaune, avant de s'enrouler dans une couverture. J'entends Conroy murmurer à l'adresse de l'Américaine : ce « bloody French » est un fou. S'il y a une attaque de l'armée syrienne pendant la nuit, il aura l'air malin en s'enfuyant comme ça, le cul tout jaune. Lui et sa camarade ont vraisemblablement l'habitude de dormir tout habillés, chaussures aux pieds et casque à portée de main. Je décide de les imiter.

Il est cinq heures du matin quand nous terminons la dernière partie de poker. D'autres officiers de l'Armée syrienne libre nous ont rejoints pendant la nuit. Le poker me permet d'éviter de répondre aux questions que les journalistes pourraient me poser. Je devine que le photographe ne sera pas aussi curieux que les autres.

Nous attendons jusqu'à midi que le capitaine se réveille. Il finit par émerger en se frottant les yeux et s'assied d'emblée pour prendre un déjeuner, avec du thé, du beurre, du miel et du pain tout chaud, qu'il nous propose de partager. Après, il retourne se coucher pour une courte sieste. Vient ensuite le temps des discussions pendant une bonne partie de l'après-midi. Arrive le *moqadem* Abou Saïd, un lieutenant-colonel lui aussi déserteur qui a l'autorité pour nous conduire jusqu'à la ville encerclée. C'est un grand type maigre, triste et lent, qui me fait penser à un ermite peint par Zurbarán. Ce qui l'intéresse, c'est de passer sur Al-Jazeera, et il déchante en découvrant qu'aucun des journalistes ne travaille pour la chaîne qatarie. Pire, les journalistes n'ont pas de caméra, alors qu'il a pris soin de rédiger un beau communiqué pour dénoncer la barbarie du régime syrien et qu'il entendait le lire devant le monde entier. Conroy, accommodant, fait semblant de le filmer avec l'un de ses appareils photo. La récompense est immédiate : même si le chemin de Homs est dangereux, il promet de nous emmener dès le lendemain à proximité de la ville. Mais, nous prévient-il, il n'y a que deux routes qui y conduisent et douze points de contrôle entre ici et l'endroit où l'on pourra s'arrêter,

Discrètement, je parviens à passer un coup de téléphone au commandant Frédéric pour l'engueuler : « C'est quoi, cette filière ? On est dans l'improvisation complète. » Sa réponse n'est pas agréable à entendre : « C'est la Syrie, monseigneur. Pas tout à fait le pays dont rêvent les petites chochottes du Quai d'Orsay pour poser leurs belles petites godasses cousues main. T'as voulu y aller, tu y es. Pendant que j'y suis, tiens, je vais te remonter le moral : nos précieux amis dans l'armée libanaise ont capté une communication des services de sécurité syriens. Ordre a été donné de tuer sur place les journalistes occidentaux capturés en Syrie et de maquiller les exécutions pour qu'elles soient imputées à l'Armée syrienne libre. C'est évidemment valable pour toi. Et c'est de bonne guerre.

– Tu veux dire que c'est du crime de guerre ?

– Certes, monseigneur, mais tu sais bien que, dans les guerres civiles, tous les coups sont permis. Et, rappelle-toi : doucement avec le Thoraya. Appelle-moi seulement si nécessaire. »

Le lendemain, la pluie vient s'abattre sur la région. Elle est fine, froide et insistante, mais c'est une alliée. Elle tire des rideaux de brume entre des rangées de peupliers qui nous protègent des barrages et des fortins. La voiture glisse au ralenti, comme une barque dans les marais, zigzaguant le long de maigres chemins détrempés. Les villages rencontrés se sont rabougris sous les averses et personne ne se hasarde dans les rues. Le ciel est cendre, la lumière blême. Brouillard sur les champs, buée sur les vitres, fumée des cigarettes dans l'habitacle qui nous donnent l'impression de traverser des pays approximatifs, des contrées floues, et nous nous sentons à peine plus réels. Sans la présence du danger, nous sombrerions dans le sommeil, bercés par la mélopée fatiguée des essuie-glaces. Parfois, la voiture s'arrête pour permettre au chauffeur et au *moqadem* Abou Saïd d'échanger trois mots avec le motard qui nous précède, à la fois guide et sentinelle motorisée. Il lui revient de s'assurer que la voie est libre. Vêtu d'un blouson en cuir usé et coiffé d'un bonnet de ski qui descend jusqu'aux sourcils mais sans lunettes de protection, il est trempé jusqu'aux os. La pluie a redoublé et sa barbe blanche dégouline. À chaque halte, il nous donne quelques instructions avant de repartir sur sa petite moto chinoise.

Quand l'itinéraire est plus sûr, le conducteur, toujours précédé du motard, rejoint la route principale pour gagner du temps. Nous devinons qu'il traverse des villages alaouites à ce qu'il prend de la vitesse, sachant que la probabilité de tomber sur des loyalistes sera plus forte. Dans les localités sunnites, la voiture ralentit, cherchant peut-être un passant qui nous confirmerait qu'il n'y a pas de soldats dans les parages.

Comme nous sommes partis assez tard, en début d'après-midi, après plusieurs faux départs provoqués par des ordres suivis de contre-ordres, le crépuscule nous trouve en chemin. La pluie s'est arrêtée et le soleil grésille un moment, colorant de rouge le fond de l'horizon. « C'est l'heure des *shabiha* », dit simplement en arabe le *moqadem* Abou Saïd, qui n'a pas ouvert la bouche depuis le début du voyage. Il répète sa phrase en anglais pour être sûr d'être bien compris : « *Shabiha time. They come with Mercedes.* »

Marie Colvin, qui n'a pas l'air de bien connaître la Syrie, demande ce que sont les *shabiha*. Je fais semblant d'ignorer ce que le mot veut dire. Perrin, qui est resté lui aussi muet depuis que nous sommes partis, répond : « Les fantômes… Ce sont les fantômes. » Depuis quand ces bêtes-là voyagent-elles en Mercedes ? se moque Marie Colvin.

Le Français, qui a flairé que ses compagnons de voyage n'ont pas une haute estime de lui, ignore le sarcasme et prend le temps de lui expliquer en anglais, comme un professeur à une écolière, qui sont les *shabiha*. « C'est le nom que l'on donnait aux grosses Mercedes noires des années quatre-vingt avec des coffres immenses, où l'on pouvait entasser des quantités d'articles en contrebande provenant des ports de Tartous ou Lattaquié, ou des frontières de la Syrie. Aux yeux du régime, c'étaient des voitures fantômes, elles n'existaient pas et n'étaient donc jamais contrôlées. Le nom a plus tard désigné ceux qui utilisaient ces voitures, comme si on disait le "gang des Mercedes". Quand la révolte a commencé, toute cette pègre s'est rangée comme un seul homme derrière Bachar pour devenir ses nervis et se constituer en milices. Les *shabiha* sont devenus le nom que l'on donne aux voyous du régime. Comme les fantômes, ils sortent à la tombée de la nuit en Mercedes pour faire des barrages, massacrer et piller. On les reconnaît à leurs têtes de psychopathes et leurs muscles énormes, que l'on dirait gonflés à l'hélium. Ils sont pires que cruels. Ils peuvent violer et égorger des enfants devant leurs parents. Ce qu'ils sont capables de faire défie l'imagination. Mais ils ne trahissent jamais leur maître Bachar.

– Même pas pour de l'argent ?

– Même pas. Ils peuvent se sacrifier pour lui. Je connais certaines paroles de leurs chansons qui le confirment. Un refrain dit : “*Shabiha*, *shabiha*, pour tes yeux, ô Bachar, et jusqu'à la mort.” »

Marie hoche la tête et semble méditer. Conroy, le plus silencieux de nous tous, continue de fumer. Je me demande s'il aura assez de paquets de cigarettes pour toute la durée du voyage.

L'obscurité est complètement tombée quand on arrive dans la localité proche de Homs où l'on doit passer la nuit. On se retrouve chez un autre capitaine, Abou Jamal, lui aussi déserteur. Comme il a envoyé sa famille à l'abri en Turquie, sa villa est vide et il est heureux de nous recevoir. Il nous installe dans un salon bourré de matelas et de coussins où braille en permanence la chaîne Al-Jazeera qui diffuse des images de manifestations et de bombardements. Marie est invitée à dormir dans le gynécée d'une maison voisine. Nous n'avons pas le droit de sortir.

Le *moqadem* Abou Saïd est reparti le lendemain matin avec la même voiture fatiguée et hachurée de boue. Le capitaine Abou Jamal, qui cache un sourire bienveillant dans une barbe noire et drue, et porte de petites lunettes cerclées assez inhabituelles en Syrie, est le plus charmant des hôtes. Il estime risqué notre passage à Homs et craint pour notre vie. Il nous emmène sur la terrasse de sa maison pour nous montrer des volutes de fumée grise qui s'élèvent lentement au loin sous les bombardements et roulent jusqu'à nous. « Le pire va venir, me confie-t-il. À la dernière réunion à laquelle j'ai assisté avant de déserter, des généraux nous ont annoncé qu'ils envisageaient de faire bombarder Homs à coups de missiles Scud. Ils comptent punir de la même manière Hama et Deraa afin de montrer aux autres villes ce qui va leur arriver si elles se soulèvent. »

Un étudiant en anglais, nommé Wa'ël, est venu nous rejoindre. Cela rend la discussion plus facile avec Abou Jamal qui commence à se laisser convaincre. Marie est excellente, elle argumente autant qu'elle joue sur la séduction. Je l'appuie en faisant valoir qu'une évaluation de la situation humanitaire s'impose. L'officier finit par accepter.

Nous partons en fin d'après-midi dans une fourgonnette conduite par un religieux. Abou Jamal et quelques-uns de ses hommes, armés de AK-47, ont pris place dans d'autres voitures. L'itinéraire emprunte de petites routes entre faubourgs et campagne. Très vite, nous sommes dans la pagaille de la guerre, avec des haltes trop longues sur des barrages tenus par les rebelles dont certains viennent nous dévisager. Sans doute que la nouvelle de notre présence passe de bouche en bouche et finira, dans un pays où les espions sont partout, par traverser les lignes et arriver jusqu'à l'oreille d'un officier des renseignements. Le convoi où nous avons pris place hésite sans cesse, s'arrête, une fois, deux fois, trois fois, rebrousse chemin, interroge des villageois craintifs pour savoir si la voie est libre, discute d'une voiture à l'autre, se scinde en deux, repart.

La nuit est tombée à notre arrivée dans la cour d'une petite mosquée. Après un dernier thé sur des tapis râpés, nous reprenons la route, toujours avec la fourgonnette. Une autre mosquée un peu plus loin, puis le voyage continue à pied. Le mollah nous serre dans ses bras et nous confie à Dieu. Nous suivons quelques ombres surgies de nulle part, ployant sous des sacs de ravitaillement, qui nous servent de guide. Wa'ël nous accompagne. C'est lui qui nous donne les consignes : interdiction absolue de parler, même de chuchoter, et d'allumer une lampe.

Nous partons en file indienne à travers la campagne. La nuit est épaisse et noire, à peine percée de minuscules étoiles d'argent. Elle est faite d'un seul bloc et pèse sur les épaules. La terre retient les chaussures, les aspire dans sa boue. Nous rencontrons des murs que les Syriens, après avoir balancé leurs gros sacs de provisions de l'autre côté, franchissent avec une agilité d'écureuil. Conroy est aussi doué que s'il venait de terminer un stage commando. Colvin, Perrin et moi-même avons plus de difficultés. Nous longeons de hautes fermes qui surplombent le sentier. Elles jaillissent de la nuit comme des archipels, une ampoule derrière la fenêtre d'un premier étage est un phare dans notre navigation sur l'écume des ténèbres. Nous ne faisons aucun bruit mais les Syriens nous intiment avec force gestes d'en faire encore moins. En longeant les murs des maisons, on s'attendrait à ce qu'un roquet lâche quelques aboiements. Mais rien. Seuls le silence, l'angoisse et la solitude intérieure. Les souvenirs heureux du temple de Bacchus se sont perdus en chemin. Le passager clandestin de l'hôtel Palmyra ne me suit pas non plus. Il s'est noyé dans la nuit.

Encore un mur à franchir, puis une longue traversée boueuse dans le bocage détrempé. Plus de sentier à suivre. À la place, une divagation en zigzag. Une lampe-torche s'allume. Les Syriens s'arrêtent et nous les imitons. Elle indique l'entrée d'un souterrain. Quand nous nous penchons, c'est pour découvrir un gros trou dans la glaise, d'une profondeur de deux mètres, creusé à la diable. Tout le monde a déjà sauté dedans en se bousculant un peu, à l'exception du journaliste français qui hésite. Je lui murmure : « Il faut y aller. On n'a plus le choix. »

L'instant d'après, nous découvrons une conduite d'évacuation des eaux dont la paroi a été fracassée pour permettre une ouverture à travers laquelle nous nous glissons en nous pliant en deux. Une fois à l'intérieur, la nuit est totale et l'on ne peut plus se redresser tant elle est basse et étroite. Nous sommes dans les entrailles de Léviathan.

Daniel

Tripoli-Beyrouth

Quand va-t-elle sortir ? Cela fait près de deux heures qu'on l'attend dans la camionnette qui a trouvé une bonne place dans la rue, à moins de deux cents mètres de la maison qu'elle occupe et qui ne semble pas surveillée. Samy est au volant, Simon sur le siège du passager. Je me suis installé derrière eux, en compagnie de deux gros costauds dont les tee-shirts noirs menacent de se disloquer chaque fois qu'ils bougent les épaules. Ils sont arrivés tôt ce matin de Beyrouth pour nous prêter main-forte et, comme nous tous, donnent des signes d'impatience et transpirent abondamment. Ce sont eux qui, après avoir enfilé des cagoules également noires, iront s'emparer de Rana. S'il y a des passants qui cherchent à s'interposer, ils sortiront leurs flingues et gueuleront des menaces avec l'accent de la banlieue chiite de la capitale libanaise pour faire croire qu'ils sont du Hezbollah. La camionnette, comme la Samsung conduite par Tony, qui est garée un peu plus loin et doit servir à freiner d'éventuels poursuivants, ont des plaques d'immatriculation en provenance des quartiers sud de Beyrouth. Dans la guerre que se livrent sunnites et chiites, le kidnapping de l'ex-femme d'un chef djihadiste par le parti divin est une hypothèse tout à fait envisageable.

Une autre demi-heure accroît encore notre nervosité. Les deux malabars n'arrêtent pas de s'assurer que leurs Beretta sont bien glissés derrière leurs ceintures et profitent de l'occasion pour vérifier, tout aussi machinalement, qu'ils ont toujours quelque chose entre les cuisses. « Putain, le sac à poubelle, elle nous les gonfle tellement qu'elles vont tourner pastèques », lance celui qui a les plus gros biceps et des touffes de poils noirs qui sortent par les manches de son maillot, après une énième palpation de son arsenal.

« La voilà. C'est bien elle avec son sac Gucci », dit au même moment Samy qui n'a pas cessé un instant d'observer la rue. Il s'apprête à tourner la clé dans le démarreur mais Simon se met à gueuler : « C'est quoi ça ? Ce qu'elle porte avec son autre bras. C'est quoi ce paquet blanc ? Putain, c'est un môme !

– On y va quand même? » demande Samy en se tournant vers moi.

Simon répond sans me laisser le temps de réfléchir : « Non, on y va pas. »

En me penchant, je vois effectivement un minuscule baluchon blanc qu'elle plaque contre son *abaya* avec l'une de ses mains gantées. « Putain, elle a dû accoucher du môme quand elle était en prison, poursuit Simon. Il doit avoir quelques semaines à peine. À cause de leurs foutus sacs-poubelle, on ne voit même pas quand elles sont enceintes.

– Si c'est son môme, en quoi c'est un problème ? je demande. On ne va pas séparer la mère et l'enfant. Elle pourra toujours s'occuper de lui. »

Simon fait « non » vigoureusement de la tête avant de se tourner vers moi. Ses yeux sont durs et sa bouche s'est crispée. On dirait qu'il a avalé ses lèvres tant elles sont devenues fines. Sa voix est encore plus sourde. « Tu ne comprends pas ? S'il faut recommencer la guerre, c'est sûr qu'on fera pareil qu'eux. Nous aussi, on fera bouillir leurs couilles, on débitera leurs bites en tranches pour en faire des kebabs et on leur fera bouffer le tout. Mais s'il y a un gosse, nous, on ne joue plus. On ne touche pas aux enfants. C'est sacré, les mômes. Rien de plus sacré. Tu vois, on est comme eux mais on ne fait pas pareil. Comme je te l'ai dit, kidnapper un corbeau nous posait déjà un vrai problème. Car il y a quand même un truc qui ressemble à une femme sous ses trois couches de sédiments. Et nous, les bonnes femmes, c'est comme les gamins, on n'y touche pas non plus. Tu le sais, les frontières entre le bien et le mal, elles sont floues, elles varient d'une guerre à l'autre et nous aussi on peut tricher avec. Mais l'abîme, on sait où il est. Et on ne s'en approchera pas. On voulait bien faire une exception pour toi vu que t'es sûrement un mec bien qui cherche à récupérer un pote, si ce que tu nous as dit est vrai, et que tu nous as été recommandé par un type qui a été un super chef, même si on n'avait pas à l'époque les mêmes idées. Maintenant, oublie tout. On va rentrer tranquille à Beyrouth et te rendre ton fric. On te fait cadeau des frais. Si une autre fois t'as besoin d'un coup de main, on sera toujours là. Mais on ne touchera jamais à un gamin. »

Simon laisse passer quelques instants, puis revient à la charge avec un argument que je n'aime pas entendre : « T'as bien une fille, d'après ce que t'as dit à Élias ? La situation est peut-être différente mais un gosse est un gosse. Imagine qu'on veuille l'enlever, ta gamine, même avec sa mère… »

Je ne cherche pas à le contredire. La partie est perdue alors qu'elle était quasiment gagnée. Samy me reconduit jusqu'à l'immeuble pour que je puisse récupérer mes bagages et on part pour Beyrouth. Pendant tout le trajet qui dure une heure, je ne desserre pas les lèvres. Une fois arrivés, ils veulent me payer à boire et à dîner dans un petit restaurant arménien de Borj Hammoud mais je refuse. Je n'ai rien à leur reprocher mais je leur en veux à en crever.

À l'hôtel Alexandre, le téléphone sonne au moment où j'entre dans ma chambre. Le réceptionniste m'annonce qu'un « ami américain qui n'a pas voulu dire son nom » m'attend au bar.

Ross n'a pas changé. Son français est toujours impeccable et il l'exhibe avec la même arrogance. Il est mince, très grand, solide et, en dépit d'un nez de rapace nocturne qui le rend inquiétant, il est demeuré beau gosse depuis l'Irak du début des années 2000. Il a des yeux d'un joli bleu aqueux qui évoque la couleur du Harpic que l'on utilise pour la cuvette des chiottes. Il a appris à s'habiller mais son costume gris et chic a des manches trop courtes pour ses bras trop longs. Le cheveu noir et brillant, légèrement gominé, est coupé court, quasiment en brosse, l'eau de toilette est un peu sucrée mais doit faire son effet dans les ascenseurs à barbouzes et, comme d'habitude, il noie son bourbon Jim Beam dans une barrique de flotte. Il ne serre la main que quand il ne peut pas faire autrement, peut-être dans la crainte d'attraper des microbes. Dans les relations humaines, il est aussi direct qu'un coup de boule. Mais il sait résumer les tragédies du monde dans des rapports de moins de trois pages. Sûrement que sur ses notes de frais ne figure jamais l'achat d'un bouquet de fleurs. « Beau fiasco, Tripoli. Bravo l'artiste, dit-il sans attendre que je sois assis.

– Pour une fois, l'Agence est bien renseignée.

– *Fuck you* ! Elle l'est toujours. C'est derrière que ça ne suit pas.

– C'est toujours ce qu'on dit.

– T'es vraiment dingue de cette fille ou quoi, pour prendre autant de risques ? À Bagdad, ce que tu as fait était complètement fou. J'aimerais bien savoir ce qu'il y a entre vous. C'est vrai qu'elle est pas mal ta blonde aux yeux verts. C'est l'amour de ta vie ?

– En quoi ça te regarde ?

– *Fuck you* ! Tout ce qui concerne la sécurité des États-Unis et de ses citoyens me regarde. Et là, tu t'approches d'une zone où personne ne doit mettre les pieds. À Tripoli, tu étais au bord du gouffre. Je ne vais pas te rappeler ce que prévoit la loi américaine à propos de ceux qui se tripotent en compagnie des terroristes.

– C'est pour sauver une vie américaine. Si vous faisiez votre boulot… »

Comme chaque fois qu'il a quelque chose de délicat à dire, Ross tire à trois reprises sur les manches de sa veste, sa manière à lui de prendre des gants. « Écoute bien, mon trou-du-cul de Français. Si on pouvait faire quelque chose, on l'aurait fait. C'est une Ricaine, tu l'as dit, tout comme moi, d'une famille de patriotes si elle-même ne l'est pas, tout comme la mienne, et on leur fera payer ce qu'ils lui font subir. Mais pas question de négocier avec eux une rançon ou quoi que ce soit. C'est pas qu'on ne veut pas, je te répète que c'est la putain de loi américaine sur le financement du terrorisme qui l'interdit. C'est valable pour nous, c'est valable pour n'importe qui, c'est même valable pour toi. Mais, de toute façon, tu n'as pas assez de fric pour ça. Tiens, tu veux que je te rappelle combien, vous, les Français, avez déjà payé de rançons ces dernières années pour libérer vos foutus otages ? Non ? Je te le dis quand même : 58 millions de dollars. Ce n'est pas l'Agence qui le dit, c'est le *New York Times*.

– Tu veux dire que c'est l'Agence qui l'a dit au *New York Times*.

– *Fuck you* ! Est-ce que tu la connais si bien que ça, ta petite amoureuse ? Tu sais ce qu'elle a fait ? Dans ce merdier, elle s'y est mise toute seule. Elle y a plongé la tête la première. Tu sais, il y a des fois où l'innocence est criminelle. Elle a franchi clandestinement la frontière en se disant qu'une jolie gonzesse comme elle n'avait rien craindre, qu'elle connaissait bien le monde arabe, qu'elle jacassait un peu la langue du coin, qu'elle adorait les *fucking muslims*, qu'elle avait la haine du système américain et des mecs comme moi qu'elle considère comme des *fucking* fascistes, qu'elle travaillait pour une *fucking* ONG qui ne nous aime pas non plus et bosse même avec les plus méchants des insurgés et que, pour toutes ces raisons, tout allait bien se passer. Mais tu peux me dire ce qu'elle allait foutre en Syrie, du côté de Raqqa ? Chercher un mec ou quoi ? C'est la seule explication.

– Tes informations, c'est n'importe quoi.

– *Bullshit* ! En tout cas, vous avez un personnage qu'on n'a pas chez nous, une certaine Bécassine… c'est comme ça qu'on dit, non ? Ta *girlfriend* chérie, c'est Bécassine qui va en Syrie sucer du djihadiste au lieu d'aller à la messe lécher le cul des bénitiers.

– T'es une ordure et, si tu ne fous pas le camp tout de suite, je te casse la gueule.

– Attends encore un peu avant de le faire, je n'ai pas fini. Car, dans son panier d'osier, qu'est-ce qu'elle avait ta *fucking* Bécassine ? Du bon pain, du beurre frais ? Pas du tout. Elle avait oublié de ne pas emporter son ordinateur. Et sur l'ordinateur, il y avait quoi ? Le nom de dizaines de Syriens qui collaboraient secrètement avec sa putain d'organisation humanitaire.

– C'est une rumeur. Rien n'indique que ce soit vrai.

– *Fuck you* ! Dans ce cas, dis-moi, mon *Frenchie* chéri, pourquoi les djihadistes ont-ils arrêté autant de monde après avoir capturé ta belle blonde venue en Syrie chercher on ne sait quoi, ou plutôt on ne sait qui. Elle est vraie à cent cinquante pour cent, cette histoire. Mais reste dans tes rêves. »

L'Américain ne fait pas mine de se lever. Au contraire, il allonge ses grandes pattes et exhibe de belles pompes anglaises taille 47. Et s'il reste assis, ce n'est pas seulement parce qu'il a envie de se taper un deuxième bourbon à l'eau. Il vient à nouveau de tirer sur les manches de sa veste.

« T'as encore quelque chose à me dire ?

– Ouais. J'ai un marché à te proposer. On te connaît bien : on a vu de quoi t'as été capable à Bagdad et tu te souviens qu'il nous est arrivé de bosser un peu ensemble du côté de Ramadi et de Falloudja après la connerie du siècle qu'a été l'invasion de l'Irak. Et puis, on sait que tu…

– Le deal, c'est quoi ?

– Relax, j'y arrive. On a besoin d'un type comme toi pour un aller-retour rapide en Syrie, un petit voyage de quelques jours.

– Vous n'avez plus personne en magasin ?

– Il faut que l'agent soit un *fucking* français.

– Pour quelle raison ?

– Je ne te le dirai que si tu acceptes. Si oui, on fera pour ta *girlfriend* ce que nous n'avons pas le droit de faire. Mais le temps presse : il faut que tu nous donnes ta réponse tout de suite. T'as même pas cinq minutes pour réfléchir. En attendant, paye-moi un verre.

Joan-Manuel

Ankara

Que Ton Nom soit sanctifié… Que Ton Nom soit sanctifié… Que Ton Nom soit sanctifié… Que Ton Nom… Je n'ai aucun problème à prononcer la phrase et la répéter autant de fois que je veux. C'est quand elle est dans le corps de la prière que je bute sur le dernier mot, et uniquement quand je la prononce à voix haute, comme si un esprit, un fantôme, quelque chose de surnaturel, surgissait à cet instant précis du néant pour dérober le verbe et le remplacer par un autre. Quand je récite le Notre-Père dans ma tête, le blocage ne se produit pas. Il apparaît dès que je le chuchote. C'est ma voix qui déclenche le sortilège et provoque la défaillance.

À Ankara, le médecin de l'ambassade m'examine longuement. Il ne me trouve pas en trop mauvaise forme et ne recommande pas d'hospitalisation, simplement une batterie d'examens dès mon retour à Barcelone. Les genoux ont pas mal dégusté à cause des coups de klachène mais, avec une bonne rééducation, une opération ne sera pas nécessaire et je ne devrais pas boiter. Il s'inquiète néanmoins de ce qui se passe dans ma tête, de l'absence de réponses à plusieurs de ses questions, de mon refus d'aborder certains sujets, et il me met en garde contre ce qu'il appelle le syndrome de la mygale. Je n'ai pas besoin de lui demander en quoi il consiste.

Elle apparaît quand tout semble aller à peu près, pas bien, c'est impossible, mais pas trop mal non plus. L'équilibre psychologique est précaire, cependant le mental tient bon, repousse les attaques d'angoisse jusqu'au soir, exactement jusqu'à la porte du crépuscule. C'est le moment où elle sort de son bocal pour traquer ses proies, s'installant sur le seuil de la conscience, profitant d'un flottement, d'un relâchement de l'attention, d'un vacillement provoqué par un mot ou une image, d'une baisse d'adrénaline, et soudain tout va très vite, elle jaillit de son tube de soie, le venin de la mémoire déjà dans ses crochets. L'inoculation de la culpabilité est immédiate. Tout peut alors basculer. « Je saurai gérer mes mauvais souvenirs, rétorqué-je au toubib.

– C'est ce que vous croyez ! Parce que vous êtes écrivain et que vous comptez vous servir de cette expérience pour écrire un best-seller ? Mais ça ne réglera pas tout. Vous avez laissé des copains là-bas et certains ne reviendront pas, vous le savez bien. Et vous vous poserez l'inévitable question : pourquoi, moi, je m'en suis sorti ? Le combat que vous avez dû livrer en Syrie pour survivre n'est pas terminé. Les circonstances de votre captivité ont été telles que vous allez devoir vous affronter vous-même. Tôt ou tard. Faites aussi attention avec votre bouquin, vous risquez de vous y enfermer. »

Il ajoute après une pause : « Faites-vous suivre, je crois que vous en avez besoin. Sinon, un jour ou l'autre, c'est la mygale qui vous prendra en filature. Elle vous suivra partout jusqu'à vous attraper dans sa toile. Après, elle vous piquera. De toute façon, vous n'avez rien à perdre. »

J'acquiesce pour mettre fin à ses conseils et je me dépêche de me rhabiller – les vêtements qu'on m'a remis sont bien trop larges et ceux qui les ont achetés ont oublié que je sortais d'une cure d'amaigrissement – pour regagner le salon de l'ambassade où le champagne de ma libération m'attend. Du cava, bien sûr.

Je compte prendre l'avion le surlendemain en refusant à la fois de regagner l'Espagne par un vol spécial affrété par le ministère des Affaires étrangères et d'être accompagné par un officier de sécurité. Il me faut discuter âprement avec l'ambassadeur et le chef de l'équipe qui m'a récupéré près de la frontière. Il n'y a pas de vol direct pour Madrid-Barajas, où un comité d'accueil m'attendrait avec mon frère, des journalistes, des personnalités, sans doute le Premier ministre puisqu'une élection approche, et quelques copains-copines madrilènes. Je m'oppose à un tel hommage, que je ne mérite en rien, et prétexte que je ne me sens pas en état d'affronter les caméras. Mais les officiers du Centro nacional de Inteligencia, spécialement venus de Madrid pour aider à ma libération, ont en main le rapport du médecin disant que je ne me porte pas trop mal. « On a bossé dur et pendant plus d'un an pour vous tirer de là. Sans parler de la rançon, phénoménale, la rançon ! Alors, vous nous devez bien un petit quelque chose, c'est le minimum », me lance l'ambassadeur.

Le lendemain, après d'interminables débriefings auxquels se joignent des agents américains, suivis d'un passage chez le coiffeur de l'ambassade, les types du CNI me donnent un nouveau passeport et un téléphone portable avec lequel je peux appeler les familles des otages. À toutes, je leur mens en leur assurant que la captivité de leurs proches se passe bien et qu'ils sont bien traités. C'est avec les parents de Jon, sa mère autant que son père, que je discute le plus longtemps, au moins deux heures, répondant à chacune de leur question par un mensonge qui me serre le ventre. J'ai aussi mon frère Raúl au téléphone. Nous n'avons jamais été proches, encore moins depuis qu'il a quitté Barcelone pour une banlieue chic de Madrid, et, pourtant, lui, mon aîné de quelques années, le banquier dur en affaires, toujours à la recherche des meilleurs placements et de nouveaux moyens d'échapper au fisc, qui n'a guère versé de larmes aux obsèques de notre mère et pour lequel j'ai la même considération qu'un saltimbanque porte à un prêteur sur gages, pleure en m'entendant. « Je croyais que tu ne reviendrais plus », réussit-il à dire au bout de cinq minutes.

Je ne lui ai jamais rien demandé et il m'en coûte de lui quémander un service. Il proteste un moment mais je sens peu à peu ses arguments faiblir. Il finit par céder.

Avant de raccrocher, il m'annonce une « nouvelle catastrophique ». Il semble accablé par ce qu'il tient à me dire : « Pendant ton absence, je me suis permis de regarder tes comptes. Ils ont tous été pillés, j'imagine par tes ravisseurs. Je ne sais pas comment ils ont fait mais tu n'as plus rien. T'en fais pas : je vais faire le nécessaire pour que ta banque te rembourse. Mais ça prendra du temps. » Je ne veux pas lui confier que je leur ai donné moi-même le numéro des cartes bancaires qu'ils ont trouvées sur moi. Jon, lui, n'a pas cédé. Et quand Mehdi le Cogneur puis les Beatles l'ont torturé, il leur a donné de faux numéros. Ils sont revenus le frapper plus salement encore et il leur a indiqué d'autres chiffres, tout aussi faux. Sa banque a fini par s'apercevoir qu'il y avait un problème et bloqué ses comptes. Sauf que Jon n'a jamais eu d'argent. Non seulement il ne gagnait pas grand-chose avec ses photos mais c'était une poche percée, qui dépensait tout avec ses nombreuses amoureuses. Son compte était débiteur.

À l'escale d'Istanbul, le billet que mon frère m'a acheté avec réticence se trouve bien au comptoir d'Iberia. Un aller pour Barcelone. Comme je n'ai aucun bagage et que j'ai catégoriquement refusé que le consul m'escorte d'un terminal à l'autre, il m'est facile de changer de vol. C'est Raúl qui annoncera un peu avant le début de la cérémonie d'accueil sur l'aéroport de Madrid que je ne serai pas dans l'aéronef en provenance d'Ankara. Les hommes politiques, les journalistes, les officiers du CNI feront tous sacrément la gueule. Les exhortations de l'ambassadeur ne m'ont pas convaincu.

Je ne peux sortir de ma tête que je suis le maillon faible du groupe, ce qui me vaut d'être libre, et que je ne mérite pas d'être salué par de beaux discours, des applaudissements et autres salamalecs. Et puis il me faudrait sourire face aux appareils photo et aux caméras. Impossible.

Le seul sourire dont je suis pour l'instant capable, je l'adresse à la cocotte en papier que j'ai gardée avec moi et qui est de plus en plus fripée. Je ne l'ai pas brûlée en allumant la première cigarette, comme je m'étais promis de le faire une fois la frontière franchie. Je n'ai pas pu. Je l'assois à côté de moi sur le siège vide, en classe affaires, sur le vol Iberia. Et je lui parle : « Ma cocotte, si tu es encore avec moi, c'est que tu portes en toi un secret. Comme la prière et les vers de Garcia Lorca. C'est peut-être ma mauvaise conscience, peut-être autre chose. Je vais essayer de le découvrir. »

En m'apportant du champagne, pas du cava comme à l'ambassade, l'hôtesse de l'air me surprend à parler à la figurine en papier. Sans doute me prend-elle pour un fou. Elle ne se trompe peut-être pas.

Alexandre

Chemin de Homs

C'est l'épreuve que j'attendais, celle où les figurants de la petite photo – la seule que j'ai retrouvée les montrant réunis, serrés les uns contre les autres – seront là à me regarder, à me souhaiter bonne chance, et à se demander si je suis capable de mener à bien ma mission. Je ne les ai pas connus et leur histoire, je ne l'ai apprise d'Anna, ma mère, que longtemps après, d'autant plus qu'elle m'a eu très tard. Et il m'a fallu insister pour qu'elle me raconte tout ce dont elle se souvenait. Sur la photo, ma mère paraît minuscule et l'on voit bien qu'elle est la dernière de ces cinq enfants qui se forcent à sourire.

Anna les a vus passer, un jour lumineux de la fin du mois de septembre 1943, dans de grands camions bâchés qui crachaient une fumée noire. Elle se tenait dans une petite épicerie de la rue d'Italie dans le Vieux Nice, à quelques dizaines de mètres du garni installé dans des combles où toute sa famille se cachait depuis des mois. Elle avait insisté pour accompagner ma grand-mère faire des courses. Quand le convoi a surgi, Suzanne, cette grand-mère que je n'ai pas connue, a tout de suite deviné sa destination.

Les camions étaient précédés d'un half-track armé d'une mitrailleuse où le Bellâtre en personne avait pris place. Ma mère prétend l'avoir aperçu mais, à mon avis, elle était trop petite pour se rappeler un souvenir aussi fugace. L'officier venait de terminer un copieux petit déjeuner à l'hôtel Excelsior, où l'on allait conduire ceux qui seraient raflés dans la journée pour les examiner, baisser leurs pantalons, mesurer leur nez et leurs oreilles, les humilier de toutes les manières possibles, les battre ou, pour certains, les torturer. La gare était proche. De là, partaient les wagons à bestiaux à destination de Drancy.

Suzanne s'entendait apparemment bien avec l'épicière, une vieille Arménienne avec laquelle elle discutait sans doute de ce pire qui pouvait brutalement surgir au coin de la rue. Sans perdre un instant, sans même marquer de surprise, elle lui a donné sa fille, c'est-à-dire ma mère, sans prendre le temps d'un dernier baiser, et elle est sortie d'un pas raide et rapide. Du moins si ma mère n'a pas enjolivé ses souvenirs. Elle tenait à me répéter, chaque fois que je lui faisais raconter l'histoire, qu'elle n'a pas vu Suzanne courir, comme on pouvait s'y attendre, en traversant la chaussée pour gagner le garni. Ma grand-mère a gardé son sang-froid même si son cœur battait sans doute à tout rompre. Elle portait ce matin-là un petit chapeau noir et une jupe longue, comme sur la photo. Après, Anna ne sait pas ce qui s'est passé, car l'épicière l'a conduite dans l'arrière-boutique et l'a cachée dans un placard qui sentait le moisi. Elle y est restée jusqu'au soir, quand une autre dame est venue la chercher. Le réseau Marcel l'a ensuite conduite chez des religieuses dans les Hautes-Alpes où elle est demeurée jusqu'à la Libération, avant de rejoindre l'Angleterre où une tante pouvait s'occuper d'elle.

Ce jour-là, ma grand-mère est allée rejoindre son mari et ses quatre autres enfants. Elle a dû arriver au pied de l'immeuble au moment où les soldats allemands montaient l'escalier. Elle avait fait le choix, en une poignée de secondes, de laisser la petite dernière à la garde d'une Arménienne.

Avait-elle pressenti que l'épicière pouvait lui sauver la vie ? À partir des souvenirs de ma mère, j'ai fait des recherches. J'ai essayé de retrouver la vieille commerçante mais elle était morte depuis des années. Son petit magasin n'existait plus. Je n'ai pas repéré où se trouvait le meublé mais je connais le numéro du convoi ferroviaire qui les a emportés, le 70. Et le nom du capitaine qui était dans le half-track, celui que ma mère croit avoir aperçu, Aloïs Brunner, alias le petit Bellâtre, alias Abou Hussein.

Maintenant, les figurants de la photo sépia sont sortis de ma tête. Ils nous regardent nous débattre dans les boyaux du Léviathan où nous essayons de progresser à la lueur des lampes, pliés en deux, car la conduite cylindrique en béton ne permet toujours pas de nous tenir debout. Il faut tenir bon pendant trois kilomètres, si les indications données par le capitaine sont exactes. Ceux qui sont de petite taille sont favorisés, ils peuvent marcher en ne courbant que la tête et les épaules. Pour eux, c'est éprouvant mais surmontable. Paul Conroy, qui est court sur pattes, suivi par Marie Colvin, pas très grande non plus, avancent sans trop se soucier des autres. Derrière eux, le journaliste français est au supplice. Il souffre visiblement du dos. Lorsque le halo de ma torche se porte sur son visage, je le vois ruisseler de sueur. Wa'ël, notre guide et traducteur, qui est jeune et costaud, lui a pris son sac et l'encourage. Je me demande s'il pourra tenir jusqu'au bout.

Lors des pauses, Marie et Paul s'inquiètent de ce que Perrin fasse une crise cardiaque, ce qui compliquerait salement la situation. Sans même penser au pire, ce serait catastrophique pour nous tous s'il ne parvenait pas au bout du souterrain avant l'aube. Je m'angoisse d'autant plus de le voir s'affaiblir que, s'il me faut un allié au sein du groupe, je décide que ce sera lui plutôt que Conroy ou Colvin. Il a trop de soucis pour s'intéresser à moi.

Avant de quitter Paris, j'ai longuement regardé la petite photo sépia, prise quelques mois avant le carnage et, si cela n'avait été contraire à toutes les règles de sécurité, je l'aurais emportée avec moi. Avec la lumière de la frontale, je la projette sur la nuit du souterrain. Ils sont là tous les sept, les parents et les cinq enfants, à me regarder. Anna, ma mère et la seule survivante, inquiète jusqu'à la déraison, me demande pourquoi je me suis fourré dans une telle aventure, faisant valoir que les morts ne ressusciteront pas et qu'Abou Hussein, alias Aloïs Brunner, alias le Bellâtre, ne sortira pas du cimetière d'Al-Affif à Damas. Les quatre frères et sœurs d'Anna, deux petits garçons malingres, deux petites filles timides – ils resteront éternellement des enfants –, ne sont pas du même avis : ils m'encouragent. Suzanne, ma grand-mère, est du même avis que sa fille mais Abraham, le grand-père, dit qu'il est fier de moi.

Nous essayons de faire le moins de haltes possibles mais il le faut bien, tant Perrin est en difficulté. Heureusement, la canalisation est plutôt propre : de la gadoue et quelques flaques d'eau stagnantes mais aucun déchet. On devine qu'elle est très peu utilisée. Jamais elle ne s'élargit pour nous permettre de nous redresser et reprendre des forces. Plus nous nous enfonçons dans les entrailles bétonnées de la terre, plus la chaleur, moite, lourde, suintante, pèse. L'absence de ventilation empêche de respirer et le sentiment de claustrophobie, d'abord léger, se fait de plus en plus fort avec son lot d'images morbides qui passent et repassent devant les yeux ; une mitrailleuse DShK au bout du boyau, qui nous prend en enfilade et nous précipite les uns sur les autres ; les canalisations de Hama, lors de la grande révolte de 1982, où l'armée syrienne a déversé du pétrole avant de l'enflammer, transformant les galeries en coulées de feu, brûlant vif les insurgés qui s'y étaient réfugiés. Pourquoi est-ce que ce ne sont pas les souvenirs du temple de Baalbek qui s'imposent ? Paola en nymphe fatale, la jupe retroussée, agacée par Bacchus, les hauts chapiteaux qui supportent l'Olympe où les déesses montrent leurs fesses. Pourquoi ne chassent-ils pas le train fantôme qui s'est glissé avec nous dans le souterrain, et avec lui l'histoire d'un autre tunnel ? L'interminable arrêt du train causé par une alerte aérienne dans la chaleur du mois de septembre 1943, un peu après Lyon, les wagons de la soif, les petits avec la gorge incendiée, ma grand-mère qui leur donne la becquetée du peu de salive qui lui reste, sans pouvoir calmer leurs cœurs battant comme les ailes d'oisillons pris au piège.

À bout de forces, Perrin vient de s'asseoir. « Je n'y arriverai pas, chuchote-t-il. Ma sciatique s'est réveillée et mon dos peut se bloquer d'un instant à l'autre. Je dois revenir en arrière. » Je vais lui dire que ce n'est pas possible de rebrousser chemin mais Paul Conroy me devance. L'ancien militaire a les mots durs d'un soldat : « Tu n'y songes pas ! Une fois arrivé au trou, tu ne pourras pas te hisser pour en sortir. Et même si tu y parvenais, tu te retrouverais tout seul dans la campagne, en pleine nuit, sans savoir comment regagner un endroit sûr, ni même comment te repérer, à la merci de la première patrouille. Et s'ils te prennent, adieu ! Tu disparaîtras pour toujours. Tu n'as pas d'autre choix que de continuer. »

Perrin parvient à se relever en se tortillant, le dos et les jambes toujours verrouillés par des crampes d'acier. Nous repartons, chacun avec nos fantômes, avec lesquels nous partageons la douleur de chaque pas, la sueur dans les yeux, un bourdonnement dans les oreilles qui vient d'on ne sait où. Est-ce que Marie Colvin pense à l'éclat d'obus qui l'a défigurée en lui prenant l'œil gauche ? Paul Conroy doit se demander quand il fumera sa prochaine cigarette. À le voir cavaler en tête, on voit que le souterrain ne lui fait pas trop peur. Il m'a dit hier que le mental devait toujours commander et le corps lui obéir sans discuter. Et Wa'ël, à quoi songe-t-il ? À une hypothétique liberté pour son pays, ou aux salles de torture où il finira sa vie s'il se fait attraper par les *shabiha* du régime ? Peut-être nous attendent-ils à bras ouverts à l'autre bout de la canalisation.

Les petits viennent marcher un moment en ma compagnie. J'entends leurs cœurs d'oiseau battre à mes tempes. Puis c'est Aloïs le Bellâtre qui s'approche. Cela tombe bien, j'ai des questions à lui poser. Dis-moi, était-ce bien toi le petit vieux cradingue, avec des lunettes noires pour cacher ton œil mort et quelques touffes de cheveux gras, que j'ai aperçu dans un couloir du ministère de la Défense à Damas, le jour où j'accompagnais une délégation d'hommes d'affaires ? Tu as marqué un temps d'arrêt en nous entendant parler français et tu as fait demi-tour très vite pour regagner ton bureau. C'était certainement toi, j'ai flairé ton épouvantable odeur de charogne. Alors, dis-moi, où était ton bureau ? Près de celui du ministre-général, un peu à droite après le grand couloir, en face du portrait du Leader magnifique ? Et mon ministre à moi, celui que j'ai servi au début de ma carrière avec dévouement en le considérant comme un grand homme, n'a-t-il jamais su que tu te cachais là ? Ou est-ce qu'il s'en moquait, parce que c'était de l'histoire ancienne et qu'il fallait construire à tout prix de bonnes relations avec Damas ? Plus j'y pense, plus je suis certain que c'était toi. Je te revois dans ta veste grise tourner brutalement les talons. Moi, le diplomate blanc-bec, timide comme pas un, qui n'en revenait pas d'avoir été nommé en Syrie, je n'ai pas voulu croire que c'était toi. Mais, au fond de moi, je le savais. J'aurai dû te courir après et te rattraper. Si je l'avais fait, est-ce que je t'aurais étranglé de mes mains ? Est-ce qu'on peut tuer un vieux salaud décati sans se rabaisser et devenir soi-même un salaud ? Qu'importe ! Je ne l'ai pas fait.

Le journaliste français vient encore de craquer. Heureusement, la canalisation devient un peu plus haute sur quelques mètres et moins étroite. Mais il est au bout du rouleau. « Il faut repartir. On a fait la moitié du chemin », lui ment Wa'ël pour regonfler son moral.

Nous marchons longtemps en avançant lentement et de travers, comme de gros crabes dans la nuit, avec la sueur qui nous aveugle et les crampes qui poignardent le haut des cuisses et le bas du dos. La soif ne nous épargne pas non plus. Mais la lampe frontale ne fixe plus d'images sur l'écran cylindrique du souterrain. Le train fantôme a fini par sortir du tunnel.

Nous atteignons un endroit où la canalisation s'élargit à nouveau et d'où part une échelle. À l'instant où il peut se redresser, Perrin commence à aller mieux. Conroy est épuisé. Les traits de Marie Colvin sont défaits mais elle n'avouera jamais qu'elle en a bavé à en crever. Nous grimpons les uns après les autres à l'échelle qui ne va pas jusqu'en haut, des mains surgies de nulle part nous agrippent par les bras et nous aident à sortir du trou. Nous retrouvons l'air frais, la nuit redevenue accueillante. Une quinzaine de jeunes combattants barbus en treillis nous intiment de faire silence et nous emmènent à travers un grand champ fangeux jusqu'à deux 4 × 4 abrités derrière les ruines de maisons bombardées. Avant de grimper sur les plateformes ou d'entrer dans les cabines, de lancer les moteurs et de les faire ronfler, ils se mettent tous à hurler « Allahou akbar ». Tout Homs doit savoir que nous sommes sortis du boyau souterrain.

Dans la Land Cruiser, nous sommes serrés comme des harengs. En roulant, nous découvrons que nous ne sommes pas dans le quartier de Bab Amr mais dans un faubourg assez éloigné, très près de la ligne de front.

Après la nuit du souterrain et celle de la délivrance, une autre nuit commence, traversée de ruines, de bâtiments réduits à des pyramides de pierre, d'éboulis qui s'étalent sur la route détrempée par les dernières averses, de carcasses de véhicules brûlés. Le gros 4×4 roule sans lumière. Bientôt des éclairs nous suivent tandis que le chauffeur cherche à leur échapper en prenant de la vitesse. On dirait du morse, ces courbes d'acier qui tracent le pointillé d'un arc parfait pour se diriger sur nous. À cause du moteur poussé à bout et des vitres fermées, aucun staccato ne se fait entendre. Nous regardons fascinés ce pointillage de flammes d'acier, dans la stupeur plutôt que dans la peur – où s'est-elle planquée, la peur ? –, en remontant jusqu'au départ de feu comme si elles allaient nous apprendre quelque chose que nous cachions en nous-mêmes et que nous avions toujours voulu savoir. Paul Conroy rompt le charme : « C'est du 12,7. » Comme il aurait dit : « Tiens, je me taperais bien une bière. »

Le chauffeur accélère en zigzaguant entre les décombres et les squelettes calcinés de voitures. D'autres éclairs sur notre gauche. Une roquette au-dessus de nos têtes. Le conducteur essaye toujours de gagner sur les rafales en poussant le moteur. On ne sait pas comment il se repère dans la nuit. À croire qu'il suit les minces reflets des étoiles qui tracent des sillons de particules dans les flaques, comme autant d'aumônes tombées d'un ciel noir.

Nous sommes tantôt à l'abri derrière des bâtiments détruits, tantôt à découvert. Les rafales nous redonnent la chasse. Six balles, une traçante. Six balles, une traçante. Six balles… « Du 14,5 anti-aérien », lance Paul Conroy, toujours aussi laconique, comme il aurait dit : «Je m'en retaperais volontiers une bien fraîche. » Nous finissons par plonger dans un gouffre de rues sales comme des décharges qui nous protègent des tirs. Probablement Bab Amr.

« C'est ton baptême du feu ?», me demande Perrin, qui est assis à côté de moi. Je lui réponds que non, ce qui n'est pas exact, car, s'il m'est arrivé de fréquenter des pays en guerre, mon boulot n'est pas d'approcher les lignes de front. Mais sa question me fait repenser aux cinq enfants de la photo, à leurs sourires, un peu factices pour les filles, un peu niais pour les garçons. Et, brusquement, sans pouvoir l'expliquer, j'ai peur pour eux, terriblement peur. Je les vois sortir des camions bâchés, marcher vers l'hôtel Excelsior entre deux rangées de soldats qui les rudoient, je les vois monter dans les wagons à bestiaux qui les conduisent à Drancy. Ont-ils pu prendre un jouet ou deux avec eux ? Je sais par ma mère qu'il y avait à la maison un vieux nounours tout pelé et aux oreilles mordues qu'ils adoraient et qu'ils se disputaient. A-t-il fait partie du voyage ? Le plus jeune, Adam, a-t-il pu emporter son doudou, un bout de couverture bariolée en laine tricotée avec amour par ma grand-mère ? Ont-ils pu au moins un temps se cramponner à l'idée que l'ourson, le nin-nin ou le doudou allaient les protéger de l'immensité du mal ? Au souvenir du nounours, mes yeux se mouillent et je les tourne vers la vitre latérale, de crainte que l'on prenne mes pleurs pour de la terreur au moment où la voiture longe à nouveau la ligne de front, s'attirant d'autres rafales. Heureusement, il fait nuit dans la voiture, nuit sur la ville, nuit dans les regards, et il fera nuit jusqu'à ce que l'agonie du monde expire sur la croix des hommes, ou jusqu'à ce que Paul Conroy allume son briquet pour sa première nouvelle cigarette.

Daniel

Chemin de Homs

La grosse Mercedes, conduite par un chauffeur professionnel, fonce à travers la plaine de la Bekaa. L'agent français est passé par le même chemin avec deux jours d'avance. Mais la présence de trois journalistes a dû le ralentir. S'il est déjà arrivé à Homs, il doit s'employer à leur fausser compagnie discrètement. Je n'aurai pas ce problème et pourrai peut-être le battre au sprint. Si le plan se déroule comme prévu, un véhicule m'attendra avec un guide de l'autre côté de la frontière et me conduira jusqu'à un étroit boyau en béton qui sert à l'écoulement des eaux. C'est par cet itinéraire, que l'on m'a présenté comme des plus difficiles, que sont passés ceux qui me précèdent. Un autre contact syrien prendra le relais à la sortie de la conduite souterraine. Il me mènera directement à un petit hôpital improvisé où s'est réfugié l'homme qui possède les documents que je dois rapporter à Beyrouth.

La mission est loin d'être impossible mais s'imposeront forcément des complications. Au moins, Ross ne m'a pas caché le tas d'emmerdes qui m'attend. « Il y aura bien sûr des bombardements. Et probablement des snipers puisque c'est la spécialité de la *fucking* armée de ce *fucking* régime. Mais t'en fais pas ! Les Syriens que l'on a sur place sont des bons. Ils connaissent le terrain. Rien à voir avec les risques démentiels que t'as pris à Bagdad. On ne va pas te jeter dans la gueule du loup. Quant à ton compatriote, le type envoyé par Paris, t'as encore un sacré coup de pot. Sa fiche ne mentionne pas son appartenance au service action. C'est plus un diplomate qui a bossé en Syrie qu'un opérationnel. Il n'est pas habitué à ce genre de mission. Probable qu'il n'est pas armé. Les *bloody fucking French* sont impayables : ils ont envoyé un agneau sur le territoire des loups. »

Ross n'a pas été bavard sur les documents que je dois rapporter. Normal, au cas où je me ferais prendre. Il a simplement précisé qu'il s'agit de clés USB au nombre d'une vingtaine, qu'ils sont passablement porno et pourtant – air tant de fois rabâché par les barbouzes – indispensables à la sécurité des États-Unis. Je sais aussi que le type à qui je dois les prendre est un ancien de Amn al-Dawla, la Sécurité de l'État, qui a déserté en les emportant avec lui.

Comme l'administration américaine ne veut pas glisser un orteil dans le chaos syrien, l'Agence n'a pas le droit d'opérer directement en territoire insurgé. Aucune mission n'est donc autorisée. D'où le recrutement d'un étranger pour contourner la loi, ce qui fait qu'en cas de pépin elle pourra plus facilement se dédouaner. Si le transfuge se refuse à me filer les putains de clés USB, il y a un sacré paquet de dollars dans mon sac à dos et un bon flingue, avec quelques chargeurs. Et s'il insiste pour obtenir l'asile politique, la consigne est de l'emmener jusqu'à Beyrouth et de le laisser là. Ou mieux, de le perdre sur le chemin du retour.

C'est seulement quand la CIA aura récupéré les documents que pourra commencer l'opération pour sauver celle que ce peigne-cul d'Amerloque timbré appelle ma *girlfriend*. Elle s'appelle Naïma, gros connard, et ce n'est plus vraiment ma petite amie.

La grosse Mercedes a ralenti à l'approche de Baalbek pour ne pas trop attirer l'attention. On distingue les premières colonnes du temple de Bacchus et leur vue fait mal. En général, les ruines ne m'intéressent pas, mais je voulais y emmener Naïma un de ces quatre, et peut-être lui proposer de passer la nuit à l'hôtel Palmyra. À cause de la voix de son père qui est revenue s'insinuer dans mes oreilles, je me fais maintenant l'impression d'un salopard doublé d'un tocard. Je ne me souviens que trop bien du jour où il m'a téléphoné à Bagdad, depuis Philadelphie. « J'ai mon bébé d'amour qui ne va pas très bien. Un gros chagrin à cause d'un trou-du-cul de photographe qu'elle aime à la folie et qui ne cesse de la tromper. Elle veut rompre mais n'y arrive pas. D'où son besoin de changer d'air. Comme elle a fait de l'arabe à l'université, qu'elle le maîtrise pas trop mal, elle veut s'immerger dans la région, avec une préférence pour la Syrie et l'Irak. Bien sûr, tu me vois venir : je me demande si t'aurais pas une petite place pour elle dans ta société. Je sais bien que ça craint à Bagdad mais je ne suis pas arrivé à la dissuader et j'ai peur qu'elle s'y rende quand même et fasse des conneries. Et puis, tu as un bureau dans la Zone verte, non ? Et ta boîte est française donc moins exposée. Pas besoin que je te demande de faire super gaffe à elle ? »

J'ai répondu que je ne la voulais pas ici, surtout que mes affaires en Irak démarraient mal, mais Bob était un vieux pote. Il m'avait aidé autrefois quand j'avais quitté mon emploi à l'ambassade pour me trouver des contrats dans le domaine de la sécurité. J'ai fini par l'accepter comme assistante et elle n'a pas tardé à débarquer à Bagdad. Un soir, après une harassante journée de boulot, ça s'est terminé dans mon lit. Il y a eu une autre nuit, puis une troisième ainsi qu'un après-midi. Et sans prévenir, tout s'est gâté. Le quatrième matin, après le petit déjeuner, elle a repoussé ma main qui s'était posée sur sa cuisse et a quitté la pièce. Sur le pas de la porte, elle m'a jeté à la figure que le boulot que je faisais était dégueulasse, que j'étais complice des massacres perpétrés par les boîtes de sécurité américaines avec lesquelles je travaillais, que j'étais pourri par le fric et que je puais la mort. Le lendemain, elle en a rajouté une louche, décrétant que j'avais trahi la confiance de son père en couchant avec elle. Elle a voulu repartir sur-le-champ, refusant que je l'accompagne à l'aéroport malgré les risques de se faire kidnapper ou tuer sur le chemin par les groupes d'insurgés qui ne cessaient d'attaquer la route qui y conduisait. J'ai insisté et elle a finalement accepté une équipe de protection à condition que je n'en fasse pas partie. Elle n'a jamais plus donné de nouvelles. Je n'ai jamais essayé de l'appeler au téléphone, sachant que les jeux étaient faits et que j'avais perdu. Elle a quitté Bagdad mais pas la région. Plus tard, j'ai appris qu'elle bossait dans l'humanitaire pour des ONG européennes, basées le long de la frontière turco-syrienne, et qu'elle était toujours amoureuse de son salopard de photographe qui faisait fréquemment des séjours en Syrie.

Étrangement, ce n'est pas sa voix claire et sensuelle qui continue de me tourmenter mais celle de Lou Reed dans « Perfect Day », comme s'il avait écrit la chanson pour nous, parce que les trois nuits et l'après-midi étaient beaux, parfaits même, et que je pensais être devenu, comme disaient les paroles, « quelqu'un d'autre, quelqu'un de bon ».

Dans la Mercedes qui traverse Baalbek, je m'aperçois que je suis en train de lui raconter la région, comme si elle était assise à mes côtés. Mais Mike, le chauffeur américano-libanais, interrompt le charme : « On va devoir faire un détour à cause d'un barrage de l'armée libanaise.

– On peut pas faire autrement ? Ça va rallonger de combien ?

– Une bonne heure, pas plus. Les soldats risquent de ne pas vouloir nous laisser continuer notre route, à cause de la proximité avec la frontière syrienne. Comme ça, notre passage se fera plus discret. Pas de risque d'un coup de téléphone d'un officier libanais ayant des accointances à Damas. »

La lumière du jour a commencé à se retirer du fond des vallées et distribue de la poussière d'or sur les monts de l'Anti-Liban. C'est l'heure des clairs-obscurs, l'heure aussi à laquelle les combats s'arrêtent. L'Ogre, fourbu et poussiéreux, puant la sueur, la poudre et le sang, revient à la maison. Elle l'attend en tremblant, guettant l'instant où le moteur de sa Land Cruiser va faire éclater le puissant silence qui, depuis le milieu de l'après-midi, résonne dans ses oreilles au point de la rendre folle. Les derniers coups d'accélérateur, inutiles car le véhicule est déjà à l'arrêt dans la cour, sont destinés à signifier à sa proie qu'il est revenu, qu'il n'a pas été tué à la guerre, qu'elle a nourri de faux espoirs. Après, c'est le moment des *salam alaikum* échangés avec les gardiens, puis de son pas dans l'escalier, lourd et raclant les marches. Les dernières secondes avant que la clé tourne dans la serrure. La porte s'ouvre, soit tout doucement, soit violemment d'un coup de pied qui en arrache quasiment les gonds, et elle sait à cet instant précis quel sera son appétit, s'il lui faut du sexe, auquel cas il ne fera que la forcer, ou s'il veut l'humilier, ou encore s'il est affamé de souffrances parce que la journée a été rude et qu'il a perdu des combattants.

Abou Moussab al-Daguestani, les services l'ont surnommé le Rire de sang. Cela fait longtemps qu'il hante les terres du djihad depuis son premier engagement en Tchétchénie dans les années quatre-vingt-dix. On sait, par les captives qui ont été échangées contre plusieurs de ses lieutenants faits prisonniers, qu'il aime autant le sexe que donner la douleur et la mort. Il a été plusieurs fois blessé, longuement emprisonné, et, à chaque fois, il est devenu encore plus féroce. Sa *kunya* dit beaucoup de lui. Elle fait référence à Abou Moussab al-Zarqaoui, le cruel Jordanien, l'égorgeur d'otages qui a été l'une des grandes figures de la guérilla islamique radicale et que les Américains ont fini par tuer en Irak, en juin 2006.

Les photos montrent un homme tout en muscles, la poitrine entortillée par des cartouchières à la manière d'un bandido mexicain, le visage légèrement de travers, coiffé d'un turban noir de plusieurs mètres, grêlé à cause d'une explosion. Mais ce qui retient l'attention, c'est sa barbe noire, immense au point de descendre au milieu de sa poitrine, avec la pointe roussie au henné.

À l'ouest, le soleil s'est coupé en deux et une moitié de l'astre demeure en équilibre sur une haute colline depuis longtemps dépouillée de ses forêts. C'est la lame courbe du hachoir de Rire de sang, encore rouge de la bataille qu'il a livrée aujourd'hui. Il la reprendra demain, dès l'aube, quand il quittera sa petite Américaine, la plus belle de ses victoires.

Joan-Manuel

Barcelone

À l'Usine, je trompais le temps et la soif qui ne nous lâchait pas en imaginant tous les cafés de Barcelone où j'irais boire, une fois libre. J'en dressais la liste dans ma tête, la complétant jour après jour, nuit après nuit, quand ma mémoire me faisait cadeau d'une nouvelle adresse. Je me voyais ricocher de l'un à l'autre, prenant une bière ici, un Aperol là, ailleurs un whisky ou un gineto, sans oublier les bars à vins. Je prévoyais de commencer par ceux qui prolifèrent autour de mon ancien domicile, naviguant ensuite vers ceux de mes écrivains préférés, quand ils avaient résidé à Barcelone. Après, ce seraient ceux du Raval, le quartier de mon enfance. S'ensuivraient d'autres cafés plus connus, certains chics, calle Layetana, sur les Ramblas, plaza de Cataluña ou plaza de España. Et il y aurait encore tous les autres, les pauvres, les mal famés, ceux entraperçus au hasard d'un déplacement dans des quartiers qui ne m'attiraient pas. Je me suis promis de visiter entre cinq et dix bars ou cafés par jour.

Mais l'histoire se déroule rarement comme prévu.

Une fois à Barcelone, le taxi me dépose dans un hôtel discret et confortable du quartier de Sarrià-Sant Gervasi, sur les hauteurs de la ville. Mon frère a fait la réservation et le personnel, sûrement prévenu par ses soins, ne me pose aucune question tout en se montrant extrêmement attentionné. Il m'a fait aussi transférer par Western Union une jolie somme d'argent et une nouvelle carte bancaire va me parvenir bientôt.

Une fois installé, je signale mon arrivée au Centro nacional de Inteligencia et deux officiers se déplacent pour m'interroger longuement dans ma chambre, posant à peu près les mêmes questions que ceux de l'ambassade d'Espagne à Ankara. Je m'attends à ce qu'ils m'engueulent pour ma défection mais ils disent comprendre mon refus d'un retour en fanfare tout en le regrettant – un peu de publicité aurait mis en valeur le travail accompli pour arracher ma libération.

Puis c'est au tour d'un agent américain, qui travaille sur les dossiers d'otages, de frapper à ma porte. À cause de Jon et des autres, je me retiens de le jeter dehors quand il prétend que l'administration américaine ne négociera jamais avec des terroristes, que la loi l'interdit, que c'est encourager d'autres kidnappings et, en plus, indéfendable moralement. « Putain, vous osez me parler de moralité ! Mais vous vous êtes entendus dans le passé avec des criminels de guerre nazis, des dictateurs qui massacraient leur peuple, des chefs de narcos avec des milliers de cadavres sur la conscience, des généraux chiliens, brésiliens et argentins aux bottes remplies de sang, des groupes d'extrême droite en Colombie et en Amérique centrale qui avaient cramé des dizaines de villages, flinguant les femmes et les gosses à tout va quand ils ne les brûlaient pas au lance-flammes, fait mourir sous la torture des curés, violé et assassiné des bonnes sœurs et même descendu l'archevêque de San Salvador en pleine messe dans sa cathédrale. »

Il m'écoute patiemment, en levant de temps à autre les yeux au ciel pour insinuer que je divague, mais sans chercher à me contredire. Puis il reprend ses questions comme si mon coup de colère ne lui avait fait ni chaud ni froid. Ce qui l'intéresse avant tout, ce sont ceux qui gèrent l'Usine à otages, les chefs, les administrateurs, les interrogateurs et les gardiens. À part Jon, il s'intéresse aussi particulièrement au sort d'une des captives, la blonde aux yeux verts que mes geôliers m'ont demandé à plusieurs reprises de soigner dans la prison pour femmes.

« Pourquoi c'est vous que l'Amniyat a désigné pour s'occuper d'elle ? m'a demandé l'Américain.

– L'Amniyat, c'est… ?

– Allons, vous le savez bien, les services secrets des djihadistes.

– Ils ont fouillé minutieusement mon passé. Ils savaient que j'avais fait quelques années à la fac de médecine de Barcelone avant de bifurquer vers la fac de lettres et l'écriture. Ils voulaient que je fasse un diagnostic. Elle était malade et son propriétaire, c'est comme ça qu'ils disaient, voulait qu'elle guérisse vite.

– Elle souffrait de quoi ?

– D'un début de typhoïde. »

Si je pensais que cela pouvait la sauver, je lui dirais que j'ai été autorisé à relever son sitar et que j'ai pu voir ses yeux, des cavités immenses et d'un vert profond, soulignées par d'affreux cernes bistres, dans lesquelles bouillonnaient ensemble la fièvre, la terreur et les laves de l'enfer.

« *Help me. Help me* », a-t-elle simplement murmuré la première fois que je l'ai vue. Peut-être a-t-elle ajouté « *I want to die* » mais je n'en suis pas sûr. La fièvre la faisait délirer.

Tout ce que j'ai pu faire pour l'aider, c'est de dire aux geôliers qu'elle était terriblement contagieuse et que personne ne devait s'approcher d'elle.

« Vous pensez qu'elle est toujours vivante ? me demande le flic américain.

– Je crois que oui. Je l'ai revue une deuxième fois, puis une troisième, il y a environ un mois. Je leur disais qu'elle était toujours susceptible de les contaminer mais ils ne me croyaient qu'à moitié. Ils ont donc demandé à d'autres captives de s'occuper d'elle.

– Est-ce que vous savez ce qu'elle est venue faire en Syrie et pourquoi elle a cherché à entrer en contact avec les djihadistes ?

– Je vous l'ai dit, elle était malade et pouvait à peine murmurer quelques mots.

– Et après l'avoir vue, avez-vous parlé d'elle à Jon ?

– Non. Jamais.

– Vous étiez pourtant très proche de lui.

– J'ai failli lui en parler. Quelque chose m'a retenu.

– Vous avez bien fait.

– Pourquoi ?

– Si vous ne lui avez rien dit, c'est que vous aviez deviné. »

Avant de repartir pour Beyrouth, l'homme de la CIA jette un coup d'œil sur la cocotte en papier de plus en plus sale et froissée qui est posée au-dessus du minibar. « C'est quoi, ça ? Votre gri-gri ? Elle vous a protégé ? »

Je secoue la tête, montrant que je ne souhaite pas en parler. Le voudrais-je que je ne pourrais pas, juste après ce qu'il vient de me dire.

Je descends dans le quartier de l'Eixample pour commencer ma tournée des bars. L'envie de bières fraîches, de bons vins, de whiskies d'exception, de vieux rhums ne m'a toujours pas quitté mais je suis incapable de franchir la porte d'un café. En passant devant les terrasses, où boivent et discutent des ribambelles de jolies filles, la plupart légèrement vêtues en cette fin d'octobre où l'été s'attarde, mon regard n'en retient aucune. Est-ce possible que cette formidable énergie vitale dont je pensais qu'elle accompagnerait ma libération se soit évaporée ? Est-ce le signe que la mygale a commencé sa filature ?

Avec l'argent de mon frangin, j'achète un ordinateur portable et rentre à l'hôtel, mais les quelques lignes écrites dans la soirée ne valent rien. Depuis le minibar, la cocotte en papier me lance des regards sarcastiques. À plusieurs reprises, je me lève avec l'intention de la déchirer mais je n'en suis pas encore capable. Pas plus que le lendemain, après une nuit sans sommeil à attendre Raúl qui est descendu de Madrid pour me voir. Je la cache dans la salle de bains pour qu'il ne la découvre pas.

Avec mon frère, nous allons louer une voiture. Comme je n'ai pas encore récupéré mon permis de conduire, c'est lui qui la prend à son nom. Il veut ensuite m'entraîner dans un restaurant étoilé mais je refuse au prétexte que mon estomac et mes intestins réagiraient mal. On déjeune dans une brasserie toute simple de la rue Valencia.

Physiquement, on ne se ressemble guère. Raúl a terriblement forci ces dernières années et je ne suis plus qu'un sac d'os. Mais nous avons le teint hâlé l'un et l'autre. Lui, c'est le tennis et moi, le désert qui m'a brûlé la peau. Manière d'entrer en discussion, il se moque gentiment de ce qu'il appelle mon bronzage d'aventurier, puis de ma maigreur, en évoquant un vieux souvenir de quelques jours de vacances à Séville avec notre mère, où nous avons découvert ensemble la peinture de Valdés Leal, le grand peintre baroque des abîmes. C'était à l'hospice de la Sainte-Charité, près des arènes de la Real Maestranza. « Tu te souviens comment il avait représenté la mort ? Par un immense squelette qui piétinait un globe terrestre et éteignait la chandelle de la vie. Tu t'en souviens, bien sûr ? C'est tout toi, ce squelette, et quand tu me regardes, tes yeux sont empreints d'une telle tristesse que toute vie semble en sursis, sur le point d'être soufflée comme la bougie. »

Il me sourit, un sourire doux, généreux, plein d'une compassion que je ne lui ai jamais vue. J'essaye de faire de même.

« T'as pas appelé tes potes ? Tu ne veux plus les voir ? T'as plus de copine ? Il y a une fille qui m'appelait régulièrement, à peu près une fois par semaine, pour savoir si j'avais des nouvelles. Une certaine Montse. Elle m'a semblé une chouette nana. Elle se faisait vraiment du souci pour toi. On a beaucoup parlé. Je l'ai même vue une fois que j'étais descendu à Barcelone, on a pris un café ensemble. Elle m'a raconté des choses incroyables sur toi, des trucs que je n'aurais jamais soupçonnés. »

Je fais l'ahuri mais il insiste : « Tiens, elle m'a dit que tu désirais faire comme Turner, le grand peintre anglais, dont elle m'a appris qu'il s'était fait ligoter au mât d'un bateau en pleine tempête pour mieux l'observer. Toi, ce que tu voulais, c'était voir un bombardement au plus près, sans te cacher dans un abri, que tu étais prêt à te faire attacher à un pilier ou je ne sais quoi, pour ensuite décrire exactement les obus qui tombaient, les immeubles qui dégringolaient, la ville qui disparaissait dans les gravats et la poussière et sentir le souffle de la mort au plus près comme peuvent le sentir les pauvres gens qui se la prennent de plein fouet. Si c'est vrai, t'es dingue, complètement dingue.

– Elle a beaucoup exagéré.

– Suis pas sûr. Qu'est-ce qui n'est pas vrai ? »

Comme je me contente de soupirer, mon frère reprend : « Elle a dit aussi que tu voulais ressentir le même effroi en voyant les obus tomber sur la ville que ce Turner quand il regardait l'incendie du Parlement à Londres. Elle a employé un mot que je ne connaissais pas : l'hu… l'hubris, je crois. Oui, c'est ça. Elle a dit que t'étais pris par l'hubris de la création, quelque chose dans le genre. Ça veut dire quoi ? »

Je ne réponds pas tout de suite. À regarder le visage de Raúl sur lequel on peut lire comme dans un livre ouvert, je vois qu'il cherche à présent à me faire plaisir. Il le fait à sa façon. « Dès l'annonce de ta libération, murmure-t-il comme s'il dévoilait un secret, j'ai reçu un appel d'une bonne maison d'édition de Madrid. Je sais bien que c'est trop tôt pour en parler mais la personne que j'ai eue m'a dit qu'elle aimerait beaucoup publier le récit de ta captivité. Tu veux son numéro pour en discuter avec elle ?

– Je ne crois pas avoir envie de faire le commerce de mon malheur.

– Mais ce serait un témoignage unique, nécessaire pour comprendre…

– Non, ce seraient des pleurnicheries de victime. Si on a besoin de livres, il faut qu'ils soient écrits par des auteurs qui choisissent leur destin ou, mieux, acceptent de le subir en connaissance de cause, plutôt que par des victimes qui se trouvaient au mauvais endroit, au mauvais moment et qui nous font des livres geignards.

– T'es trop dur avec toi-même. Avant que tu partes là-bas, tu te rappelles la fois où l'on s'est vus ? Je t'avais demandé sur quoi t'allais écrire ? Tu m'avais répondu que tu voulais emmener ta vie loin d'ici pour approcher des marges, sonder les ravins et raconter tout ça dans tes bouquins. Une autre façon d'exister pour pouvoir écrire différemment, si j'ai bien compris. Donc, t'as pas changé, c'est toujours ce que tu veux faire ? Tes deux premiers romans n'étaient pourtant pas mal et ils se passaient à Barcelone.

– C'étaient des livres abstraits, sans aucune prise de risque, où je parlais de ce que j'ignorais. Ce que j'appelle des romans de salaud. Des bouquins d'imposteur, si tu préfères, écrits avec un cœur sec. Tu ne comprends pas ! On ne peut pas écrire de bons livres sur un tel sujet sans avoir une conscience douloureuse, sans se brûler, sans approcher l'impossible, l'au-delà du monde, sans aller vers ce qui n'a pas été fait, sans mettre en danger quelque chose. On se doit de traverser le miroir des apparences pour s'approcher de l'impalpable et on peut le faire par l'écriture, le style, l'histoire mais, si on n'a pas assez de talent, c'est soi-même qu'il faut mettre en jeu. C'est pourquoi je suis parti… *là-bas*, comme tu dis. Pour avoir les mains sales de crasse, et un goût de sang dans la bouche. Et pour être transi de frayeur, transpirer de peur, parce que c'est avec du sang, de la crasse, de la boue, de la sueur et de la peur qu'on doit raconter des histoires. C'est dans ces conditions que j'arriverai peut-être à écrire quelque chose qui tienne la route, un bouquin qui partagera la vie et les souffrances des gens, qui ne sera pas celui d'un faussaire et qui, du même coup, me révélera, me permettra de me reconstruire. Hemingway disait qu'il faut avoir subi le martyre avant de pouvoir écrire sérieusement. Je vais le dire à ma manière : il faut embrasser la mort sur les lèvres.

– Mais Montse…

– Écoute-moi, Raúl. Montse parle d'hubris parce qu'elle a fait un peu de grec ou de philo, je ne sais plus, quand elle était au collège. Ce n'était pas ça, mon ambition. Je voulais traverser toutes sortes de cercles, de plus en plus incandescents au fur et à mesure que l'on s'approche du réacteur, qui est le cœur de la nature humaine, des cercles où les écrivains ne vont jamais ou ne vont plus parce qu'ils préfèrent raconter le monde quand il va mal depuis le confort de leur bureau, avec simplement une bonne doc et leur imagination. Mais ce n'est pas ça, la vérité. Pour faire de la bonne littérature, je crois qu'il faut de l'imprévu, des accidents de parcours, et ne pas tout maîtriser. Moi, je veux prendre l'escalier interdit qui me permettra d'atteindre l'innommable, de regarder tous les visages de la mort, et, en même temps, descendre dans ma propre obscurité, pour voir qui sont les fantômes qui se cachent dans les recoins. Aujourd'hui, il n'y a plus l'équivalent d'un Hemingway, d'un Isaac Babel ou d'un Malaparte pour explorer les seuils. C'est ça que je veux être, un écrivain des seuils. Et, en même temps, trouver ce qui ne va pas en moi, déchiffrer des trucs cachés dans ma tête parce que ce sont eux qui m'ont poussé à aller me perdre en Syrie. Partir à la chasse de mes fantômes et écrire mon livre, c'est ce qui va m'occuper à présent. Voilà, je t'ai tout dit.

– Pas tout à fait. La mignonne petite Montse m'a confié que le bouquin que tu projetais d'écrire ressemblerait un peu au roman de Hemingway sur la guerre d'Espagne, *Pour qui sonne le glas,* je crois que ça s'appelle, mais qui se passerait… là-bas.

– Ce serait prétentieux.

– Elle avait l'air sûre de ce qu'elle disait.

– Crois-la, je m'en fous ! En attendant, avant de me remettre à écrire, il faut que je remonte à la surface. Depuis que je suis revenu, j'ai l'impression qu'il me manque quelque chose. Il me semble qu'on m'a volé pas mal de choses, en fait. Peut-être une part de moi-même. Peut-être aussi les amis que je m'étais faits.

– Tu veux parler des amis que tu t'es faits là-bas ?

– Avant, je n'en ai jamais eu beaucoup.

– Mais pourquoi tu ne vas pas voir Montse ? Je suis sûr qu'elle serait contente et qu'elle t'aiderait…

– Peut-être parce que j'ai besoin d'être seul. Peut-être que je répondrais si elle m'appelait. Peut-être aussi parce que je ne suis plus sûr de bander.

– T'es sûr ? Mais… mais… qu'est-ce qu'il s'est passé, là-bas ?

– J'aimerais bien qu'on change de disque. »

Mon frère n'insiste pas mais revient sur le projet de voyage dont j'ai eu le malheur de lui parler.

« T'es sûr au moins que ce voyage te fera du bien ? Tu ne ferais pas mieux de te faire soigner, au moins de voir des médecins, peut-être que tu as des séquelles que tu ignores ?

– C'est possible.

– Écoute-moi, à ton tour. On s'est éloignés l'un de l'autre après la mort de maman et c'est de ma faute. C'est moi l'aîné et je lui avais promis de veiller sur toi, surtout après ce qu'il s'est passé quand t'étais gamin. Mais tu sais comment ça marche, la vie. Trop de boulot, des rendez-vous du matin au soir, des réunions sans fin, des voyages dans tous les coins, sans parler de ma nouvelle copine qui est plus jeune que moi et bouffe pas mal de mon temps libre. Ces dernières années, je ne les ai pas vues passer. Et… j'étais trop accaparé, trop occupé à faire du fric, tu ne le dis pas mais tu le penses si fort que ça s'entend. Tu es revenu, Dieu merci. Maintenant, tu vas me faire plaisir. Je veux que tu partes quelque part, puisque c'est ton souhait. Et ce voyage, c'est moi qui te l'offre, j'insiste. Tu te payes de beaux hôtels, des super restaurants, du bon temps, tu te reposes bien, même si ce n'est pas ce que tu cherches. Fais-moi ce plaisir…

– Je te remercie mais…

– Tu ne m'as pas dit où tu partais.

– D'abord, dans les environs de Madrid, sur les pas de Hemingway. Je veux trouver l'endroit où il a imaginé *Pour qui sonne le glas*, oui, exactement, le roman dont tu as parlé. La guerre en Syrie me fait souvent penser à la guerre d'Espagne. Tout ça, je ne pourrai pas te l'expliquer vraiment. C'est dans ma tête, j'y verrai sans doute plus clair quand ce sera couché sur le papier. Peut-être aussi que je veux voir ce que Hemingway prend d'un paysage et ce qu'il laisse de côté, des trucs comme ça, des petites manies d'écrivain. Ensuite, je file du côté de Santiago de Compostela.

– Ah ! bon. Tu vas vers la pluie alors qu'il y a encore du soleil dans le Sud.

– La chaleur, je crois que j'ai assez donné. C'est de fraîcheur dont j'ai besoin. Dis-toi que c'est un pèlerinage, sauf que je ne le fais pas à pied.

– Un pèlerinage ? Mais t'étais pas croyant ! Tu l'es devenu là-bas ?

– Non, je ne crois pas. Même si j'ai prié tous les jours pour qu'Il me sorte de là. Mais maintenant, c'est comme si j'étais… disons… aimanté, tiens, on y revient, par la guerre d'Espagne.

– La guerre d'Espagne, la guerre d'Espagne… C'est de Syrie que tu reviens et tu me parles sans arrêt de la guerre d'Espagne. Mais tu sais bien que les deux guerres n'ont rien à voir. En Syrie, il y a d'un côté ceux qui se battent pour ce régime répugnant et, de l'autre, ceux qui font ça au nom de leur sacrée religion. Et la liberté, elle est où dans tout ça ? Je comprends mal le rapprochement avec…

– Tu sais bien que la guerre d'Espagne continue de nous traverser. À ton avis, combien de bouquins ont été écrits sur cette putain de guerre ? Tiens-toi bien, Raúl, plus de quinze mille. Et chaque année, on en publie des dizaines d'autres. Ce qui montre bien qu'elle reste notre horizon culturel et qu'on n'en a jamais vraiment fait le deuil. Et je ne parle pas seulement de nous. Il y a un écrivain français que tu ne dois pas connaître qui a dit que la tragédie espagnole est la préfiguration de la tragédie universelle, ou quelque chose dans ce goût-là. Il avait raison, on voit ça à l'œuvre en Syrie. C'est pourquoi je veux que se rencontrent dans mon roman les deux guerres, celle de Syrie et celle d'Espagne. Ne t'inquiète pas, je ne vais pas courir partout, mais j'ai besoin de trouver des endroits qui me parlent, des personnages forts, et de dialoguer avec eux.

– Avec des gens qui sont morts ?

– Pourquoi pas ! Et puis, c'est comme un devoir d'aller à Santiago. À cause d'un copain qui est resté… là-bas.

– Tu crois que des prières aideront à le faire libérer ?

– Pas du tout, voyons, Raúl. Pour lui, j'ai peur qu'il n'y ait aucun espoir.

– Explique ! Je ne pige rien, d'accord, mais je suis quand même ton frangin, pas qu'un banquier d'affaires, comme tu le crois. J'essaye de te comprendre.

– C'est difficile à expliquer, Raúl. Ça remue beaucoup de choses en moi, et pas des trucs agréables. Si j'ajoute que c'est pour découvrir le secret d'une poésie de Garcia Lorca qui s'est installée en moi à mon insu…

– C'est vrai que tout ce que tu m'expliques me passe un peu au-dessus de la tête. Au fait, pourquoi Santiago ? C'est en Galice. C'est plutôt en Andalousie que tu devrais aller. À Grenade…

– Non. Crois-moi, Raúl. C'est *là-bas*. »

Alexandre

Homs

Nous roulons dans une ville qui ne s'appartient plus, gouvernée depuis longtemps par le chaos. Plus de lumière, pas une seule lampe pour percer les façades meurtries aux fenêtres éclatées, pas un seul lampadaire pour éclairer les décombres qui bloquent les artères, les immeubles effondrés et ligotés par les câbles électriques et les lignes téléphoniques, pas même un phare de voiture. Seulement un brasero à chaque grand carrefour, qui fait vaciller les formes faméliques d'une poignée de combattants, ou un feu de bois maigrichon pour réchauffer ces ombres flottantes accrochées à la hampe d'une kalachnikov. À cause des canalisations crevées par les obus, de larges flaques d'eau fragmentent les rues d'éclats de lune.

Il n'y a plus aucun bruit non plus, maintenant que les bombardements ont cessé. Plus rien de ce brouhaha qui distingue les quartiers populaires des villes arabes à la tombée du soir : une radio qui beugle pour toute la rue, des tourbillons de musique jaillis d'une télévision diffusant la version arabe de la Star Académie, des bruits de vaisselle, des couvercles de poubelles métalliques qui claquent, les rigolades sonores de copains amplifiées par les murs d'une ruelle, une dispute phénoménale de voisins, une bagarre de chiens pelés, une guerre féroce de chats miteux pour trois arêtes de poisson, des chagrins de bébés et des cris heureux d'enfants, un père qui traite sa fille de pute pour un maquillage trop appuyé, des ronflements de motocyclettes trafiquées, une grosse femme qui râle après son mari avec une voix d'outre-tombe, une autre qui glousse dans les aigus comme si elle était chatouillée par un démon, et l'appel enivrant du muezzin vociféré par un haut-parleur qui rappelle tout le monde à l'ordre. Ici, il n'y a plus que le silence étanche des ruines encore tièdes, la peur qui cadenasse les voix, à peine quelques chuchotements dans l'attente du danger qui reviendra dès l'aube.

Le 4×4 nous a déposés devant un immeuble. Des grappes de survivants sortent des caves où elles se terraient pour se précipiter sur les journalistes et leur raconter les nuits de peur et les jours de terreur. Impossible de comprendre quelque chose tant chaque voix veut l'emporter sur les autres. Wa'ël traduit ce qu'il peut, Marie Colvin note des bribes de témoignages, des fragments de détresse, des exclamations de colère, Paul Conroy n'arrive pas à photographier tant les gens des immeubles se pressent contre lui. Perrin s'est absenté et revient avec un pantalon propre. L'Américaine et l'Anglais ricanent de le découvrir si soucieux de son apparence. Puis il faut déjà repartir, car ce n'est pas l'endroit où nous devons passer la nuit. Personne n'est enchanté par cette nouvelle.

« Y en a marre. On va encore servir de cible, s'énerve Marie, qui, pour la première fois, trahit son flegme légendaire.

– Si on ne s'en va pas maintenant, il faudra le faire demain sous les bombardements. Et ce sera encore plus dur », tranche Wa'ël.

Nous reprenons la voiture. Les immeubles nous protègent des mitrailleuses. Le chauffeur a ralenti et, de temps à autre, il s'autorise à allumer ses phares pour trouver son chemin. Dans la lumière crue, la ville montre l'ampleur de ses plaies, la profondeur de ses béances, les coups de crocs d'acier qu'elle a reçus et qui l'ont décharnée jusqu'à l'os. Dans certaines rues, ses immeubles sont rendus à l'état de carcasses, les armatures métalliques tordues dans tous les sens, auxquelles s'accroche encore un peu de la chair blême du béton. Aucun des bâtiments bombardés ne ressemble à un autre. Ce sont les mêmes obus mais on dirait qu'ils frappent à chaque fois un coup différent, soufflant ici portes et fenêtres, enlevant une façade là mais épargnant le salon auquel on pourrait accéder si l'escalier à vis n'avait pas été pulvérisé, et l'on se verrait presque épousseter la poussière des fauteuils, s'asseoir et discuter des programmes de la télévision qui, sait-on jamais, marche peut-être encore. Plus loin, des roquettes ont dépecé des rangées d'appartements pour ne garder que les gravats, déchiré trois mètres plus loin des murs comme s'ils étaient en carton, kidnappé des toitures, décapité des étages entiers et broyé des tours. Ces horribles tours, symboles de la modernité syrienne, sont devenues les sentinelles du carnage, des recoins à snipers qui n'épargneront ni les femmes, ni les enfants, ni les chats, ni même les ombres des chats. On dirait que certains édifices ont subi la « chaise allemande », ce supplice qui consiste à plier le corps du prisonnier en arrière jusqu'à le rompre, et qui doit peut-être son nom au petit Bellâtre qui l'aurait importé de Germanie.

« Les ruines nous observent », me dit brusquement Perrin. Je vais lui demander ce qu'il entend par là mais il a déjà repris : « Elles nous salissent en nous regardant. Elles sont des yeux qui nous disent : c'est aussi de votre faute. » Il me parle d'une façon un peu agressive, comme s'il avait flairé que je n'étais pas en mission humanitaire. Et, effectivement, je ne peux pas m'empêcher de lui répondre comme l'aurait fait un diplomate : « Il ne faut pas exagérer ! Les canons sont russes, les avions ne sont pas ceux de Dassault, et s'il y a des conseillers militaires, ils viennent plutôt de chez Popov ou de chez les barbus de Téhéran.

– C'est nous qui avons accueilli en grande pompe celui qui a donné l'ordre de détruire la ville. Un certain 14 juillet, il était à la tribune d'honneur sur les Champs-Élysées. Tu ne t'en souviens pas ?

– Bien sûr que si. Mais quand nous avons vu ce qu'il faisait, la répression, la torture, les massacres, nous avons changé de politique. Nous avons fermé notre ambassade à Damas…

– Parce qu'avant, on ne savait pas de quoi il était capable ? J'ai écrit des dizaines d'articles pour expliquer la férocité de ce régime. Et toi, l'humanitaire censé t'intéresser au malheur des gens, tu sembles découvrir maintenant sa véritable nature ? T'as lu aucun de mes articles ? »

Un peu prétentieux, ce Perrin. Je bredouille un vague acquiescement en espérant mettre fin à la conversation.

À deux reprises, dans une avenue que les décombres ont réduite à la dimension d'une ruelle, les phares dévoilent des draps blancs portés par des silhouettes en noir suivies par un petit groupe d'hommes, serrés les uns contre les autres comme s'il faisait très froid. « C'est parce qu'ils ne peuvent pas enterrer les morts pendant la journée », murmure Perrin à mon oreille comme s'il voulait me donner une leçon de désastre. Il insiste : « C'est ça, l'évidence de la guerre, pas les amas de pierre. » Pas les bâtiments réduits à des squelettes, pas les pyramides d'ordures, pas les grandes cuvettes d'eau sale où la lune se désintègre quand la voiture plonge en faisant jaillir des geysers. L'évidence, ce sont ces draps blancs que le conducteur salue d'une rapide prière avant de regarder loin devant lui pour ne pas voir, derrière les premiers rangs du cortège, de tout petits draps encore plus blancs et brillants sous la lumière des phares, qui s'en vont à la nuit, à la terre, à la désolation de la tombe sans la compagnie d'une mère ni d'aucune autre femme, toutes interdites de funérailles.

Bientôt, les ruines reculent et les édifices reviennent, peu ou pas encore déchiquetés par l'hydre aux mille bouches de feu. C'est devant un petit immeuble que le 4×4 s'arrête. Nous sortons du véhicule en courant et grimpons les escaliers. Au premier étage, des hommes jeunes et des adolescents, au nombre d'une dizaine, sont assis devant des batteries d'ordinateurs posés sur une immense table basse ou à même le sol ; certains regardent en même temps la télévision. C'est ici que les journalistes syriens acquis à la rébellion essayent de témoigner du cataclysme qui s'abat chaque matin sur leur ville. Le monde les croit ou les accuse de mentir, c'est selon.

Un jeune homme très mince, au regard sombre et à la barbe noire bien taillée, nous interpelle sèchement en anglais : « Qui êtes-vous ? Comment êtes-vous arrivés jusqu'ici ? Pourquoi n'ai-je pas été prévenu de votre arrivée ? »

Wa'ël s'empresse de lui répondre en arabe. Il écoute attentivement, pose quelques questions, puis reprend à notre intention : « Je m'appelle Abou Hanina. C'est moi qui dirige ce centre. Soyez les bienvenus. »

Les journalistes syriens se serrent pour nous laisser accéder à la grande table basse. Deux *chebab* d'une douzaine d'années, qui s'occupent des tâches ménagères, nous apportent des tasses de thé brûlant et des biscuits. Marie Colvin et Paul Conroy se dépêchent de sortir leurs ordinateurs pour se relier à leur journal et comme Perrin confesse qu'il n'en a pas emporté pour voyager plus léger, Abou Hanina lui prête le sien. « Vous devriez appeler votre famille pour leur dire que vous allez bien », lui conseille-t-il. J'ouvre aussi le mien mais, pour des raisons de sécurité, je me garde d'entrer en contact avec la Boîte ou Frédéric.

La nuit, nous la passons dans un minuscule réduit où les deux *chebab* ont installé sur le sol des matelas avec des couvertures. Comme la pièce est mal orientée au regard des bombardements, Abou Hanina exige que nous nous levions avant six heures du matin, heure à laquelle reprennent les tirs. Marie nous intime de ne pas ronfler : « J'ai déjà passé une nuit dans une grotte avec des combattants tchétchènes. Je ne tiens pas à renouveler l'expérience. » Quelques minutes plus tard, nous entendons un pot d'échappement de moto. C'est elle qui s'est mise à ronfler.

L'artillerie reprend effectivement ses tirs à six heures précises. Le fonctionnaire baasiste est discipliné, ponctuel et ne fait pas d'heures sup. Peu après, Abou Hanouna fait irruption dans le réduit en braillant : « Vous êtes sourd ? Vous n'entendez pas tout ce qui tombe ? Dépêchez-vous de venir dans la grande pièce. »

Comme hier soir, les deux gamins nous apportent le même thé et les mêmes biscuits. Abou Hanouna engueule la télévision où des images montrent les ambassadeurs des grandes puissances débattre à New York à propos de la Syrie et d'une éventuelle résolution du Conseil de sécurité. On dirait qu'ils participent à un concours de belles cravates et, comme ils ont quelques bons repas d'avance sur le commun des mortels, on s'attend à ce qu'ils se disputent à propos de restaurants étoilés au Michelin. Mais non, ils parlent de la guerre comme s'ils la faisaient. Et ils savent tout sur tout. «Allez-y, messieurs ! Discutez, discutez… pour arriver à quoi ? Pendant ce temps, le massacre continue. Il y a déjà des dizaines d'obus qui sont tombés ce matin sur Bab Amr », leur crie en anglais Abou Hanouna comme s'ils étaient dans la pièce.

Un des jeunes reporters vient de rentrer en disant négligemment : « Je me suis fait tirer dessus par un sniper près de la mosquée. C'est passé pas loin. » Personne ne lui prête attention, pas plus que s'il avait parlé de la pluie que la météo a annoncée.

J'aborde Abou Hanina pour lui demander de me conduire au centre de premiers soins. « On ira cet après-midi, répond-il. C'est assez loin, à cause des rues sous le feu des snipers qu'il faut contourner. Mais, à côté d'ici, il y a un endroit que je veux vous montrer en premier. On y va. »

Dehors, la rue donne l'impression d'avoir été balayée par un cyclone. Le troisième étage du petit immeuble où nous avons passé la nuit a été emporté la semaine dernière, il n'en reste qu'un pan de mur où s'accroche une antenne de télécommunications criblée d'éclats. La maisonnette voisine a été réduite à deux murs qui délimitent un lopin de pierres et d'objets brisés. Les autres demeures ont aussi été touchées, ce qui fait dire à Perrin, qui nous a accompagné, que le centre est une des cibles privilégiées des artilleurs. « Pourquoi ils ne nous allument pas en ce moment ? demandé-je.

– Ils attendent le bon moment, répond-il. Ils doivent avoir des systèmes de détection, sans doute offerts par les Russes, capables de capter les ondes électromagnétiques émises par les ordinateurs et les téléphones. »

Abou Hanouna n'a pas l'air de cet avis. « Ils n'ont pas ce genre d'équipement », affirme-t-il. Mais nous devinons qu'il n'en est pas vraiment sûr.

En poussant la porte d'un immeuble, nous découvrons que la vie s'accroche à l'obscurité froide et humide des intérieurs, dont toutes les ouvertures ont été bouchées. Des familles entières sont là, tassées, terrées, terrorisées, attendant la fin de la tempête d'acier et qu'on veuille bien leur apporter un peu de nourriture. Ce sont surtout de jeunes femmes entourées d'enfants. Je joue à l'humanitaire en mission d'évaluation des besoins, en parlant avec une femme nommée Hamida, qui survit comme elle le peut avec six enfants, les siens et ceux de membres de sa famille. Elle tient le plus petit dans ses bras qui n'arrête pas de pleurer. « J'ai tellement peur que je n'ai plus de lait maternel à donner à Farlane. Et je ne sais quoi faire pour occuper les autres enfants. Ils pleurent, ils crient, ils sont effrayés. Ils demandent sans cesse pourquoi on nous fait ça. Ces petits enfants, ce ne sont quand même pas des terroristes. » La famille a déjà perdu Ahmed, tué la semaine dernière en allant chercher quelques provisions. Il n'avait pas encore seize ans.

L'après-midi, Colvin et Perrin insistent à nouveau pour convaincre Abou Hanouna de nous conduire au dispensaire. Il accepte après avoir essayé de nous décourager : la moitié des rues de Bab Amr est sous le feu des snipers installés dans les tours autour du quartier. Cela dépend de leur orientation. Dans les rues qui sont abritées, il est possible d'allumer les phares une fois la nuit tombée et de conduire lentement. Dans les autres, la vie joue à la loterie.

Nous repartons dans sa voiture. Le ciel nous gratifie d'un crachin épais, gras et gris, qui renforce un sentiment de fin du monde. Nous sommes serrés les uns contre les autres, à cause du manque de place mais aussi de l'angoisse. Les snipers, ce n'est jamais rassurant. Les obus, non plus. Mais la conduite d'Abou Hanina, c'est pire. Dans les rues abritées, il avance tout doucement, contournant avec précaution des éboulis, flairant les amoncellements d'ordures comme un chien de piste. À quelques centaines de mètres d'un croisement, il s'arrête, se concentre, essuie avec la manche de sa veste la buée du pare-brise, fait rugir le moteur et jette son véhicule comme une fusée dans la bataille. Il bifurque d'un coup sec dans une rue perpendiculaire qui se trouve dans la ligne de mire des tireurs embusqués. La voiture dérape tandis qu'il accélère pour en reprendre le contrôle. Elle bondit dans des rues maillées de tas d'immondices, tressaille sur les crevasses de la chaussée, plonge dans de larges flaques d'eau brune, saute comme si elle jaillissait d'un tremplin, glisse encore sur la boue et finit par se stabiliser.

Dans l'habitacle, la frayeur nous a soudés les uns aux autres, le souffle coupé. Les journalistes ont sans doute essayé de capter des instants de cette ville pour les glisser dans leurs mémoires déjà fatiguées de tout ce qu'elles ont vu et trop vite, et qui n'en retiendront qu'une impression d'abandon et de mise à mort générale. Je préfère me concentrer sur Prométhée, qui doit m'attendre comme le Messie. Comment vais-je pouvoir lui parler sans avoir les autres sur le dos ?

Abou Hanina s'est arrêté dans une rue en principe abritée. « Vite, ordonne-t-il, courez comme si la mort allait vous rattraper. » Nous le suivons sans poser de question. Un obus ou une roquette tombe à moins d'une centaine de mètres. Nous rasons les murs jusqu'au dispensaire installé au rez-de-chaussée d'une maison. Passé le vestibule, nous tombons d'emblée sur la salle d'opération, une simple pièce avec quelques lits où tout le monde peut entrer, le personnel, les blessés, les parents. Personne ne nous demande qui nous sommes et nous observons, impuissants, les moribonds arriver dans les bras d'un frère ou d'un père, accompagnés le plus souvent d'une mère, d'une sœur ou d'une épouse. Le médecin et les infirmières n'ont quasiment rien pour les soigner, à peine une civière pour les porter, une chaise quand celle-ci est prise. La plupart des blessés meurent les uns après les autres sous les cris affreux des femmes.

Je fais semblant de m'intéresser à ce tout ce qui m'entoure pour évaluer les besoins du dispensaire, et j'en profite pour rechercher Prométhée parmi les infirmiers affairés. Abou Hanouna m'observe avec un peu de méfiance. « Comme vous le voyez par vous-même, et le Dr Mohammed al-Mohammed vous le confirmera, il n'y a rien ici pour soigner les blessés. Pas de gants, pas de sérum, pas d'équipement, pas de nourriture, et surtout, il nous faut des docteurs. Il n'y a que le Dr al-Mohammed qui soit un vrai chirurgien. C'est un déserteur de l'armée, il s'y connaît dans les blessures de guerre mais il n'a aucun moyen. L'autre docteur est dentiste et il y a aussi un pharmacien. Les infirmiers n'ont que des connaissances de base. Ils n'ont pas été formés pour ce genre de boulot. »

Le chirurgien est occupé à enlever avec une pince des shrapnels du visage d'un jeune homme allongé sur une table, sans même un drap pour le recouvrir. À côté de lui, une infirmière à bout de nerfs éclate en sanglots. La bataille pour le sauver semble perdue mais le médecin s'acharne. D'un seul coup, il arrache brutalement une dernière écharde de fonte plantée dans l'œil du blessé et la jette avec violence, en même temps que la pince, au beau milieu de la pièce où l'une et l'autre rebondissent sur le carrelage. Il hurle des insultes aux soldats, aux tueurs, au régime, à la famille Assad. Sa rage a une force incroyable, sa haine est extravagante et il l'exprime avec des cris et des grimaces comme s'il était sur la scène d'un grand théâtre.

Comme le Dr al-Mohammed n'a plus la force d'opérer, il nous entraîne dans la pièce voisine, une chambre d'enfant aux fenêtres criblées d'éclats, transformée en bureau, où est installé un type rond, doux, gentil, qui se présente comme le pharmacien du quartier et le directeur par défaut du petit hôpital. Nous prenons le thé comme si tout allait bien, comme si les bombardements qui tournent autour de nous n'étaient qu'une ronde un peu bruyante. Faute de pouvoir nous entendre, nous échangeons des sourires. Sauf le docteur al-Mohammed qui fixe le sol et dit brutalement : « Voir les gens mourir sans rien pouvoir faire alors qu'ils pourraient s'en sortir, c'est la pire des choses pour un médecin. Il y a quelques jours, un homme a agonisé pendant deux jours avant de mourir à cause d'un éclat dans la tête. C'était pourtant facile de le sauver. »

La danse des obus semble se rapprocher. Chaque fois que l'un d'eux tombe non loin du dispensaire, le chirurgien esquisse nerveusement avec ses bras des gestes de défense. Brusquement, ce n'est plus une sarabande mais un ouragan qui pousse la porte et s'invite pour le thé. Roquettes et mortiers entrent en concurrence. Nous entendons éclater les balles explosives des snipers. Nulle part où nous abriter, alors nous continuons à nous cramponner à nos tasses en craignant qu'elles ne se cassent.

Le pharmacien se détend en chantonnant une berceuse : « Nous attendons les roquettes comme notre amour. Un jour, elles viendront. » Puis, comme s'il parlait de ses dernières vacances, il raconte à Wa'ël pour qu'il traduise qu'un obus a déjà détruit le second étage du bâtiment et la réserve d'eau sur la terrasse. Une *katioucha* a tué un professeur d'université qui travaillait comme infirmier et une autre a emporté les jambes de son collègue. J'ai peur pendant un instant que l'un des deux soit Prométhée, mais c'était il y a trois semaines, bien avant son arrivée à Homs.

Je voudrais me renseigner sur les autres infirmiers mais le pharmacien vient de lancer un nouveau sujet de conversation, nous demandant si l'on aime la reine d'Angleterre. Nous ne savons pas quoi lui répondre. Il continue pendant que nous sirotons notre thé fadasse. Et malgré les bombes qui tantôt s'approchent, tantôt s'éloignent, la conversation devient badine : il nous emmène loin de Bab Amr, de Homs, de la Syrie, du Proche-Orient, de ces horreurs qui nous assèchent la gorge, en nous contant son admiration pour la famille royale britannique. Il s'est amouraché de tout : la pompe des grandes cérémonies, les carrosses rutilants, la splendeur de Buckingham, les histoires compliquées de mariage, les beaux atours des dames. « Mais c'est surtout la reine que j'aime », dit-il sur le ton de la confidence.

Ma mère m'a appris à chercher la vérité d'une personne dans son regard. Dans les yeux du pharmacien, je crois distinguer une particule de cette grande lueur que Dieu a donnée aux hommes lors de la Création du monde, puis la leur a reprise pour la cacher parce qu'Il a jugé que les hommes n'en étaient pas dignes, qu'elle les aveuglerait s'ils la regardaient, mais certains hommes, très peu, parce qu'ils sont justes ou purs, arrivent à en capter un infime reflet. Alors, peut-être qu'Orwell se trompe, que nous ne sommes pas tous appelés à devenir bourreaux si les circonstances l'exigent. Et que Arthur

Schlesinger Jr., un historien contemporain de l'écrivain, s'est aussi fourvoyé lorsqu'il a écrit, l'année même de la parution de *1984,* qu'« un Hitler, un Staline dort dans chaque poitrine ». Dans la poitrine du petit pharmacien pas trop mal habillé, qui conserve l'allure d'un modeste notable anciennement affilié au parti Baas, Hitler n'attend pas son heure, et pas davantage Staline. Sinon, il n'aurait pas rejoint les insurgés, ni risqué sa vie à chaque instant. Si quelqu'un dort dans sa poitrine, si une étincelle brille dans ses yeux malgré la tempête de haine, c'est l'humanité, cette minuscule lueur qui perdure quand tout a sombré dans la nuit, quand tout est perdu, quand les chiens errants rôdent autour du sépulcre. Dans le dispensaire, il est le seul à ne pas dormir sur des lits de fortune : il tient coûte que coûte à rejoindre sa famille chaque soir pour la rassurer.

À les écouter se confier aux journalistes, j'ai le sentiment que le moral des insurgés s'effondre peu à peu. Qu'une vague va bientôt submerger Bab Amr, une vague d'écume noire roulée par la certitude que la guerre durera longtemps et embrasera tout le pays. Je regarde notre petit groupe. Marie Colvin est tout d'un bloc, le visage fermé, impassible, et note tout ce que Wa'ël traduit. Paul Conroy s'est levé pour retourner photographier le désastre. Perrin se montre de plus en plus abattu. Ses yeux se sont brouillés et les larmes ne sont pas loin. « Pourquoi vous pleurez ?» lui demande sur un ton sévère Abou Hanina. Pour le réconforter, le pharmacien lui offre un chewing-gum. « Tenez, c'est le dernier de Bab Amr. »

Perrin le regarde un peu hébété et finit par le prendre. Puis il pose une question qui, à sa manière, est une bombe : « Pourquoi il n'y a aucune femme parmi les blessés ? » Le dentiste baisse les yeux et le Dr Mohammed al-Mohammed reprend sa pince à shrapnels pour rejoindre la salle d'opération. Perrin insiste et hausse la voix : « Aucune femme parmi les blessés. Pourquoi ? » La réponse, il la connaît, bien sûr. Une femme ne peut être déshabillée si les médecins ou les infirmiers sont des hommes, et il vaut mieux la laisser mourir, fût-ce dans les pires souffrances, plutôt que d'offenser la religion.

Je profite de la gêne qui s'est installée dans le bureau pour m'éclipser. Dans la salle principale, un infirmier à la blouse maculée de sang me fait un signe de tête. Il m'indique un coin où il me rejoint après avoir posé un garrot. C'est un grand type mince, avec une coupe militaire, un nez fort et des yeux un peu trop écartés où l'on perçoit beaucoup de détermination. Il me regarde avec méfiance. Les présentations sont inutiles mais je demande quand même : « C'est vous, Prométhée ? »

Il répond par un hochement de tête et s'enquiert d'emblée dans un anglais un peu hésitant : « Vous allez m'emmener ?

– Pas maintenant, ce n'est pas possible. Je suis avec des journalistes qui vont se demander qui vous êtes. Je reviendrai demain. Vous avez ce que vous nous avez promis ?

– C'est avec moi. Mais je les garderai jusqu'à ce que l'on soit à Beyrouth. Et il faut que vous me donniez la lettre du gouvernement français qui m'accorde l'asile politique.

– Je n'ai pas cette lettre avec moi. Trop dangereux. Si je me fais prendre…

– Ce n'est pas ce qui avait été convenu.

– Je n'ai pas cette lettre.

– Alors je partirai avec quelqu'un d'autre. Les services américains, aussi, ont envoyé leurs hommes.

– Ne faites pas cette erreur. Vous devriez savoir que les Américains ne tiennent jamais leurs promesses. Demain, vous partez avec moi et d'ici trois jours vous êtes à Beyrouth. »

Il fait mine de réfléchir et son front se plisse. Il ne sait pas quoi décider. Comme il ignore sans doute quand arrivera l'agent envoyé par la Centrale, il finit par acquiescer.

Dans le bureau, Abou Hanina vient de donner le signal du départ d'un ton sans appel. Le pharmacien nous serre longuement dans ses bras en essayant de sourire. « On se reverra un jour, murmure-t-il d'une voix très douce. Vous reviendrez et on vous accueillera autrement. Merci, vraiment, d'être venu nous voir. »

Joan-Manuel

Ségovie

Don Antonio ressemble à un bourgeois repu du repas annuel de sa confrérie. Son front en gratte-ciel, sa lippe un brin dédaigneuse et la mélancolie de son regard donnent une illusion de vie à son visage de statue pétrifiée, soutenu par l'arc-boutant d'un quintuple menton, lui-même posé sur une cravate fripée. On le devine un peu emprunté, vaguement maladroit. À le voir appuyé sur une canne, on peut imaginer qu'il prend la mesure des cent mètres restant à parcourir avant les délices d'une sieste bien lourde, lestée au ribera-del-duero. Mais j'ai tort de le dépeindre ainsi car Antonio Machado n'a rien d'un jouisseur. Ici, il fait partie du paysage et les passants qui défilent sur la Plaza Mayor de Ségovie ne lui prêtent guère attention – à part les rares touristes qui le prennent en photo. Il est une figure débonnaire, rappel d'une Castille à la fois éternelle et disparue, résumée dans le recueil de poèmes, certains toujours appris à l'école, qu'il serre fort dans sa main gauche pour être sûr que cette Castille, sa Castille, a bien existé.

Je l'observe depuis la terrasse du café Jeyma, à l'entrée duquel il est planté. Le sculpteur a été sévère avec Antonio Machado. Il a retenu son physique un peu lourd mais ne transparaît pas dans ses traits ce qu'il a vraiment été : un grand poète, un novateur, un maître dans l'art de dénoncer l'esprit réactionnaire de son temps, un guetteur à l'affût de l'âme humaine, un écrivain de l'intime, de la douleur aussi, à cause de la mort précoce de Leonor, sa femme enfant, emportée par une hémoptysie, par la perte de ses plus chers amis, par l'assassinat de Lorca, par la guerre civile où il a naturellement choisi le camp des perdants, celui des républicains. Le chagrin l'a souvent pris en filature comme cherche à le faire en ce moment avec moi la mygale. Et il a fini par le rattraper dans son exil à Collioure. Dans la petite auberge où on l'a découvert mort – de solitude, de fatigue, de désespoir ? –, on a trouvé au fond de la poche de son pardessus son dernier souffle littéraire, une référence à ses huit premières années dans sa Séville natale qu'il a dû quitter pour suivre ses parents en Castille. Le poème n'a qu'un seul vers mais tout est dit : « Ces jours d'azur et ce soleil de l'enfance. »

Je ne souhaitais pas particulièrement rencontrer don Antonio mais, depuis que je me suis approché de sa statue, j'ai envie de converser avec lui. Quand je n'ai rien de particulier à lui raconter, nous échangeons du silence, nous pesons les secondes, les minutes, le temps qui s'en va au trébuchet de nos solitudes respectives. Au petit déjeuner ou à l'apéro du soir, je m'installe à la table la plus proche et je le regarde entre deux poésies de *Champs de Castille*, le recueil qu'il tient à la main et que j'ai acheté à la librairie de la rue Marqués del Arco, là où il allait chaque jour acheter ses journaux.

Ce n'est pas non plus la ville – célèbre pour la beauté austère de ses églises romanes, le tombeau de saint Jean de la Croix et la grâce tout aérienne de son aqueduc romain au pied duquel la vieille cité s'est posée comme une offrande – que je suis venu voir. Si la voiture louée par mon frère m'a emporté jusqu'ici, c'est à cause des endroits décrits par Hemingway dans *Pour qui sonne le glas*. C'est dans ce coin d'Espagne que le roman se déroule, dans cette campagne rêche et transie l'hiver, sèche et étouffante l'été. Chaque matin, avec mon exemplaire posé sur le siège du passager, je vais à la recherche d'un vallon, d'un village ou encore du pont que Robert Jordan, le héros de l'histoire, a fait sauter.

Le soir, quand j'ai quelque chose à lui raconter, je reviens près de Machado et nous prenons un verre ensemble. De lui, Garcia Lorca a dit qu'il était « un poète humain et céleste, évadé de toute lutte, seigneur absolu de son prodigieux monde intérieur ». Après l'assassinat de Lorca, Machado a écrit le plus beau des tombeaux.

Ce matin, en prenant un tardif petit déjeuner au café Jeyma avant de partir à la recherche des terres de Hemingway, je me souviens d'une des prédictions d'Antonio Machado, écrite pendant la guerre civile et que j'ai toujours trouvée intrigante : « Un jour Barcelone tombera. Pour les stratèges, pour les politiques, pour les historiens, tout sera clair : nous avons perdu la guerre. Mais, humainement, je n'en suis pas si sûr… Peut-être l'avons-nous gagnée. » Pourquoi, à l'heure où la défaite approchait, a-t-il cru à cette victoire ultime ? Était-ce parce que tant de courage, d'abnégation et de sacrifices, tant de souffrances et de chagrin, tant d'espoir et de désespoir ne pouvaient avoir été répandus en vain sur les paysages calcinés des batailles ? Parce que, prévoyait-il, l'humanité l'emporterait toujours *in fine* sur la barbarie ? Parce que ceux qui ont perdu, du fait même de leur défaite, ont sauvé quelque chose de l'homme ? Je n'ai pas la réponse. Mais je pressens que la guerre en Syrie et en Irak où nous, les Occidentaux, sommes en train de nous engager, qui nous fera reconquérir Mossoul, Raqqa, le Sinjar, le pays de Shamal, nous ne la gagnerons que grâce à la supériorité de nos armes, de nos avions et de nos missiles. Mais ce seront eux, qui savent si bien orchestrer les partitions de la haine, qui se révéleront les vrais vainqueurs. Parce qu'ils ont réussi à en glisser quelques notes dans nos mémoires, dans nos consciences, dans nos fêlures, et que l'on finira par se dire, secrètement ou pas, que les haïr en retour, ce n'était pas si mal. Oui, ils auront notre haine, que nous le voulions ou pas. Arriverions-nous jamais à les anéantir qu'ils seront toujours là dans nos villes, jusque dans nos cours d'assises, où, pendant les procès de leurs frères, ils profiteront de la salle d'audience pour se reconnaître entre eux, murmurer des mots de connivence, échanger discrètement des numéros et des adresses, démarrer de nouvelles filières et préparer ce qui arrivera demain. Ils seront à l'affût de la moindre de nos faiblesses, parce qu'aucun de nos arguments ne les atteindra jamais, que certains de leurs enfants reprendront les mélodies du désastre, et que s'ils ne peuvent nous les chanter ici, ils les fredonneront là-bas. Ainsi, la guerre sera sans fin.

Certes, ils ne remportent quasiment jamais de guerre. Cela fait pourtant un demi-siècle qu'ils sont là, progressant de victoire en défaite, ou de défaite en défaite, avançant sur les tombes de leurs copains sans jamais renoncer. C'est une certitude que j'ai rapportée de mon séjour parmi eux : quand ils gagnent au combat, c'est une victoire. Quand ils échouent, c'est encore une victoire, celle que donne la mort sur le sentier d'Allah, la formule en arabe est belle, et claque comme un étendard au vent des batailles, comme une incantation magique. La victoire et la défaite, quand elle est transcendée par le martyre, sont bien un seul et même chemin. C'est pourquoi ils ne perdent jamais.

C'est aussi pour fuir cette certitude que je m'aventure pour la première fois dans la profondeur de l'Espagne, sur les hauts plateaux, bien au-delà de l'Èbre et du Guadalquivir. Mon père, comme la plupart des Catalans, n'était pas anti-espagnol mais il avait transmis à la famille sa profonde méfiance envers la Castille, qu'il tenait déjà de mon grand-père, comme si elle nourrissait toujours des velléités impérialistes, comme si la guerre civile n'était pas tout à fait terminée, que le franquisme était toujours prêt à y renaître, oubliant que la démocratie avait été écrasée par Franco dans toute l'Espagne et que le *Caudillo* comptait aussi de nombreux partisans en Catalogne.

Je parcours la sierra de Guadarrama en empruntant la N-601 qui grimpe jusqu'au col de Navacerrada. Je cherche à retrouver la ligne de crête que tenaient les troupes franquistes, en mai 1937, et ce que les yeux de Hemingway ont vu dans ses jumelles. Je m'arrête pour lire des passages de son roman avant d'en discuter avec Machado et Lorca qui m'accompagnent. Le soir, alors que le crépuscule se renverse sur les longs plateaux arides, incendie les collines et souligne l'horizon d'un grand coup de feutre rouge, apparaît une autre passagère qui fait glisser ses bas de soie.

Alexandre

Homs

Le chant des coqs est suivi des bombardements de six heures, eux-mêmes suivis d'une courte accalmie, et à nouveau du chant des coqs. La ritournelle reprend sans faillir toute la matinée : coqs, bombardements, accalmie, coqs. À la trentième salve, j'ai arrêté de compter. Je ne savais pas qu'il y avait autant de coqs dans une ville syrienne.

Ce matin, Abou Hanina n'a pas l'air de vouloir m'emmener où que ce soit, et surtout pas au dispensaire. Trop risqué. Alors quand ? Peut-être demain.

Perrin est reparti pour le Liban après avoir essayé de nous convaincre de venir avec lui. Il craint que la canalisation souterraine soit tôt ou tard découverte et que nous soyons piégés à l'intérieur du quartier.

D'autres reporters sont arrivés pendant la nuit, toujours à travers le boyau. Trois Français, deux photographes dont un jeune mais déjà célèbre du nom de Rémi Ochlik, et une journaliste, Édith Bouvier, ainsi qu'un Espagnol. Je me fais aussi discret que possible. Ils n'ont pas rencontré d'autres étrangers sur leur chemin. L'homme de la CIA n'est donc toujours pas à Homs, à moins qu'il soit arrivé avant eux.

Marie Colvin est peu amène avec les nouveaux arrivants. Je l'entends dire au téléphone à sa rédaction, qui lui a demandé de rentrer, qu'elle ne peut pas parce que « l'euro-trash » vient d'arriver et que ce serait un déshonneur de les laisser seuls à Homs. La jeune Française fait les frais de sa hargne. Parce qu'elle a pris par inadvertance sa place autour de la grande table de travail commune, l'Américaine, furieuse, jette son ordinateur sur le sol. Les Syriens sont consternés.

Dans la soirée, Abou Hanina me fait savoir qu'il a trouvé un chauffeur et une voiture pour m'emmener demain au dispensaire.

Au petit matin, je fausse compagnie à mes camarades en prétextant vouloir apporter mon aide à l'hôpital. Après une nouvelle traversée des enfers à bord du corbillard choisi par Abou Hanina, je m'inquiète de ne pas trouver Prométhée dans la pièce qui sert de salle d'opération. Mais le docteur al-Mohammed est bien là. C'est lui qui m'apprend que l'infirmier que je recherche est dans un local du premier étage, en grande discussion avec un autre Français.

Lorsque je déboule dans la pièce, la surprise est à la fois mauvaise et de taille. Les clés USB sont étalées sur une table métallique. Il ne me faut pas dix secondes pour comprendre que je viens d'être doublé, non par un agent américain, mais par un fichu compatriote qui se tourne vers moi et se présente le plus naturellement du monde comme un mercenaire bossant pour la CIA.

Prométhée nous regarde, hébété. Il se demande sans doute pourquoi deux Occidentaux, deux Français qui plus est, citoyens d'un pays qui soutient la rébellion, s'affrontent pour des documents qui ne leur appartiennent pas pendant que des blessés souffrent dans les pièces du rez-de-chaussée, agonisent, meurent, que les infirmiers désespèrent de trouver une dose de morphine pour soulager une amputation et que se poursuit la tournante sans fin des obus.

« On ne va pas jouer la partie à pile ou face, me prévient l'homme de la CIA. Vous les voulez, car le service qui vous emploie, votre gouvernement ou qui que ce soit, ne souhaite pas voir remonter de sales affaires à la surface. Je les veux pour sauver une vie de la torture et de la mort.

– Je me moque de vos bonnes raisons. J'en ai autant que vous. Nous avons passé un accord avec Prométhée. La CIA a toujours le chic pour faire pleuvoir la merde partout où elle fourre son gros nez.

– La CIA, c'est ma couverture, rien d'autre. Je te le répète : je les veux pour sauver une vie. La vie d'une innocente. Si je sors les clés de Syrie, une jeune femme sortira elle aussi de la geôle où elle croupit près de la frontière. Tu ne peux pas comprendre et je n'ai pas le temps de t'expliquer mais sa vie vaut mille fois plus que ces puants petits secrets d'État. »

En même temps qu'il a abandonné le vouvoiement, il s'est tourné pour me laisser deviner l'arme qu'il porte à sa ceinture. « Par la même occasion, tu sauveras aussi la tienne. » Dehors, les bombardements se sont rapprochés mais nous leur prêtons à peine attention. Un obus tombe dans la rue et fait trembler les murs.

Je me mets à crier pour couvrir une nouvelle salve : « Ce que tu dis est peut-être vrai, peut-être faux, mais là n'est pas la question. Nous ne sommes pas ici pour régler nos affaires personnelles à la manière des cowboys.

– Cowboy tant que tu veux. Je l'ai été pour le compte de la France, pour sa diplomatie d'opérette, et j'ai été traité comme un hors-la-loi. Maintenant, je prends les clés. J'ai une jeune fille à ramener des enfers. »

Je fais le pari qu'il ne tirera pas et me rapproche de la table sur laquelle se trouvent toujours les clés USB. Il sort posément son arme, exagérant son geste, et la pointe dans ma direction au moment où un nouvel obus explose tout près du dispensaire. Les cloisons encaissent, se fendent, un mur se lézarde. L'instant d'après, la nuit descend comme un coup de rasoir qui nous retranche du monde. Des morceaux de plafond dégringolent en une pluie de débris. Les jurons en arabe de Prométhée et de longs cris dans le couloir. Je me suis jeté à terre. Je rampe vers la table sans rien voir mais je sais déjà que les clés n'y sont plus. Je me redresse pour trouver l'escalier, dégringole les marches dans le noir et j'aperçois sa frontale qui cavale devant moi. Je rate une marche, roule jusqu'au bas de l'escalier, me relève aussi vite que je peux. Une douleur me cisaille le bas du dos. Une explosion électrique. La lumière est revenue dans le couloir. Une femme crie, les mains sur ses oreilles pour ne pas s'entendre. Un homme aux yeux fous porte un enfant avec un bonnet pourpre en le serrant si fort qu'il risque de l'étouffer.

Tout explose dans la rue. Le ciel est en sang. L'incendie crépite et assaille les façades de rouleaux de nuages noirs, d'avalanches anthracite. Une camionnette brûle. Une fenêtre s'embrase, puis la porte d'un immeuble. Au bout de la rue, le feu vient de se saisir d'une moto d'un grand coup de langue. Le conducteur et son passager, un adolescent, flambent en hurlant. La fumée plante ses épingles dans mes yeux.

Le mercenaire court toujours. Il dépasse la moto qui brûle et les deux corps qui se tordent sur le sol. Il ne s'arrête pas. Je l'aperçois à travers la calligraphie folle des flammèches. Il longe un mur épargné par l'incendie. Il a deux cents mètres d'avance et gagne encore du terrain. Un 4×4 noir le rejoint et s'arrête à côté de lui, il s'y engouffre et le véhicule disparaît dans la fumée.

À bout de souffle, je regarde le feu chercher son chemin à travers les nuages noirs et s'échapper vers le ciel de plus en plus sanglant.

Peut-être que la guerre fera quelque chose, de bien, de moche, qu'importe. Peut-être qu'elle renversera et brûlera sa voiture au prochain tournant. Ou bien qu'elle m'arrachera à ce monde pour me punir d'avoir échoué. Mais qu'on la fuie ou qu'on la cherche, la guerre n'est jamais là que pour elle-même. Elle est une saltimbanque qui passe en jetant des mauvais sorts, une danseuse du ventre sur le fût d'un canon. Elle prend tout, les cris, les râles, les souffrances et les humiliations, tous les jours et toutes les nuits, tout ce qu'on glisse entre ses tétons d'acier, et elle ne rend rien. Pas la moindre monnaie, sinon des morceaux de béton, de la chair brûlante et des caresses incandescentes. Elle est un trou noir qui avale la terre. Une prémonition de la fin du monde.

Quelques habitants de la rue sont sortis avec des couvertures mais il est beaucoup trop tard pour sauver l'homme et son fils qui s'agitent encore comme des pantins noirs et disloqués sur le sol. L'odeur de chair brûlée devient plus forte que celle de la poudre et de la fumée.

Je rentre au dispensaire au moment où des secouristes se précipitent en direction des deux brûlés. Je cherche Prométhée pour lui annoncer que je ne vais pas pouvoir l'emmener avec moi. Après, j'attendrai avec le chauffeur que les bombardements se calment pour repartir. Dans la rue, tombe un suaire de poussière noire qui recouvre tout.

Daniel

Homs

Le bombardement est derrière nous mais le quartier est toujours groggy et les incendies continuent de ronfler. Mon chauffeur conduit très vite sur le désastre de la chaussée. À présent, les snipers doivent avoir quitté les tours. On va gagner du temps : une demi-heure pour récupérer mon sac, une petite heure pour gagner l'entrée de la canalisation, à moins que la route ne soit encore sous le feu des mitrailleuses. Puis la traversée des souterrains d'Hadès, le chemin jusqu'à la banlieue de Homs, et enfin l'itinéraire compliqué qui conduit à la frontière. Cela demandera trois jours au minimum, si tout se passe bien.

Est-ce que j'aurais été capable de presser la détente ? Pour elle ? Pour les quelques moments si heureux passés ensemble, pour cette impression qu'un morceau de ciel s'était détaché pour venir me laver de ma boue, pour ces brèves vibrations dont je perçois encore l'écho jusqu'au tréfonds de mon corps en dépit du grondement des roquettes ? Si j'avais tiré, toute la mécanique du Mal se serait mise en branle. On commet le mal pour se sauver du Mal et on devient le mal. Mais c'est aussi le Mal, en frappant avec une bombe l'entrée du dispensaire, qui m'a sauvé de cet engrenage. J'essaye de ne pas revoir la scène, mais la vision de la moto transformée en torche passe et repasse devant mes yeux. Un cercle de feu. Il tourne sans fin, devient une spirale de flammes, de fumée et de hurlements, attisée par le ciel rouge sang. Je sais que l'on n'oublie jamais le spectacle d'un homme qui brûle, ni l'odeur de la chair qui s'embrase.

C'est l'heure où Naïma doit guetter son retour. L'heure des coups d'accélérateur qu'il donne dans la cour pour faire monter la terreur. Son pas lourd dans l'escalier… le rai de lumière qui passe sous la porte d'acier… et la peur, la peur affreuse, qui emplit la pièce au moment où il la pousse.

Certains soirs, je jurerais l'entendre crier sous ses assauts. Et lui, rire. Rire. Un rire de sang.

Alexandre

Homs

Au moment où nous nous apprêtons à repartir, le bombardement regagne en intensité. Il aurait dû s'arrêter à 18 heures précises mais les artilleurs de la 4e division motorisée jouent les prolongations. Peut-être parce que des chefs sont venus inspecter la zone. Le chauffeur me dit qu'il faut attendre.

Après m'avoir engueulé en arabe, Promethée répugne à m'adresser la parole. Il a remis sa blouse blanche mille fois tachée et travaille aux côtés du Dr Mohammed al-Mohammed. J'attends en buvant seul une tasse de thé dans le bureau du pharmacien, lui aussi très occupé à préparer des bandages et à prodiguer les derniers médicaments qui lui restent.

Le bombardement de cette fin d'après-midi a fait un carnage. Toute la salle principale du dispensaire s'est remplie de peaux brûlées, de chairs déchirées, de cerveaux perforés, de membres arrachés. Des hurlements, des lamentations, des prières, des cris d'enfants qui appellent leurs mères au secours. Quelques femmes ont été admises, mais ce ne sont plus que de gros paquets noirs que l'on traîne sur le sol. D'autres corps disloqués sont installés sur des chaises qui, l'instant d'après, basculent sur le dallage. Des traînées de sang dessinent la carte d'un continent de la douleur traversé de voix suraiguës. L'une crie : « Plus de place pour les blessés, on les met où ? », une autre cherche à s'élever plus haut pour demander : « Les morts, qu'est-ce qu'on en fait ? Il n'y a plus de place ? Répondez-moi, qu'est-ce qu'on fait des morts ? », et une troisième encore, chevauchant le vacarme, répète : « Les linceuls, on n'en a plus ? Les linceuls, où est-ce qu'ils sont ? »

Les heures glissent sur le sang, la fange, la merde qui gicle des intestins crevés et la boue des dernières pluies. Le bombardement s'est éloigné mais il rôde encore dans les rues alentour. Le chauffeur n'a toujours pas l'intention de repartir avant demain et on finit par se fâcher. De toute façon, je ne sais pas comment retrouver le type de la CIA. Ce salopard a l'avantage d'être armé et d'avoir un complice. Prométhée pense que le pilonnage a été si intense qu'il a désorganisé les lignes de défense du quartier, fait s'ébouler des dizaines de bâtiments le long des grandes artères, et que personne ne pourra se risquer cette nuit jusqu'à l'entrée de la canalisation. Le mercenaire devra donc se contenter d'un abri, peut-être celui où il a passé la nuit précédente. Demain, en partant très tôt avant le retour des obus, je pourrais peut-être l'intercepter à l'intérieur du souterrain. Mais il me faut une arme.

Est-ce que les documents que je suis venu chercher valent le prix d'une vie ? La sienne, celle de Prométhée, ou la mienne ? La querelle n'est pas que dans ma tête, elle se déroule aussi dans un coin de mon ventre, quelque part sous l'épigastre, un obscur malaise, une voix intérieure qui répète en pinçant la peau : « Tu ne vas pas abdiquer. Ces vidéos valent plus que ta minable vie de dandy. On y trouvera peut-être le Bellâtre en bonne compagnie, qui sait ? On saura tout des complicités, des liens, des sympathies entre les massacreurs d'hier et les tueurs d'aujourd'hui. Ne renonce jamais à chercher les racines du mal. Secoue-toi pour retrouver ce qui te revient et le reprendre. C'est la seule bataille qui vaille. Bordel, c'est ta guerre, tu ne peux pas déserter. » Mais les mots de Charles-André, mon vieux copain de Paris, me reviennent aussi. Avant mon départ, il cherchait à me convaincre de ne pas mener une guerre personnelle. Ma mémoire lui donne la parole et il ne la cède pas. Il aligne d'autres arguments pour me faire renoncer : « Les documents de Prométhée, si tu les récupères, seront immédiatement classés secret défense catégorie 1 et il te sera impossible de les consulter. Les preuves, si tant est qu'elles existent, seront cachées, sinon détruites, ou au mieux elles finiront dans des archives qui, une fois déclassifiées des dizaines d'années plus tard, ne seront plus à même de porter le scandale sur la place publique. »

Allez, Charles-André, dis-moi aussi, entre deux bourbons, qu'une autre vie est possible, qu'elle a la force libératrice des vents de l'île de Jura, l'inimitable et fine amertume des cocktails de Tony Conigliaro, ou la tiédeur des cuisses de Paola quand elle s'offre sur la colonne renversée du temple de Bacchus. Mais, cher camarade, ta mère ne s'appelait pas Anna, ni ta grand-mère Suzanne, ni ton grand-père Abraham, et ils n'habitaient pas rue d'Italie, dans le Vieux Nice.

Daniel

Homs

La route qui permet de quitter Homs via la canalisation est coupée. Plusieurs immeubles se sont effondrés. Des montagnes de gravats bloquent les rues. Il faut dormir quelque part, on trouvera une solution demain pour quitter cet enfer. Ce n'est pas la seule mauvaise nouvelle : l'abri où j'ai passé la nuit précédente est sur un mauvais itinéraire et ne peut pas être rejoint.

Mon guide a donné quelques coups de téléphone, très brefs pour éviter d'être repéré. « Le centre de presse peut nous accueillir, dit-il dans son anglais rugueux.

– Pas une bonne idée. Le *jassous* français va venir s'y réfugier. Et il voudra récupérer à tout prix les documents. Je ne tiens pas à lui loger une balle quelque part. On doit trouver un autre endroit pour dormir.

– Pas possible. Il y a toutes sortes de groupes qui sortent la nuit. Certains pourraient vouloir voler la voiture ou te prendre. Et puis, je ne crois pas que le *jassous* français y soit. Il est sans aucun doute bloqué au dispensaire, il devra y passer la nuit. Quand il reviendra, *inch'Allah*, la route de la canalisation sera rouverte et on sera déjà partis.

– Au centre, on risque de me poser des questions.

– Je ne crois pas. D'autres journalistes sont arrivés cet après-midi en provenance du Liban. Tout le monde est très occupé à cause du carnage de cet après-midi. On ne fera pas attention à toi.

– OK, allons-y. Mais ne conduis pas trop vite. Le bombardement s'est arrêté. On a tout notre temps pour admirer les étoiles. »

Alexandre

Homs

Quand je parviens enfin à rejoindre le centre de presse, le lendemain, c'est pour découvrir que la mort m'a précédé et qu'elle y est passée comme une tornade. D'un grand coup d'aile, elle a éventré les murs, défoncé les portes, arraché les fenêtres, écroulé les plafonds, anéanti les pièces, emporté la façade du bâtiment. Elle a tué ou blessé tous ceux qu'elle a trouvés sur son chemin. Les cadavres sont dans une pièce, au milieu d'un amoncellement de gravats, les blessés dans une autre. Marie Colvin et Rémy Ochlick sont allongés dans la première. Je ne peux pas m'empêcher de glisser une main sous le gilet pare-balles de l'Américaine pour chercher l'indice d'un battement, la preuve que tout n'est pas perdu. Sa poitrine est encore tiède, comme si la vie ne voulait pas admettre qu'il n'y a plus rien à faire, alors que ses mains sont déjà glacées.

Les yeux du jeune photographe, qui avaient dû faire battre bien des cœurs, restent magnifiques. Personne n'a osé les fermer dans la crainte de commettre un sacrilège.

L'odeur âcre-douce du RDX, l'explosif placé dans la tête des roquettes, rampe telle une ombre sur les décombres.

Dans la pièce des blessés, je retrouve Paul Conroy et la jeune Française Édith Bouvier qui ont été frappés aux jambes par des shrapnels. Même si, à titre exceptionnel, ils ont pu bénéficier d'antidouleurs, ils souffrent beaucoup. Ils continuent à perdre du sang, en particulier l'ancien militaire qui a un trou large comme un poing au milieu d'une cuisse. Ils devraient pouvoir s'en sortir à la condition que l'on s'occupe d'eux rapidement. Wa'ël, touché à l'épaule, est le moins atteint.

Un Syrien m'indique du menton le réduit d'à côté où nous avons dormi. Le mercenaire français y est allongé sous des couvertures. Je crois d'abord à une hallucination, mais c'est bien sa grande carcasse et son visage cabossé, avec un menton d'empereur, un nez fort et tordu, et des lèvres fines. Il respire à peine, et si ses yeux résistent de toutes leurs forces en fixant le mur fissuré, son regard cherche déjà à s'enfuir. Son visage est crispé de douleur et une mince rigole glisse de son nez pour rejoindre une coulée de vomissures. Sa main retombe inerte quand je la prends. L'onde de surpression provoquée par la roquette a déchiré l'intérieur de son corps, avec probablement des lésions et des amputations traumatiques au niveau des organes creux, et elle a sans doute comprimé la moelle épinière. Mais il n'est pas inconscient. Il me regarde, me reconnaît, essaye de parler. Je colle mon oreille à sa bouche.

« Sauve-la. Sauve-la. Tu dois la sauver.

– Qui ?

– Sauve-la.

– Mais qui ?

– La fille, la jeune fille.

– Celle dont tu parlais au dispensaire ?

– Appelle la CIA.

– Qui à la CIA ? »

Il ne m'entend pas. L'explosion a peut-être provoqué la rupture du tympan ou l'arrachement de la cochlée. Il répète : « Pour la sauver. » Et encore : « Donne tout à la CIA. Promets. »

Je trouve les clés USB dans les poches de son gilet. Il semble n'en manquer aucune. Je prends aussi son Thoraya. J'essaye encore de parler avec lui. Il répond avec des mots incohérents, parle de Sophie, peut-être sa fille, et de Naïma. Est-ce la dame de cœur ? Il les confond, dit qu'il les aime l'une et l'autre. Ses yeux viennent de se fermer mais un peu de vie se cramponne encore à quelques mots. Il les répète, comme un automatisme : « Promets. Va à la CIA. Sophie aime mes chevaux, Sophie s'en occupera. Naïma, les hommes en noir sont autour d'elle. Sauve-la. Jure. »

Personne dans ma famille n'aurait refusé une promesse à un mourant. J'ai donc juré. L'instant d'après, je lui ai fermé les yeux.

En faisant défiler les contacts de son téléphone, je trouve un numéro libanais qu'il a appelé régulièrement ces derniers jours et qui doit correspondre à son officier traitant américain. Puis je retourne aider les infirmiers.

Quand Édith, Paul et Wa'ël finissent par être transportés vers le dispensaire, j'appelle le commandant Frédéric à Beyrouth. Pour une fois, je le sens inquiet devant la tournure des événements.

« Putain, ça craint vraiment. Dégage au plus vite. T'as récupéré, j'espère, ce que devait nous donner Prométhée ?

– Non. Le type de la CIA est arrivé avant moi.

– Mais il est mort, t'as dit.

– Oui, mais je ne sais pas où il a caché le feu de Prométhée. »

III

Alexandre

Beyrouth

Sur le chemin périlleux qui me ramenait à Beyrouth, j'ai convoqué dans ma tête tous ceux qui, parmi les grands hommes, incarnaient la loyauté, la fidélité, l'honneur, en commençant par Orwell, et je leur ai posé la question de ma trahison. Est-ce que j'allais vraiment trahir ? Finalement, que valait quelque linge sale face à la vie d'une gamine ? Oui mais, répondaient certains, cela reste un flagrant délit de forfaiture.

Une certitude : quelle que soit la décision que je prendrai, j'aurai tort. C'est ça aussi, la guerre, ces armées qui se battent dans votre tête. Puis s'est imposé le souvenir du Bellâtre que j'ai abandonné dans la tourmente de Bab Amr. Et avec lui la photo de ceux qu'il était venu chercher en personne, par une belle matinée de printemps, dans le Vieux Nice. Ce sont eux, c'est leur pardon, qui m'ont permis de trancher.

Le numéro libanais trouvé sur le téléphone du mort est celui d'un agent fédéral nommé Ross. Je l'ai appelé dès mon arrivée au Liban. Avant d'aller le voir, je prends soin de planquer les clés USB chez un vieux complice beyrouthin qui m'a offert l'hospitalité. J'appelle également le commandant Frédéric pour l'informer de mon retour dans le monde des vivants. Je lui mens une nouvelle fois en prétendant que je n'ai pas retrouvé les documents promis par Prométhée et je raccroche quand il me somme de passer le voir. Je contacte ensuite la Boîte pour leur dire que je suis incapable de mener à bien ce genre de mission, que je démissionne et, encore une fois, je raccroche quand ils m'ordonnent de foncer d'urgence à Paris. J'enlève enfin la puce de mon téléphone et l'envoie à l'adresse de Charles-André.

Ross m'a donné rendez-vous au Phoenicia, un hôtel cinq étoiles, sur la Corniche et, dès mon arrivée, sans me serrer la main, il m'invite à m'engloutir dans un des fauteuils larges comme un océan de sa suite royale. Il ne m'a même pas offert un café.

Qu'ils bossent pour la CIA, le MI-6, la DGSE, le FSB ou un autre service, les agents posent souvent le même regard sur le monde. Ils ne distinguent pas les bons et les méchants, et, au milieu, cette zone grise où l'on trouve généralement des alliés ou des adversaires au gré des circonstances. Ils le regardent plutôt, le monde, comme un vaste territoire peuplé de gens qui acceptent de les aider et d'autres qui s'y refusent. Ceux qui acceptent de coopérer sont du bon côté, quoi qu'ils aient pu faire – tuer, violer, kidnapper, trafiquer de la came, organiser des réseaux de prostitution ou de pédophilie. Ceux qui ne veulent pas sont à ranger dans le camp des ennemis, qu'il faut anéantir, même si ce sont des innocents – le mot innocent n'appartient d'ailleurs pas à leur vocabulaire. Une bonne sœur qui, par fidélité à Jésus-Christ, aurait soigné un homme recherché peut très bien être assimilée à une terroriste, si elle refuse de dire où il se cache.

En me regardant fixement, Ross doit encore se demander dans quelle case me ranger. Le doute est vite levé.

« Vous avez la camelote ? me demande-t-il en français.

– Vous ne cherchez même pas à savoir comment votre agent est mort ?

– J'allais le faire, même si ce n'était pas un agent fédéral, donc pas un des nôtres à proprement parler. C'était sa seule et unique mission pour nous. Après, nous n'aurions jamais plus fait appel à lui. Il était, comment dit-on… ah, oui : incontrôlable.

– Il avait peut-être une famille. Est-ce que l'Agence va s'occuper d'elle ?

– Nous ne sommes pas un bureau de charité. Il savait ce qu'il faisait, il connaissait les risques d'une mission clandestine en Syrie.

– Vous êtes un sacré salaud, et pas seulement sur les bords.

– Écoutez, monsieur Alexandre. Ce n'est pas moi qui fixe les règles de la Centrale. Je ne suis qu'un exécutant.

– Foutaises ! Vous avez négocié un accord avec lui. »

J'ai très envie de claquer la porte de sa chambre mais il y a dans la balance cette fille précipitée dans le puits sans fond de la nuit syrienne et lui seul, si tant est que quelqu'un possède cette capacité, peut organiser une opération pour la sauver.

« *Right*, répond-il avec flegme. Mais ma mission s'arrête à la négociation. Je veux ce que vous avez. Et dès que vous me l'aurez donné, je ferai tout mon possible pour que la Centrale honore ses engagements et obtienne la libération de cette captive américaine, quel qu'en soit le prix et bien qu'il y ait beaucoup à dire sur elle. Si c'est trop risqué de monter une opération militaire, on est prêt à faire un échange de prisonniers, ce qui, pour le coup, est bien pire que le versement d'une rançon aux yeux de la législation américaine. Vous avez ma parole.

– Je crains que cela ne soit pas suffisant. Je préfère que l'on renverse l'équation. Je vous donnerai les clés USB lorsque vous aurez sauvé la jeune fille. Par précaution, je ne les ai pas prises avec moi. Maintenant, vous allez me raconter tout ce que vous savez de votre mercenaire décédé en mission, et de cette Américaine après laquelle il courait. »

Joan-Manuel

Sierra de Guadarrama

Difficile de trouver l'endroit précis où Robert Jordan s'est allongé, avec sa jambe cassée, sur un lit d'aiguilles de pin, près du torrent, pour attendre la colonne franquiste et la prendre sous le feu de sa mitraillette. Mais le paysage est fidèle à la description qu'en a faite Hemingway, que ce soit la route qui délie de grands lacets et par laquelle viendront les troupes franquistes, ou les bosquets de pins qui distillent un parfum prégnant de résine. Il a triché avec le vieux pont de La Cantina qui enjambe la rivière Eresma. Il est construit en belles et vieilles pierres mais Hemingway l'a voulu métallique pour le faire exploser à sa façon : « Il y eut un craquement de tonnerre, et le milieu du pont se souleva comme une vague qui se brise, avant une pluie d'éclats d'acier. » Cette liberté qu'il a prise avec l'édifice sur lequel se bâtit l'histoire me gêne d'abord un peu. Quand il est revenu en Espagne, en 1950, Hemingway, toujours hâbleur, limite menteur, et reconcilié, semble-t-il, avec Franco, l'a montré à son épouse en prétendant que c'était celui de son roman et ils ont posé ensemble pour les photographes.

À force de courir les petites routes, de découvrir des ermitages perdus ou des chapelles abandonnées au bord des chemins, de traverser des villages de maisons de pierre, froide au matin, chaude dans la journée, je commence à aimer la Castille. La mygale me suit mais j'arrive, quand les après-midi sont d'un bleu ardent, à la semer et elle ne me rattrape que le soir, avec les premières traînées rouges du couchant. Alors, je choisis la compagnie des bars, où elle n'ose pas trop s'aventurer. Elle regagne son bocal et guette le jour suivant.

Je ne prête plus guère attention à la cocotte mais je me sens encore incapable de la déchirer.

Parfois, je m'efforce d'imaginer qu'elles se battent l'une contre l'autre jusqu'à s'entre-tuer : la cocotte lui donne des coups de bec, la mygale feinte et cherche à la piquer au talon.

Alexandre

Sierra de Guadarrama

Cela fait deux jours que je le suis discrètement en voiture à travers la montagne. Il aime s'arrêter près d'un vieux pont en granite et grimper dans la pinède voisine, avec, à la main, un livre écorné. Je n'arrive pas à trouver le bon moment pour l'aborder. Je crains de l'inquiéter et qu'il refuse de m'écouter.

À vrai dire, je ne sais même pas pourquoi je tiens tant à le rencontrer, ni ce que je vais lui dire. Avant que Ross ne me parle de lui, j'ignorais jusqu'à son existence. Si l'agent fédéral l'a mentionné, c'est parce qu'il est le seul susceptible de me renseigner sur la captivité de Naïma. Depuis que la CIA est entrée en contact avec lui au sujet des otages américains, elle garde un œil sur ses déplacements au cas où elle aurait besoin d'informations sur Raqqa ou les autres otages. C'est par Ross que j'ai appris qu'il se remettait de sa captivité du côté de Ségovie.

De Beyrouth, j'ai pris un vol direct pour Madrid, puis une voiture pour rejoindre la petite ville distante de la capitale espagnole de quatre-vingts kilomètres. Le retrouver a été un jeu d'enfant. Comme il ne se cachait pas, il ne pouvait que loger au *parador* de la ville, quasiment désert à cette période de l'année, l'endroit idéal pour se reposer.

Ce matin, il est retourné au pont. De là, il grimpe sur une petite butte depuis laquelle on peut profiter d'une vue plongeante sur les lacets serrés de la route, de l'autre côté de la rivière. Il s'assoit au pied d'un arbre et l'on dirait qu'il se tient en embuscade avec son livre entre les mains. Je me gare à côté de sa voiture et j'avance dans sa direction. Il lève la tête de son bouquin et me regarde m'approcher sans paraître s'étonner, comme s'il était normal qu'un promeneur se balade à cette saison dans cet endroit désert. Il est un peu sur la défensive quand je lui adresse la parole avec mon mauvais espagnol appris au collège.

« Vous êtes journaliste ? me demande-t-il.

– Pas du tout. Diplomate français. Je m'appelle Alexandre et je voudrais vous parler d'une prisonnière américaine que vous avez rencontrée dans les cachots des djihadistes. »

Il essaye de cacher sa surprise sans vraiment y parvenir. J'enchaîne en français avant qu'il ne me pose une autre question :

« Je reviens aussi de Syrie. De Homs. J'ai appris son existence dans cette ville, de la bouche de son *novio*, un Français qui se prénommait Daniel. Cet homme cherchait à la sauver et il a été tué par un bombardement.

– *Su novio* ? Son amoureux ? Non, je ne crois pas qu'il s'agissait de son *novio*, à moins qu'elle en ait plusieurs.

– En tout cas, ce pauvre gars en était amoureux au point de sc sacrifier pour elle. Mais vous avez raison, j'ai appris depuis qu'il y en avait un autre. Et vous le connaissez bien puisqu'il était en captivité avec vous, je crois. Un Américain du nom de Jon. »

Cettre fois, Joan-Manuel ne cherche pas à dissimuler une certaine inquiétude.

« Pourquoi vous vous intéressez à elle ? Vous n'êtes pas américain. En tout cas, on vous a bien renseigné.

– Je vous expliquerai pourquoi. Et je vous dirai aussi qui était Daniel.

– Alors disons que, s'il y avait plusieurs *novios* dans la vie de Naïma, c'est Jon qui était l'élu. La dernière fois qu'on m'a emmené au chevet de Naïma, il m'a semblé l'entendre murmurer son nom. Quand elle s'est fait prendre, cela faisait des mois que personne n'avait la moindre nouvelle de lui. C'est probablement pour en avoir qu'elle a franchi clandestinement la frontière syrienne. L'espoir d'apprendre quelque chose sur lui et même, qui sait, d'amorcer des discussions en vue de sa libération, puisque le Département d'État se refusait à tout contact avec les groupes terroristes. Quelqu'un en Turquie, où elle bossait pour une organisation humanitaire, a dû la convaincre d'aller rencontrer des insurgés. Elle était naïve. Elle n'a pas senti que c'était un piège. Et c'est comme ça, je suppose, que les djihadistes l'ont capturée.

– Mais c'était d'une imprudence folle…

– Elle était folle amoureuse de lui, ça, c'est certain.

– Mais cela va au-delà. Elle devait être complètement cinglée pour tenter une aventure pareille. Jon sait tout ça ?

– Non. Il ne sait pas qu'elle est détenue dans la prison des captives, qui se trouve à l'autre bout de Raqqa. À chaque fois que les gardiens m'ont emmené l'examiner, je ne lui ai rien dit. Jon m'avait confié qu'il avait une petite amie américaine qui était venue le rejoindre sur la frontière turco-syrienne, à la fois belle et carrément fofolle. J'ai fini par faire le rapprochement mais sans être totalement sûr que c'était bien elle. Il m'avait dit qu'elle avait de beaux yeux verts. Comme celle, précisément, que j'ai essayé de soigner.

– Et vous ne lui avez jamais parlé de votre pressentiment ?

– Non. Jon est dans un sale état. Imaginez que ce soit moi qui lui apprenne qu'une fille était venue par amour se jeter dans la gueule du loup, cela l'aurait complètement démoli. Même s'il avait toujours ramassé à la pelle les maîtresses, pardon, il n'aimait pas le mot maîtresse, disons les amoureuses ou les *novias*, comme vous dites, quelque chose se remettait à briller dans ses yeux quand il me parlait d'elle. Mais vous ne m'avez toujours pas dit pourquoi cette fille vous intéresse. »

Je me rends compte que nous avons commencé à parler de Naïma comme si nous nous connaissions de longue date. Ou comme des types allant droit à l'essentiel. Des rescapés.

« J'ai promis à Daniel, le gars qui est mort à Bab Amr, de faire tout mon possible pour la sauver.

– Même si elle lui préférait Jon ?

– On s'en fout. Il s'agit de la promesse faite à un mourant. Ma mère considère ce genre d'engagement comme une parole sacrée. C'est une rescapée de la guerre, elle a dû me refiler son virus. »

Joan-Manuel

Sierra de Guadarrama

Drôle de type, cet Alexandre. Un brin dandy et romanesque, un peu content de sa petite personne, mais j'ai l'impression qu'il porte quelque chose de lourd tout au fond de lui. J'en ferais bien un personnage de mon roman, si j'arrive à me mettre au travail. Mais je ne crois pas une seconde qu'il puisse faire bouger les choses en faveur de Naïma, et encore moins la ramener en vie.

Nous marchons en discutant sur le sentier qui surplombe le pont. L'été, ici, doit embaumer et colorier mille et une fleurs, mais la bise froide de l'automne s'est levée et a emporté toutes ces fragances. Les dernières teintures des forêts ne laissent subister qu'un vague parfum de silex et une palette de tons gris, que le bleu du ciel n'arrive pas à faire briller.

Il me parle un peu de Homs et du quartier de Bab Amr, des bombardements, d'un dragon de feu, c'est l'expression qu'il emploie, qui a surgi devant ses yeux et brûlé vif avec la flamme de sa langue un père et son fils qui s'enfuyaient à motocyclette. Et il me pose beaucoup de questions sur ma détention à Raqqa, que j'élude pour la plupart. Plusieurs fois, je crois qu'il va cracher le morceau, dire ce qui l'a poussé jusqu'ici, mais il réussit à se taire.

Après un bon kilomètre sur le sentier emprunté par Robert Jordan dans le roman de Hemingway, nous faisons demi-tour et regagnons nos voitures. C'est à ce moment-là qu'il me demande de faire équipe avec lui pour trouver un moyen de libérer la captive de Raqqa. « Mais la CIA s'en occupe, non ? vous m'avez dit que vous aviez un moyen de pression sur eux.

– Nous serons plus forts si nous sommes deux. Vous êtes un ancien otage. Et vous êtes écrivain, en capacité de raconter cette terrible histoire. Cela va nous donner une force de frappe. Ensemble, nous pourrions monter une campagne de presse pour accentuer la pression sur nos amis de la CIA. Vous savez comme moi combien ils aiment ce genre de publicité.

– Je dois déjà veiller à ce qu'on n'oublie pas Jon et les autres, les Américains et les Britanniques, qui sont les plus menacés.

– Mais vous semblez déjà avoir renoncé à les voir sortir de là. Avec Naïma, ça sera plus facile. On peut y arriver. Elle n'a pas autant de valeur aux yeux des djihadistes. Elle n'est que la fille de butin d'un chef de guerre, une de ses *sabayaïn*. Elle est déjà bien amochée, d'après ce que vous dites, il finira par se lasser d'elle.

– Oui, mais c'est une Américaine. Il pourrait vouloir la tuer.

– Je ne pense pas qu'il le fasse. Elle garde une valeur marchande du fait même qu'elle est américaine. En plus, l'agent de la CIA m'a dit qu'elle était dans un endroit isolé, plus facile à attaquer si la Centrale tente une opération. »

J'ai l'impression qu'il est un peu amoureux d'elle sans l'avoir jamais vue. On dirait qu'il est estomaqué de ce qu'une fille ait osé prendre un tel risque par amour, qui plus est pour un bel infidèle. Au moment de démarrer, il ouvre la fenêtre de sa voiture pour me demander si je suis libre à déjeuner. Sans doute veut-il encore que je lui parle d'elle.

Alexandre

Sierra de Guadarrama

Il a les yeux d'un chien battu et sa maigreur fait peur à voir. Je me demande comment il fait pour cavaler chaque après-midi à travers la sierra, surtout avec sa patte pas vraiment folle mais qui gîte un peu – il m'a raconté que ses geôliers à Raqqa frappaient régulièrement ses genoux à coups de crosse.

Quand il marche, il regarde sans cesse derrière lui, sans même s'en rendre compte, et des grimaces d'inquiétude traversent son visage émacié. Je finis par lui demander à brûle-pourpoint s'il craint d'être suivi. Il se laisse surprendre par ma question et répond par un simple mot que je ne comprends pas, quelque chose comme « cigale » ou « mygale ». Très vite, il se reprend : « Non, rien. Pas de souci. »

Nous déjeunons à la terrasse d'un petit restaurant de La Granja, une jolie bourgade à une dizaine de kilomètres de Ségovie, dont Hemingway parle beaucoup dans son roman. Il ne mangc quasiment rien, juste un peu de jambon, de fromage, boit un seul verre de vin rouge et j'ai un peu honte de m'empiffrer de cochon de lait rôti et de finir la bouteille. Puis il déplie au-dessus de la table une carte d'état-major et il lui faut quelques minutes pour trouver ce qu'il cherche – il ne voit pas très bien depuis qu'ils lui ont cassé ses lunettes.

L'objet de sa quête est La Cueva del Monje, la grotte où se sont établis les guérilleros républicains dans le bouquin de Hemingway. Peut-être même en vrai.

Nous marchons pendant une bonne heure dans la montagne, avec une belle escorte de pins, de chênes rouvres et de frênes jusqu'à ce que nous trouvions cette grotte du Moine qui ne ressemble pas vraiment à une grotte. C'est plutôt un amoncellement de gros blocs de granite sur lesquels s'est allongée une énorme pierre, qui dessine une sorte d'abri naturel pouvant à la rigueur protéger quelques randonneurs d'une averse mais certainement pas accueillir un petit maquis, comme dans le roman. D'après ce que me dit Joan-Manuel, le front était là, tout près, à quelques kilomètres, et c'est la piste de l'écrivain américain que nous suivons.

Après Homs, la balade dans ce paysage en paix me fait un bien fou. Et elle me donne l'envie de mettre mes pas dans ceux d'Orwell et de les suivre jusqu'à son île de Jura.

Quand la pente est légère, nous parlons de Naïma. Il finit par me convaincre que l'on ne peut pas faire grand-chose pour elle. La seule arme dont nous disposons, ce sont les clés USB que je compte et recompte chaque soir dans ma chambre, comme s'il pouvait en manquer une, avant de les regarder, l'une après l'autre, sur l'ordinateur jusqu'à une heure avancée de la nuit. Elles sont décevantes. Le sexe qu'elles nous montrent est triste et laborieux, sans fantaisie. La chair est blême. Du mauvais porno amateur. Et les personnages que je reconnais sont surtout des hommes politiques libanais avec leurs maîtresses. Pas sûr que la CIA y trouve sa pitance.

Aloïs Brunner n'y apparaît pas. Notre bon ministre non plus. Pas davantage la Sultane. Toute cette traversée des enfers de Homs pour ça.

Joan-Manuel

Ségovie, Salamanque

À l'Usine, j'imaginais que la liberté, une fois retrouvée, serait une belle avenue qui me conduirait là où je voudrais. Je la voyais large, lumineuse d'un soleil éclatant qui ne se coucherait jamais, bordée de grands arbres qui apporteraient de l'ombre où pourraient se cacher les mauvais souvenirs.

Je ne la voyais nullement comme un cheminement tortueux.

En réalité, la liberté retrouvée ressemble à un labyrinthe. On ne sait pas comment trouver la sortie. À peine est-on entré que déjà, elle vous a égaré. Faut-il aller à gauche, à droite ? Se montrer ou se cacher ? Par quoi commencer, qui voir en premier ? Quel ami ? Donner des interviews, les refuser toutes ou en accorder certaines ? Qui sera celui qui aura la pudeur de ne pas poser les mauvaises questions, forcément les plus intéressantes ?

Aussi, au bout de quelques jours, commence-t-on à chercher des fils d'Ariane pour sortir du labyrinthe. On croit d'abord que ce seront les cafés et les bars, parce qu'ils sont remplis de vie, mais les clients sont trop bruyants, trop joyeux, trop heureux de s'y retrouver, trop avides de se faire plaisir. On mise sur les livres, mais ceux qui racontent des expériences terribles, on ne peut plus les lire, et ceux qui adoucissent le monde, parlent d'amour, de beaux voyages et témoignent de compassion, on ne veut plus les lire. On les trouve à côté de la vie. Ils ne parlent pas de la douleur et du désespoir comme on le voudrait. Et, surtout, ils ignorent ce que c'est… là-bas.

On cherche ailleurs. Il faut faire vite, car la mygale adore les labyrinthes. Elle y est chez elle.

Après les livres, on va chercher du côté des hommes et de leur expérience. Machado ne me parle pas autant que je l'ai espéré. Un peu avant de quitter Ségovie, j'ai trouvé dans une librairie une nouvelle biographie qui raconte comment, à la fin de sa vie, malade, vieilli, épuisé, égaré dans ses rêves, il a été berné sans vergogne par le Parti communiste espagnol qui, abusant de sa faiblesse, lui a fait prendre sa carte d'adhérent et écrire des poèmes de propagande ridicules. Cette manipulation honteuse me renvoie à toutes celles dont nous avons souffert à l'Usine.

Après l'avoir salué une dernière fois sur la Plaza Mayor de Ségovie, je me tourne vers Miguel de Unamuno, l'un de ses vieux amis. Je l'ai très peu lu mais je sais que c'était un grand amoureux des *pajaritas*, les cocottes en papier. C'est aussi pour cette raison que je vais à sa rencontre.

Salamanque, la ville où le philosophe et poète basque enseigna et mourut, n'est pas sur mon chemin. Mais ce n'est pas si loin, un détour est possible. D'autant que la Galice s'annonce humide, pluvieuse, quand la Castille baigne dans un trop-plein de ciel, certes glacial mais immensément, intensément bleu, tendu comme la peau d'un tambour, déchiré à certaines heures par le roulement noir des nuages. Sur la pierre des châteaux, des églises, des monastères, des ermitages, ou sur une simple ferme isolée dans une campagne plate et grise, sans arbre et griffée de vent, le soleil dépose une couleur qu'il est allé chercher au plus loin, il y a très longtemps, à moins qu'il l'ait reçue en cadeau d'un Roi mage, sans doute Melchior, une caresse vieil or, vieil Orient, à la fois tendre et ardente.

La mygale n'aime pas du tout cette lumière d'or bleu. J'ai peut-être réussi à la semer. Du moins, je fais semblant de le croire. Pendant la journée que j'ai passée avec Alexandre, elle ne s'est guère montrée.

Drôle de type, vraiment. Après la balade dans la montagne, nous avons discuté jusqu'à quatre heures du matin dans ma chambre du *parador*. Il s'est un peu confié. Moi aussi, finalement. Et je lui ai beaucoup parlé de Jon. J'ai encore évoqué le poème galicien de Lorca et mon projet de roman. Lui aussi connaît un peu la guerre d'Espagne à travers la lecture d'Orwell. Il m'a également convaincu d'appeler Bob, le père de Naïma, pour lui dire que j'avais vu sa fille, qu'elle était bien vivante, tout en lui cachant bien sûr sa terrible condition. Je tremble à l'idée de l'avoir au bout du fil et de lui mentir.

Chaque après-midi, je me rends à la maison-musée de Unamuno, qui communique avec l'université et qu'il habitait quand il en était le recteur perpétuel. Sa bibliothèque est là, avec six mille livres, beaucoup annotés de sa blanche main. Sa chambre n'est pas très grande et devait être glacée en hiver. Le lit matrimonial est minuscule et une conférencière me confie en riant que cela peut expliquer pourquoi il a fait neuf enfants à sa femme. Les visiteurs sont rares et on commence à être un peu intrigué de l'attention que je porte à sa collection de cocottes en papier. L'une d'elles, de couleur verte, occupe le plateau de son grand bureau et d'un coup de bec malicieux désigne l'austère portrait du philosophe sur le mur d'en face. Amoureux de papiroflexie, il profitait de chaque occasion, en jouant avec ses enfants ou lorsqu'un ennuyeux s'attardait trop, pour en confectionner de nouvelles. Il a même rédigé, lui, le rigide essayiste, un traité érudit de cocotologie. Mais j'ignore à quel point les *parajitas* faisaient partie de sa personnalité, comme on peut le voir sur certains tableaux.

Dans une poche de mon manteau, j'ai toujours celle de Raqqa, chaque jour un peu plus froissée, à présent un peu déchirée. Je la sors discrètement en m'approchant du bureau d'acajou, tout en regardant autour de moi. Personne. La conférencière est dans une autre pièce avec d'autres visiteurs. Ma main sort la cocotte mais je la trouve tellement sale et vilaine que je n'ose l'échanger. Du moins, c'est le prétexte que je trouve.

Après le musée, je pousse jusqu'à la rue Bordados pour retrouver le vieux philosophe. Sa statue torsadée, au centre d'une placette sur laquelle pèse la masse sombre du couvent des Ursulines, fait penser à une tornade d'où émerge un visage sévère avec un menton orgueilleux. Elle fait face au café Niebla à la peinture d'un bleu vieilli qui porte le nom de son roman le plus connu. Sa maison, où il est revenu vivre après avoir été chassé de l'université, en octobre 1936, se dresse à côté du bistrot.

Il fait froid et le Niebla est fermé.

Alors, je vais me réchauffer au Novelty, sur la Plaza Mayor, où Unamuno avait ses habitudes. Face à son portrait, nous échangeons et soupesons des silences comme avec Machado à Ségovie. Sur la table, j'étale les livres des historiens britanniques de la guerre d'Espagne, achetés à la librairie anglaise de Barcelone. Je m'efforce de ne pas entendre ronchonner le barman qui trouve que je m'attarde trop, surtout quand je ne lui commande qu'un café aux heures d'affluence. Unamuno y passait des après-midi et y donnait ses rendez-vous. Il consommait très peu – les nombreux enfants à entretenir lui coûtaient cher et son épouse ne travaillait pas – et on le traitait de radin.

Alexandre

Écosse, île de Jura

J'ai l'impression qu'ils sont à mes trousses depuis l'Espagne. Est-ce de la parano ou me courent-ils vraiment après ? Mais qui ? Ross et ses potes de la CIA ? Une équipe de la Boîte ? Depuis que j'ai quitté Joan-Manuel à Ségovie, j'ai peur qu'ils réussissent à récupérer les documents de Prométhée que je traîne partout avec moi, les dissimulant la nuit dans un sac étanche que je place dans le réservoir de la chasse d'eau comme dans un mauvais film d'espionnage.

À Madrid, j'ai trouvé un vol qui partait pour Glasgow, évitant de passer par Londres, où j'aurais pourtant bien voulu embrasser ma mère avant de me précipiter au Bar With No Name pour écluser leurs nouveaux cocktails. Dans l'avion, j'ai pu lire le *Sunday Times* qui consacrait une longue et élogieuse nécrologie à Marie Colvin.

À Glasgow, j'ai trouvé une voiture dans une minuscule agence de location à peu près inconnue. Ensuite, il m'a fallu trois heures en conduisant vite pour arriver au premier ferry, qui m'a permis de rejoindre l'île d'Islay. En suivant une petite route qui gambadait entre des villages coquets et des distilleries, j'ai atteint un autre débarcadère où un autre ferry, minuscule en comparaison du premier, m'a conduit à Jura. S'il y a une planque idéale, elle est ici.

Le temps vient de changer, celui-ci semble arriver tout droit du cap Horn. L'océan s'est mis à castagner, les averses sont devenues brutales, les rafales capables de briser les bois des grands cerfs. Impossible de s'arrêter pour uriner à moins de s'accrocher au pieu d'une clôture. Mais la tempête fait du bien. Elle nettoie la boue. En me courbant et en m'accrochant aux piquets, j'arrive à m'éloigner de la route pour m'approcher de la falaise qui plonge dans des stries d'écume. Le vent manie l'océan de sa force fantastique à la manière d'un chef d'orchestre wagnérien.

Il n'y a qu'une seule route à Jura. Elle démarre au débarcadère et traverse l'île du sud au nord. Guère plus de deux cents habitants et près de six mille cerfs et biches. Mais personne en chemin, pas un chat dans la seule rue du seul village de l'île, une miniature nommée Craighouse. Un alignement de maisons le long du rivage, un magasin, un clocher, une minuscule école primaire, une jetée, un bateau de pêche à quai et une distillerie d'où émane une odeur étrange portée par les embruns, une mêlée de tourbe et d'effluves de whisky qui finit de chasser les remugles du RDX que je traîne avec moi depuis Homs. En face des entrepôts, un petit hôtel, qui fait pub et restaurant. L'endroit idéal pour manger du cerf, boire de bons malts et passer la nuit. Dans un salon coquet, une peinture le représente derrière sa machine à écrire, cravaté, élégant, distingué, solennel, l'inévitable cigarette collée aux lèvres.

Vu de Craighouse, Portobello Road ressemble à une autre planète. Eric Blair a dû sacrément se les geler dans son cottage paumé au bout du bout de l'île.

Joan-Manuel

Salamanque

L'histoire du 12 octobre 1936, je la connaissais assez mal. Certes, elle est ancienne, mais elle a gardé la force d'une tragédie grecque et résonne encore dans les travées, les cours intérieures et le grand amphithéâtre où elle s'est jouée.

Personne, au Novelty, pour en parler avec moi. Je regrette le départ d'Alexandre et j'espère toujours que quelqu'un, un professeur, un étudiant, un voyageur, un chaland, un ivrogne, n'importe qui, viendra regarder par-dessus mon épaule ce que je lis et engager la conversation. Que l'on puisse parler ensemble de la journée du 12 octobre 1936, date anniversaire de la découverte de l'Amérique, que le camp nationaliste a célébrée tout près d'ici, à l'université.

C'est le jour où la vie d'Unamuno a basculé.

Ma vie, aussi, a basculé un jour d'octobre, quelque soixante-quinze ans plus tard sur la route qui mène d'Azaz à Alep. Basculer n'est peut-être pas le mot juste. Disons qu'elle s'est coupée en deux. Non, ce n'est pas encore ça. C'est plutôt comme si mon corps, mon cerveau, mon être tout entier s'était désintégré à l'instant où les hommes en noir m'ont mis un bandeau sur les yeux et poussé à coups de crosse dans le coffre de leur voiture.

Une partie de moi-même est restée à l'extérieur, avec la vie qui continuait comme avant, et nul ne sait ce qu'elle est devenue. L'autre partie, celle précipitée dans le coffre, a commencé à exister, à encaisser les cahots de la route, à respirer une odeur écœurante d'huile de moteur frelatée, à essayer de ne pas vomir. Et cette partie a oublié la première. Elle ne s'est plus intéressée qu'à elle-même. Chaque pensée, chaque regard, chaque geste n'avait que pour seul but sa protection et sa survie. Le monde s'était réduit aux dimensions du coffre, puis de la cellule solitaire, et enfin de la grande pièce de l'Usine. Je n'étais plus qu'un être tendu vers la mort, uniquement concerné par ce qui permettait de lui échapper ou de la retarder.

Depuis ma libération, c'est cette autre partie de moi-même que je cherche, celle qui a continué son chemin et disparu un jour d'octobre. C'est elle qui me fera sortir du labyrinthe, ramènera la vie, me permettra de déchirer la cocotte et d'écraser la mygale.

Unamuno, lui aussi, avait perdu une partie de lui-même. Jusqu'à ce 12 octobre 1936 où il l'a retrouvée, au prix de la solitude la plus absolue, puis de sa vie.

Cela faisait alors trois mois que la guerre civile étripait l'Espagne et Salamanque était devenu le quartier général de l'insurrection. Franco avait établi ses quartiers dans le palais épiscopal, à deux cents mètres de la maison d'Unamuno. Au Novelty, on l'a vu s'attabler le premier dimanche après le Pronunciamiento. Comme si rien ne s'était passé, le philosophe s'est planté avec sa canne sur la terrasse, à quelques mètres de ma table. Je ne peux m'empêcher de chercher sa vieille et frêle silhouette avec le sentiment d'assister à son histoire.

En dépit des arrestations, de la peur qui s'était abattue sur la ville, de l'armée qui avait tiré sur la foule, il y est retourné les jours suivants pour montrer que les événements n'étaient que passagers. Il avait l'excuse d'être âgé, isolé, fragilisé par la mort de sa femme. Tombé sous l'influence des religieux, il avait commencé à se replier sur lui-même. Mais la répression, l'assassinat de plusieurs amis, de Casto Prieto, le maire de la ville, tué lâchement au bord d'une route, de Salvador Vila, un professeur d'arabe et d'hébreu à Grenade, et, bien sûr, de Garcia Lorca, l'ont réveillé puis ébranlé.

Lui, le libéral, qui a été le grand intellectuel de la République espagnole, ouvertement socialiste, qui a combattu la dictature de Primo de Rivera, connu l'exil, la prison, n'en continuait pas moins de soutenir le coup d'État franquiste. Il craignait par-dessus tout la déchirure du corps social. C'est pourquoi la République l'exaspérait, à cause des grèves, des violences, des incendies d'églises, des désordres qu'elle avait suscités et auxquels elle était incapable de mettre fin. Il croyait que les militaires allaient réinstaurer l'ordre, qu'ils étaient l'émanation du peuple, qu'ils rentreraient ensuite dans leurs casernes, et que ses amis républicains arrêtés seraient relâchés peu à peu. Il avait du mal à admettre qu'il se trompait.

C'est donc en tant qu'ami du Mouvement national qu'il a présidé la commémoration de la découverte de l'Amérique. À ses côtés, sous une photo sépia du Caudillo, étaient assis Carmen Pol, l'épouse de l'officier factieux, et, un peu plus loin, un revenant des ténèbres, le général José Millán-Astray, le fondateur de la Légion étrangère espagnole et l'officier le plus décoré d'Espagne.

Le général José Millán-Astray était le spectre incarné de la guerre : une balle lui avait traversé la tête, fracassant sa mâchoire et lui arrachant l'œil droit, dont la cavité était dissimulée sous un bandeau noir. Il avait aussi perdu son bras gauche et plusieurs doigts de l'autre main. Mais il se montrait toujours dans les batailles et ses blessures comme ses faits d'armes coloniaux faisaient de lui la coqueluche des jeunes officiers nationalistes.

À l'université, pendant les discours de ce 12 octobre 1936, le général José Millán-Astray ponctuait les allocutions de son cri de guerre favori : « Espagne ! » Des responsables franquistes et des phalangistes en chemise bleue, les flèches et le joug du parti brodés au niveau du cœur, lui répondaient avec le salut fasciste et les trois formules rituelles : « Une – Grande – Libre. » Après un discours, un autre cri de guerre s'est fait entendre, celui de la Légion : « Viva la muerte ! », repris par Millán-Astray. C'est alors que l'assemblée a braqué son attention sur Unamuno.

Les mots qu'il a prononcés l'ont été en 1936, mais la tragédie se joue toujours, ici, à l'heure où le crépuscule pose ses derniers feux sur la Plaza Mayor et que résonnent les ultimes brouhahas du café Novelty. Elle se joue toujours et elle se jouera tant que les fosses communes n'auront pas été rouvertes et que l'on ne saura pas qui sont les saints et les salauds, les héros et les traîtres, les vrais et les faux innocents, quels que soient leur rang et leur camp.

Une étudiante me regarde discrètement, une jolie brune aux cheveux courts, avec des yeux clairs et effilés, à la fois rêveurs et vaguement curieux, une bouche lourde mais bien dessinée qui aurait mordu dans une grenade et un pull-over d'un bleu électrique mettant en évidence une ample poitrine. J'aimerais l'inviter à ma table mais j'anticipe déjà son refus, avec la peur, si par miracle elle acceptait, de lui imposer ma triste figure. Après un autre de ses regards, un peu plus appuyé, je m'apprête à sauter le pas en me demandant ce que je vais bien pouvoir lui dire, quand un garçon vient s'asseoir à sa table. Je n'ai plus qu'à rejoindre le vieux philosophe à sa tribune de l'université. J'arrive au moment où le maestro va jeter sa frêle carcasse dans l'arène des fauves. Tous attendent sa parole et déjà les crocs s'aiguisent.

Alexandre

Écosse, île de Jura

Parti de très bonne heure ce matin de Craighouse. Le temps est meilleur mais la route, *the long road* comme les Jurassiens l'appellent, devient au fil des kilomètres plus étroite, cabossée, fissurée, creusées d'ornières, faite de voltes et de virevoltes. L'île est âpre, avec peu d'arbres, mais sublime dès que le soleil presse son nez contre la vitre des nuages. Elle est violente quand la tempête s'en mêle et sinistre quand le ciel s'absente, quand les couleurs ne dansent plus dans la lumière et qu'elle trempe dans les gris sombres, la couleur des ardoises dont les gens du coin font leurs toits.

Inverlussa, à une vingtaine de miles de Craighouse, est l'un des deux derniers hameaux avant la fin de route. Trois ou quatre feux posés au bord d'une crique. L'eau est d'un bleu si intense qu'il donne le frisson. C'est dans l'une de ces fermes que je viens chercher la clé de l'ancienne maison de George Orwell que l'on ne connaît ici que sous le nom d'Eric Blair.

Lorsque Eric Blair s'est installé à Barnhill, en avril 1947, la location ne coûtait quasiment rien. La baraque n'était plus habitée depuis dix-sept ans, les murs étaient noirs de suie, la lumière parcimonieuse et il n'y avait pas d'électricité. Il n'y en a toujours pas mais les prix ont sacrément grimpé : mille pounds pour la semaine, plus un acompte pour l'essence du générateur.

La pluie a transformé le chemin en fragments de miroir reflétant les souvenirs de ma dernière marche pour quitter Homs.

La BBC a annoncé que les blessés ont pu être sauvés et viennent d'être ramenés en Europe. Mais les corps de Colvin, d'Ochlik et de Daniel sont encore à Bab Amr.

Mon retour, c'était il y a déjà une dizaine de jours. Une pluie torrentielle s'est mise à tomber quand je suis sorti de la canalisation avec une mince escorte de résistants syriens. La nuit n'était pas moins noire qu'à l'aller, on ne voyait rien de rien. En sortant du conduit, en retrouvant l'air libre, en prenant sur la tête les seaux d'eau de l'averse, j'ai découvert que je pouvais surmonter les morts, les blessés, les cris d'effroi et de douleur, et le sort de cette ville que les obus écorchaient vive. J'éprouvais même, sans vouloir l'admettre, une joie intérieure. Était-ce de revenir indemne ? Était-ce d'être devenu un homme nouveau que la pluie baptisait au moment précis où j'en prenais conscience ? Et j'avais une promesse à tenir, qui allait peut-être me permettre de sauver une vie.

C'est après être sorti du boyau souterrain que j'ai cessé de croire à la diplomatie, au centre de crise, aux courbettes, à la novlangue du gouvernement, aux mantras « attention à ne pas faire de vagues » et sa variante « attention à ce que ça ne fuite pas », aux belles manières, aux somptueuses réceptions où il fallait inviter les pires salopards aux frais de la République, au protocole auquel il ne fallait toucher sous aucun prétexte. Je n'imaginais pas devoir renouer avec la phénoménale hypocrisie que le ministère distillait goutte après goutte comme un grand whisky. Ni accepter que, certains jours, parce qu'il fallait justifier une politique qui tournait le dos au réel, deux plus deux ne fassent plus quatre mais cinq, comme dans le roman d'Orwell.

Sur l'itinéraire qui conduisait à l'abominable canalisation, j'étais devenu quelqu'un d'autre. Quelqu'un qui marchait sur les traces d'Eric Blair, quelqu'un qui, comme l'avait écrit Nietzsche, aspirait à « tutoyer le vide en marchant ». Quelqu'un qui cédait enfin à l'appel du vertige, qui partait à la recherche de cette part inconnue de lui-même, laquelle s'en était allée un beau jour, bien avant sa naissance, du Vieux Nice pour l'hôtel Excelsior, Drancy, le tunnel de la soif, puis les forêts d'un noir incandescent de Germanie.

Joan-Manuel

Salamanque

Je regarde Unamuno se lever lentement à la tribune de l'amphithéâtre, en s'appuyant sur sa canne, poser sa voix et engager le duel : « À l'instant, je viens d'entendre un cri mortifère et insensé : "Vive la mort !" Et, moi qui ai passé ma vie à forger des paradoxes, je peux vous dire avec l'autorité d'un expert que ce paradoxe incongru me répugne. » Son verbe pousse plus loin, perce jusqu'à l'âme du légionnaire : « Le général Millán-Astray est un infirme. Tout comme l'était Cervantès. Un infirme, qui n'a pas la grandeur spirituelle de Cervantès, est porté à rechercher un terrible soulagement en multipliant les mutilés autour de lui. Le général Millán-Astray aimerait recréer l'Espagne de toutes pièces, une création à son image et à sa ressemblance ; c'est pour cette raison qu'il souhaite voir une Espagne mutilée. »

Millán-Astray explose de rage.

Dans le café, l'étudiante aux yeux clairs et aux lèvres grenadine est totalement absorbée par ce que raconte le garçon venu la rejoindre et je suis sorti de son regard. Elle ne me lance même plus de brefs coups d'œil. Il ne me reste que le vieux philosophe pour passer la soirée. J'ai aussi apporté quelques-uns de ses livres que je feuillette au hasard des pages, cherchant une ligne qui me dirait où aller, par où commencer mon prochain roman. Ou comment écraser la mygale qui est revenue ce soir poursuivre sa filature alors que je croyais m'en être débarrassé.

Fascinant Unamuno, il fut l'un des premiers intellectuels engagés des temps modernes, l'un des premiers à vouloir abolir la distance entre contemplation et action. Il savait aussi parler des récoltes avec les paysans, des coups de grisou avec les mineurs basques, autant que de philosophie avec ses étudiants. Il connaissait toutes les idées, celles du passé et de son temps, mais n'avait rien compris à la nature du fascisme. La leçon vaut pour aujourd'hui avec le djihadisme.

Dans l'amphithéâtre, c'est à présent une tempête de cris et d'injures qui s'abat sur lui.

Le Novelty est proche de l'endroit où s'est déroulée la scène, si fascinante que je n'aurais jamais osé l'imaginer dans un roman. C'est celle d'un vieil homme épuisé, détenteur de tous les honneurs, de tous les privilèges, et qui est prêt à les sacrifier au nom de ses principes. Celle d'un homme irrémédiablement seul qui affronte en territoire ennemi une horde fanatique. Celle d'un homme qui a eu le courage que je n'ai pas eu. « Vous vaincrez parce que vous avez plus de force bestiale qu'il n'en faut. Mais vous ne convaincrez pas. Car pour convaincre, il vous faudrait ce qu'il vous manque : la raison et le droit dans votre combat. »

Dans l'amphithéâtre, les légionnaires sont devenus menaçants. Carmen Polo le prie alors de lui donner le bras pour le sauver d'un possible lynchage. Sur une photo, on le voit sortir de l'université, enveloppé d'une foule qui le hue et le menace du salut fasciste.

Il est aussitôt destitué de toutes ses fonctions. Tous ses amis l'abandonnent ou le trahissent, alors qu'hier encore c'était un honneur de pouvoir saluer Unamuno.

Malgré la haine qui monte, il continue d'aller au Novelty, de s'asseoir à cette table où je le lis, bravant les blâmes, les regards, les conversations qui s'arrêtent quand il entre, le dos des serveurs qui se tournent pour ne pas prendre sa commande. Ce soir, puisque l'étudiante ne viendra pas à ma table, on boit un coup ensemble. Je vais le chercher à sa vieille maison de la rue Bordadores pour qu'il ne porte pas tout seul la croix de son immense chagrin et nous cheminons tout doucement jusqu'au café. À mesure que s'approche la Plaza Mayor, sa marche ralentit, son souffle se fait court et il se courbe davantage sur sa canne.

Cet itinéraire, il l'a suivi pendant deux mois, chaque fin d'après-midi, après avoir signé ses dernières lettres. Son tout dernier poème, comme Machado durant l'exil de Collioure, il l'écrira dans la même solitude, peu avant sa mort, survenue le dernier soir de l'année terrible 1936, après un frugal dîner, sa dernière cène. Comme s'il n'avait pas voulu assister aux horreurs de l'année à venir. À moins qu'il ait été assassiné par son dernier visiteur, un mystérieux professeur phalangiste à la sinistre réputation.

Mais ce soir, Unamuno est encore là, avec moi, jusqu'à ce qu'il reparte de son pas triste de petit vieux en s'aidant de sa canne. Je prends un vin blanc un peu trop acide au Novelty en regardant la place vide de l'étudiante qui est elle aussi partie depuis un bon moment. Elle ne m'a pas lancé un regard en sortant, tiens, comme Shamal, quand nous nous sommes séparés après la frontière turque.

Sur la Plaza Mayor, le crépuscule vendange les dernières lumières des pierres poreuses et oxydées des façades. Avec lui revient rôder l'angoisse comme un vieux loup, toujours prêt à sauter à la gorge. Et la mygale ne me lâche pas d'une semelle. Comme je suis incapable de regagner l'hôtel, sachant qu'elle m'y suivrait, je tourne pendant des heures dans les rues désertes et je hâte le pas dans l'espoir de la semer. Je finis par descendre jusqu'au río Tormes, franchissant le pont romain, où le vent plante ses épines sur le front des rares passants. On sent une humidité poisseuse et froide monter de la rivière. L'eau est noire comme l'était, *là-bas*, le sang du Russe qui a coulé sous la porte et mouillé nos paillasses. Et j'entends, venu de très loin, un halètement, celui des Chevaux sauvages qui s'apprêtent à passer le pont avec Jon et les autres accrochés à leurs crinières. Alors que je m'approche du grand carrefour près de la rivière, leur cavalcade se confond avec la batterie des pistons d'un poids lourd traversant la nuit et refermant derrière lui la porte du tombeau.

Alexandre

Île de Jura, Barnhill

À présent, je suis enfin sur les pas d'Eric Blair. Il n'est pas venu dans ce bout du monde par hasard. Il l'a choisi à cause de son isolement, parce qu'on n'allait pas venir l'emmerder jusque là. C'est écrit dans ses carnets ou dans ses lettres, je ne sais plus : sa retraite était « in-at-tei-gnable ».

L'écrivain a vécu dans son cottage d'avril 1947 à décembre 1948, avec des allers-retours pour se faire soigner. Il n'était pas seul. Richard, son fils adoptif de trois ans, l'a rejoint, avec sa sœur Avril Dunn et une gouvernante pour s'occuper de lui, jusqu'à ce que la première fasse rapidement fuir la seconde. Deux amis, Bill Dunn et Richard Rees, complétaient le petit phalanstère.

Après Homs, la marche pour Barnhill, même en portant un lourd sac à dos bourré de vivres et de bouteilles, ainsi qu'une sacoche de livres, est une balade au paradis. La lande est déserte, à part les biches et les cerfs qui me regardent passer. Des tourbières, de petites côtes, un dernier raidillon et le cottage aux murs blancs et au toit d'ardoises surgit en contrebas du chemin. D'un coup de baguette, la fée du beau temps fait apparaître un vallon sauvage, comme un berceau tapissé de fougères, et l'océan d'un bleu mystique qui égrène un chapelet d'îlots. La maison ressemble à un récif entre les vagues des reliefs. Au loin, la péninsule de Kintyre dont les collines s'épanchent dans la lumière d'une éclaircie. La solitude commence à s'approcher.

Quelles pulsions intimes, quelle quête de l'intériorité poussée à son paroxysme, quelle volonté d'établir une distance extraordinaire entre sa vie et la société avaient poussé Eric Blair, au plus fort de sa célébrité, dans cet ermitage ? Était-ce seulement pour pouvoir mener à bien son œuvre et se soustraire au smog de Londres qui ravageait sa santé ? Ses biographes ont beau avoir écrit des bouquins de sept cents pages, ils n'en ont guère consacré qu'une dizaine à cette dernière période de sa vie.

L'homme qui est arrivé à Barnhill, en avril 1947, avait déjà l'apparence d'un spectre, long, maigre et pâle, avec une moustache drue et sévère, et des cheveux en ailes de corbeau. Il vivait dans le chagrin de la mort de sa femme Eileen, victime d'une opération de l'appendicite, et de celle, toute récente, d'une de ses sœurs. Il avait déjà la maladie aux trousses, les années lui étaient comptées et il allait devoir jeter ses toutes dernières forces dans la bataille.

Eric Blair savait se tirer des plus difficiles situations et, héritage de la guerre d'Espagne, tenir une arme. À Barnhill, il a été chasseur, tirant les cerfs au fusil et les lapins avec un gros luger, pêcheur, bricoleur, défricheur, cultivateur, éleveur, avec des vaches et un gros cochon qui a fini en saucisson parce qu'il en avait assez de le voir s'installer dans sa cuisine. Il lui a aussi fallu être menuisier, mécanicien, avec une vieille moto qui tombait en panne quand les crevaisons l'épargnaient, et marin dans les eaux les plus agitées d'Écosse. Il était même rebouteux ; il préconisait de guérir les morsures de vipères, qui abondent dans le coin, en écrasant un cigare allumé autour de la plaie.

Pendant près de deux ans, Eric Blair a vécu une main sur la machine à écrire, une autre sur le fusil, la herse, la brouette, la rame ou la canne à pêche, même quand la maladie l'a salement empoigné. Mais la terre de Barnhill est dure, peu encline à se laisser apprivoiser, et il a dû lui consacrer beaucoup de temps et d'efforts avant qu'elle rétribuât son jardinier de quelques légumes et patates.

Du jardin d'Orwell, il ne reste rien. Rien non plus du verger où il a planté des arbres fruitiers, qu'il a dû défendre contre les cerfs et les intempéries. Le corps principal du bâtiment a été agrandi et repeint d'un blanc qui claque quand le soleil est de la partie. Les petites fenêtres sont devenues des baies vitrées dans lesquelles se reflètent une anse, la mer et ses grands remous blancs. L'intérieur n'est plus celui d'une sombre ferme mais d'un cottage confortable, avec de gros fauteuils, des sofas profonds, des mouettes empaillées, des bougies un peu partout, un bon vieux poste de radio qui aurait fait la joie d'un brocanteur, et une machine à écrire pour rappeler qu'un grand écrivain a vécu ici. Les livres d'Eric Blair s'empilent sur des guéridons parmi d'autres qui parlent de l'Écosse, de nature, de chasse ou de pêche et, bien en évidence sur une table basse, *1984* et ses *domestic diaries* qui racontent sa vie à Barnhill.

Sa chambre était au premier étage, au-dessus de la cuisine, qui lui permettait de capter un peu de la chaleur des fourneaux. Elle était meublée d'un lit métallique très inconfortable sur lequel il tapait à la machine, qu'il posait sur une planchette, d'une armoire et d'un poêle à la paraffine dont les émanations contribuèrent à ruiner sa santé. La pièce a changé, le lit est devenu confortable, des meubles ont été ajoutés. L'après-midi, la percée du soleil la réchauffe un peu mais elle redeviendra probablement glacée et humide au réveil. La baignoire du cabinet de toilette n'a pas été remplacée. De la boue coule des robinets, mais ce n'est que la couleur que la tourbe donne à l'eau.

De retour dans le salon, j'allume un feu dans la cheminée avant de sortir une bouteille de whisky. Il y a un fauteuil devant la fenêtre face à la petite baie qui glisse vers les teintes sombres du soir. Je revois Joan-Manuel, assis sur le sentier qui domine le pont de La Cantina. Il n'a pas voulu me l'avouer mais une part de lui-même cherche à imiter Hemingway, à mettre le cap vers ce qui est hors d'atteinte, en écrivant le livre qui n'a jamais été écrit.

L'heure du berger approche.

Avec Paola, pendant nos vacances d'été, c'était l'heure où nous faisions la paix après nous être engueulés pendant la journée. La réconciliation était scellée avec une bouteille de champagne ou de prosecco, si nous étions chez elle en Italie. Et si nous étions sur une plage, avec pas trop de monde autour mais un peu tout de même, elle se mettait nue telle Vénus sortant de l'onde et dansait dans l'écume des vagues mêlée au champagne qu'elle versait entre ses petits seins qu'elle me demandait ensuite d'embrasser.

Joan-Manuel

Santiago de Compostela

Il pleut sur Santiago, mon tendre amour.
Dans le ciel brille et frissonne le camélia blanc du jour.
Il pleut sur Santiago dans la nuit obscure,
L'herbe d'argent du sommeil recouvre l'aride lune.

Comment Lorca a-t-il pu céder des vers aussi beaux à cette pluie mesquine qui insiste et vous suit au fil des heures comme une police secrète ?

Ce n'est pas la pluie dont nous rêvions à l'Usine, qui nous libérerait, nous baignerait, nous soignerait, nous raccommoderait. Peut-être qu'elle ne tombe plus sur Santiago, la pluie de Lorca, peut-être qu'une autre, plus triviale, a pris sa place.

Je l'écoute glisser sur la pente du jour, le long des gouttières de la nuit, dans le cou avec ses doigts glacés. Mais elle ne me prend jamais par la main, pas plus qu'elle ne m'aide à porter une douleur ou un mauvais souvenir. Elle n'apporte aucun remède, aucun oubli, et si l'on s'adresse à elle, la voilà qui s'éclipse sans répondre. En tendant l'oreille, je perçois, très lointain, le murmure grave de Jon qui récite le poème « Madrigal à la ville de Santiago », dans la nuit obscure, avec son étrange façon de prononcer le galicien, mêlant l'accent cubain de Miami à l'américain. Quand il se rendra à Santiago, est-ce qu'il sera lui aussi déçu par la pluie de Lorca ? Viendra-t-il seulement un jour faire avec moi la tournée des bars ?

Pourquoi est-elle à ce point décevante, la pluie de Santiago ? Alors qu'elle peut dérouler toutes ses gammes, tant il y a de clochers et de toits pour la jouer triste ou gaie. Les pavés l'interprètent à leur façon plus saccadée. Rúa Nova, la battue du vent du nord cavale derrière les pas transis des pèlerins et fouette leurs mollets crottés. Dans l'un des quatre cloîtres de l'ancien hôpital royal, transformé en hôtel de luxe, elle nous pisse dessus à travers une gargouille représentant un personnage du petit peuple se soulageant, accroupi avec son vêtement sur les chevilles. Dans un autre cloître, elle résonne sur les dalles comme de grandes claques humides, réveille le souvenir de jolies fesses absentes, celles de Montse. Si le désir était revenu, je l'aurais appelée et nous aurions appareillé ensemble pour Santiago. Et elle, pourquoi n'a-t-elle pas cherché à me joindre ?

Rúa das Carretas, la pluie s'est alourdie et cingle plus fort, me rappelant soudainement les grosses baffes sur le crâne que nous assénait Mehdi le Cogneur.

Je la cherche pourtant, campé sur le pas de porte des bars les plus tristes, les plus gris, tout en fumant une cigarette pour ne pas intriguer les derniers buveurs du soir.

Mais elle n'a rien à me dire. Lorca n'est pas avec elle. Ou alors je ne sais pas l'entendre.

Est-ce à cause du joueur de gaïta qui est installé sous une arcade derrière la cathédrale ? Il souffle du matin au soir des sons aigus, des pointes acérées, des clous qui crucifient le silence et donnent des acouphènes. Mais ce n'est pas lui, comme j'essaye de le croire, qui bourdonne dans mes oreilles. Ce sont les Beatles, Mehdi le Cogneur, le Ravi du Djihad et tous les autres. Toute cette nuit, ils psalmodieront des *anashîd*.

Alexandre

Île de Jura, Barnhill

La nuit de Barnhill est dure comme la pierre d'un tombeau, océane mais sans étoiles, désertée par les anges, traversée de vents mauvais, de vampires grelottants et d'averses méchantes. Le whisky s'impose et il vaut mieux faire l'amour emmitouflé. J'essaye de ne pas penser à Paola qui doit s'inquiéter ou, lasse de jouer les Pénélope, a peut-être claqué la porte en me laissant un mot sur la table du séjour. Je bois, encore et encore, et une dernière fois pour finir le flacon. Je l'imagine s'éloigner à travers les vagues, en balançant sa croupe toute ronde, et revenir sur ses pas hagarde, décharnée, squelettique, sale, la poitrine zébrée, les épaules marbrées, couverte de pustules et de plaies, son visage flou, comme imprimé sur un suaire, où percent des yeux verts, des yeux fous, ceux pour lesquels j'ai trahi sans même les avoir vus.

Est-ce que l'opération qui va la délivrer est déjà sur les rails ? Est-ce qu'un commando des Navy Seals s'entraîne à reconnaître les lieux ? Est-ce que cette même nuit, ils répètent minutieusement la procédure compliquée qui permettra de la sauver ? Il n'y a rien qui ne m'attache à elle si ce n'est la promesse faite à un mourant, mais elle signe la nouvelle vie que je veux avoir, pleine de fureur, de vitesse et de dangers, loin des salons et des élégances diplomatiques. Une vie où deux plus deux font vraiment quatre, et non plus cinq.

À la lumière de ma frontale, je parcours les *domestic diaries* d'Eric Blair pour chercher les sentiers qu'il a pris, trouver des indices, savoir pourquoi il est venu mourir à Barnhill. Ici, l'atmosphère est celle d'un roman policier rural. Pas de crime, mais un mort et un suspect, l'hiver 1948-1949, qui a précipité le départ de l'écrivain puis son décès, l'année suivante, dans un sanatorium.

Il est venu à Barnill pour écrire, ce qu'il ne pouvait plus faire à Londres. Il voulait aussi donner à son fils une éducation libertaire. Et vivre loin des grandes villes qu'il jugeait menacées par le péril nucléaire, à l'heure où l'URSS s'acheminait vers la fabrication de la bombe. Il y avait sans doute tout un tas de raisons, aucune d'entre elles n'épuisant les autres.

Il parle beaucoup de son fils Richard dans ses *diaries*, pour évoquer ses progrès, son habileté manuelle, ses difficultés à apprendre à lire et sa préférence pour les activités au grand air. Quand il était tout petit, c'est lui qui changeait ses couches, et il était sans doute le seul homme en Écosse à le faire. C'est à travers cet enfant que l'on peut deviner le questionnement de l'homme sur la marche du monde et les périls qui le menacent.

À Beyrouth, le salopard de la CIA m'a confié que Big Brother était arrivé jusqu'à Damas. Marie Colvin a été repérée dès son arrivée à l'aéroport de la capitale libanaise et suivie, grâce à ses appels téléphoniques, à travers le Liban et tout le labyrinthe syrien jusqu'à Homs. Il a sans doute aidé les tueurs du régime à trouver l'instant le plus propice, celui où ils étaient à peu près sûrs de ne pas la rater.

Joan-Manuel

Galice, Notre-Dame à la Barque

Trois jours sont passés entre pluie et vent.

Je pars pour Nuestra Señora de la Barca.

La campagne galicienne, l'hiver, n'a rien d'enthousiasmant. Les forêts ont mauvaise mine et la mousse envahit tout. Les renards se cachent. Les petites routes se révèlent désertes. Les villages trapus sont à l'arrêt, leur église en guetteuse endormie et les rues dessinent des désordres mélancoliques. Les cafés se sont envolés avec la poussière du temps.

Au bout de sa presqu'île, Muxía est un port de pêche de la Costa da Morte. À cause de ses maisons colorées, on imagine que sa tristesse pourrait se montrer plus discrète, mais non. Est-ce à cause du ciel bouché ou de cette prémonition de la mort qui imprègne les mémoires, longues des souvenirs de naufrage ? Il y a des restaurants près du port et les boutiques ne sont pas toutes fermées. Une route borde la baie pour aboutir à un Finisterre où les hommes ont planté, face à l'océan, une église de pierres maçonnées, avec des réminiscences classiques. La Vierge à la Barque est blottie au fond de l'église. Elle est au centre d'un retable, œuvre d'un petit maître baroque.

La Vierge à la barque est le second des poèmes galiciens de Lorca :

Sur le front de la Galice,
vient l'aube qui soupire.
La Vierge regarde la mer
de la porte de son logis.

Il faut être un grand poète pour écrire une élégie à cette statue un peu anodine, qui n'a rien d'une de ces beautés andalouses déchirées par la Passion que l'on voit dans les processions de la semaine sainte, ni d'une Vierge noire enceinte des mystères d'Isis. C'est une Marie à l'enfant avec une couronne dorée trop lourde, entourée d'angelots hébétés, de fleurs artificielles et d'ex-voto qui lui rendent grâce pour avoir empêché des naufrages. L'homme n'a pas besoin de grand-chose pour croire, imaginer, espérer un bateau qui tarde plus que de raison, ou le matin de la Résurrection.

Je m'assois un long moment devant elle mais je n'essaie pas de prier, de réciter à nouveau le Notre-Père. Je sais que je n'y arriverais pas, qu'il me faudrait une autre vie. Ce matin, les *anashîd* soufflent fort dans mes oreilles, ce qui m'indique que la mygale m'a suivi jusqu'ici.

Devant le sanctuaire, un chaos de grandes pierres noires arrête les vagues qui éclatent en furie blanche. Les trois plus longues sont les vestiges de la barque miraculeuse avec laquelle la Vierge est apparue à l'apôtre Jacques qui, fatigué de prêcher en vain, avait bien besoin d'un miracle. La première a la forme d'une voile, la seconde d'une coque et la dernière d'un gouvernail.

C'est ici l'étape finale du pèlerinage de Saint-Jacques. Les pèlerins allaient sur une plage voisine se baigner dans l'océan glacé et brûler leurs habits pour se débarrasser des miasmes et de leur puanteur, car les occasions de se laver étaient rares sur l'interminable chemin et, en se trempant, ils recevaient le baptême d'une vie nouvelle.

D'autres voyageurs venaient déjà du temps des antiques croyances rendre un culte aux mégalithes. C'est ici le ravin du monde, la Mare Tenebrosum, le port d'adieu du soleil. La pierre la plus longue, la Pedra de Abalar, est la porte d'entrée des âmes. On prétend encore aujourd'hui qu'elle lui arrive de bouger si celui qui grimpe sur elle est pur et innocent.

Je trouve une petite crique pour imiter les pèlerins. Mais l'eau est beaucoup trop froide et je n'ai emporté avec moi ni vêtements propres ni serviette.

C'est en rentrant à Santiago, roulant le long d'une petite route moussue à travers la forêt, que j'entends la nouvelle sur les ondes de la Cadena Tres, à l'ouverture du bulletin d'information de dix-sept heures. La scène est racontée d'après ce que l'on peut voir sur la vidéo, les télévisions doivent la diffuser en boucle, du moins les images les moins sanglantes. Dans ma tête bourdonne le cri hanté de Garcia Lorca : « Non, ce sang, je ne veux pas le voir. »

Demi-tour pour Muxía et retour au sanctuaire. Plus personne autour de la chapelle ni à l'intérieur. Sa porte est fermée. Une dernière voiture est sur le point de quitter le petit parking et le bruit de son moteur est avalé par le vent du nord-ouest qui vient d'entrer en bataille. Il frappe pleine face, pousse d'épais nuages comme de grands bœufs noirs à l'abattoir et amplifie encore les *anashîd* dans mes oreilles. Les vagues piaffent de rage et des geysers d'écume sont jetés au ciel. Mais il m'est encore possible d'avancer en gardant mon équilibre, de sauter de pierre en pierre, allez, encore quelques mètres, cinq, quatre, trois…

Alexandre

Île de Jura, Barnhill

Après quelques miles à travers la lande sauvage, entre fougères et ajoncs, on atteint le golfe de Corryvreckan qui sépare Jura de l'île de Scarba et fait communiquer l'océan Atlantique et le détroit. Je finis par trouver ce qui émerveillait Eric Blair dans ses carnets : « Les baies totalement désertes avec un beau sable blanc et de l'eau claire, où nagent les phoques. » À pied, on ne peut pas descendre jusqu'au goulet où il venait naviguer avec son canot à rames, auquel il avait ajouté un moteur, en dépit du maelström tapi sous ses flots, un tourbillon tellement puissant que la Royal Navy a interdit toute navigation dans le détroit.

Le naufrage est survenu en août 1947. Eric Blair a emmené avec lui Richard, son neveu et sa nièce, deux grands adolescents venus passer des vacances à Barnhill. Il a mal calculé les horaires des marées. Les remous étaient tels qu'il a perdu le contrôle de sa barque. Le moteur a été arraché. À la rame, Eric Blair a réussi à atteindre l'îlot rocheux d'Eilan Mor au milieu du détroit. Mais, au moment d'aborder, le canot s'est retourné, précipitant le petit Richard dans l'eau glacée. Il est passé sous la barque, a manqué se noyer et a été sauvé par son père.

Ce matin, j'observe le soleil qui brille sur le détroit. Depuis la falaise, le tourbillon semble calme, mais la spirale des courants est puissante, avec en son centre une large corolle blanche d'écume sous laquelle se cache un gouffre noir immensément profond. Pourquoi Eric Blair tenait-il à s'approcher encore plus près de la gueule du monstre ? Sa ligne de vie remplie de succès littéraires, de la gloire acquise à la guerre d'Espagne, ne lui suffisait-elle pas ? Pourquoi cherchait-il la pluie qui fouette, le hasard des courants, les coups de sangle du vent, les rafales capables de déraciner les grands arbres, les hivers de glace qui gèlent les lochs des collines, pourquoi préférait-il les aspérités aux rondeurs de la vie, les éclipses, les peurs qui emportent tout, pourquoi remettait-il en cause les acquis âprement gagnés ? Pourquoi avais-je abandonné l'heure du berger, les ondulations de Paola sur la plage, sa valse avec les vagues ?

Je rentre à Barnhill à temps pour éviter une grosse averse qui assombrit l'heure du berger et m'apporte un mauvais pressentiment. Une fois le poste de radio branché sur le générateur, et après avoir bricolé les boutons, je réussis à capter la BBC. Que des nouvelles terribles sur la Syrie : la poursuite de la guerre, l'assassinat par égorgement d'un jeune photographe américain détenu depuis près de deux ans par les djihadistes, et les bombardements de l'aviation des pays occidentaux sur les régions qu'ils contrôlent. Mais rien sur Naïma, comme si elle n'existait pas.

Les jours suivants, je les consacre à lire les *diaries* et à relire *Hommage à la Catalogne*. Par la fenêtre, je regarde ce qu'il voyait depuis son lit, le grand remue-ménage de l'océan, des escadrilles d'albatros, des bourrasques d'une colère telle que l'on croit qu'elles vont arracher la maison. J'essaye de comprendre comment il a pu vivre autant de vies en si peu de temps et sacrifier la dernière ici, dans cette chambre, où les nuits sont d'une profondeur inouïe et où l'on doit s'habituer à dormir entre le froid et les draps humides. Pourquoi a-t-il choisi une terre à brouillard, un paradis de brumes, pour rédiger son ultime chef-d'œuvre sur l'enfer de la transparence ?

De temps à autre, je vais me balader dans les collines pour me laisser tremper par l'averse et glacer par le vent.

En fin d'après-midi, si la pluie fait une pause, je descends avec une bouteille jusqu'au petit embarcadère près duquel Eric Blair et son fils Richard avaient installé des casiers à homards. Là, j'observe la couleur de la lune qui monte, la marche lente des brumes au-dessus des vagues et je m'efforce de piquer un peu de sa force à l'océan. À l'heure du berger, il m'arrive de sangloter comme un pauvre crétin.

Eric Blair avait une nouvelle femme qui l'aimait mais elle ne voulait pas risquer ses jolis escarpins dans la boue de Barnhill et n'est jamais venue le voir. Lui non plus n'a pas daigné quitté son refuge pour la retrouver. Ils se sont mariés à l'hôpital lorsqu'il était sur la pente finale. Est-ce que je rejoindrai Paola quand il sera trop tard et qu'elle sera déjà partie ?

À la fin de l'été 1948, Eric Blair a fini d'écrire mais son épuisement est total. Il a abusé de ses dernières forces. « Je le revois descendre de la chambre où il écrivait. Il a ouvert la dernière bouteille de vin que nous avions à la maison et nous avons bu (...) pour fêter le nouveau livre », raconte sa sœur Avril dans un petit recueil de souvenirs écrit après la mort de son frère. La tuberculose a gagné la bataille et il doit partir de Barnhill en janvier 1949. Le dernier trajet qui l'emmène tout droit à l'hôpital, alors qu'il crache déjà du sang, est dramatique. « La route était pleine de fondrières de la taille à peu près d'une table et impossibles à éviter. On est tombés dans l'une d'elles et on n'arrivait plus à sortir la voiture. » Pendant qu'Avril va chercher du secours avec un ami, il reste sur place et lit un poème à Richard. Ce fils qu'il adore, à présent âgé de cinq ans, il ne le reverra plus.

Joan-Manuel

Galice, Notre-Dame à la Barque

Je continue à sauter de pierre en pierre. La Pedra de Abalar – la plus longue, la plus noire, la barque de la Vierge, que vient laver à chaque vague l'écume de la vie, le port d'embarquement pour la Mare Tenebrosum – n'a pas tremblé sous mon poids.

Lorca a fait écrire l'enfant en lui, Machado s'est rappelé dans son dernier vers, écrit pendant le sombre exil de Collioure, le soleil de ses premières années dans un patio de Séville, Unamuno n'a jamais oublié les cocottes en papier que, petit, il a appris à confectionner et qui, adulte, lui ont servi à s'extraire des conversations avec les ennuyeux et les pédants. Ils ont aimé leur enfance, ils l'ont fait voyager dans leur existence, ce qui n'a empêché ni les fêlures ni les déchirures, et elle a gonflé leur désir de vivre, d'écrire, d'aller de page en page, comme s'il s'agissait de la retrouver, jusqu'à ce que la guerre en froisse la dernière.

Peut-être n'ont-ils pas connu le mal d'enfance – comme on dit le mal d'amour – qui met longtemps à guérir ou qui ne vous quitte jamais, que l'on soigne en voulant être héroïque ou, si l'on est écrivain, en créant des doubles qui le sont.

Je m'en souviens comme si cela s'était passé hier. Ce n'était pas l'Atlantique mais la Méditerranée, pas la Costa de Morte mais la Costa Dorada. La côte n'était ni sauvage ni déchiquetée comme ici. C'était une petite station balnéaire, plus populaire que chic, près de Barcelone, où mon frère, ma mère et moi allions chaque année en vacances pour Pâques, depuis l'époque où mon père était parti. Non loin de notre meublé s'étirait une crique très douce avec du sable fin qui s'est glissé partout quand de sales petits voyous m'ont aplati sur le sol, m'écrasant la bouche dans les varechs. C'était un *grupo de matones*, au nombre de quatre, pas aussi cruels que les Beatles de l'Usine, bien sûr, mais déjà vicieux pour leur âge. Quelques jours plus tôt, nous nous étions chamaillés durement avec eux parce qu'ils importunaient des filles allongées sur la plage. Mon frangin les a défendues, peut-être parce qu'il aimait beaucoup les regarder dans leurs maillots minuscules, et quand les injures ont fusé de part et d'autre, qu'ils se sont levés pour venir dans notre direction, que la bagarre a failli éclater, j'étais à côté de lui, debout, tremblant, le cœur battant à cent quatre-vingt à l'heure mais serrant les poings, les poings d'un maigrichon avec des bras d'allumettes, qui allait avoir dix ans dans quelques mois. Notre mère avait déjà regagné l'appartement pour aller faire des courses et préparer le repas du soir. Elle m'avait laissé à la garde de Raúl.

La plage était à peu près déserte mais il y avait quand même deux ou trois familles autour de nous, ce qui a empêché la dispute de dégénérer. Les filles s'en sont allées. Nous aussi, sous les insultes des *matones* auxquels mon frère a répliqué en traitant leurs mères de grosses putes suceuses et d'astiqueuses de vieilles couilles vides. Quelques jours plus tard, la fin des vacances approchant, ma mère nous a encore abandonnés, cette fois pour préparer les valises. Raúl avait dégotté son premier rendez-vous mais il n'avait pas voulu que je l'accompagne et m'avait laissé tout seul sur la plage. Je lui ai promis de ne pas bouger. En l'attendant, je dessinais avec mes mains sur la grève des scènes de batailles entre chevaliers et dragons. Il a tardé, le soir était tombé mais il faisait encore bon. Tous les vacanciers étaient partis. Et ils sont arrivés.

J'ai d'emblée compris qu'ils voulaient me faire mal et je me suis enfui mais l'un d'eux m'a plaqué au sol. Ils se sont aussitôt jetés sur moi, m'ont arraché mon slip de bain. Je me suis débattu, donnant de grands coups de pied qui n'ont eu aucun effet. Celui qui commandait la petite bande a aussitôt sorti une boîte ronde de la poche de ses jeans. « Tu sais pas, *hijo de puta*, que nos mamans sont sacrées. Tu les as traitées d'astiqueuses de bites, alors on va t'astiquer le gland, et avec du bon cirage pour t'apprendre à les respecter », a-t-il ricané en montrant de vilaines dents, toutes de travers, et je me souviens encore de ses yeux rouges et enflammés, comme s'il avait bu. Il s'est aussi moqué de la taille de mon sexe sur lequel il tirait comme sur un élastique. « C'est pas une vraie quéquette que t'as, même pas un cure-dent », ricanait-il encore. Deux des *matones* m'ont tenu les bras, le troisième les jambes, et le chef m'a appliqué une pâte noire qui brûlait les endroits les plus sensibles. Je me suis mis à pleurer, à crier, à supplier, à dire que c'était mon frère qui avait insulté leurs mamans mais ils s'en fichaient. « Allez, encore une bonne couche. Faut que ça brille », s'amusait le plus grand. « Ton petit Jésus, il est tout noir. On dirait que tu l'as fourré dans le cul d'un nègre », s'esclaffait celui qui m'avait attrapé les jambes. Les deux autres se marraient aussi. J'aurais voulu tous les tuer.

« Maintenant, tu vas nous demander pardon, a lancé le chef. Tu vas nous prier comme tu le fais à l'église, on t'a vu y aller dimanche avec ton crétin de frère et ta grosse salope de mère, mais c'est nous désormais ton bon Dieu, regarde comme tu trembles devant nous. C'est nous qui allons t'infliger ta pénitence. Ça te fera quatre Notre-Père, un pour chacun de nous. Mets-toi à genoux. » J'ai refusé mais ils ont menacé de me faire reluire encore la quéquette, comme ils disaient, et j'ai fini par accepter tout ce qu'ils m'ont demandé. Je me suis agenouillé et j'ai récité les quatre prières, chacune commençant par le prénom d'une des quatre brutes à la place de l'invocation du Père. Les sanglots étouffaient ma voix et ils m'ont fait recommencer la dernière et l'avant-dernière parce que j'avais buté sur une phrase, celle qui évoquait Son Nom. Mais je n'y suis pas parvenu. Ils ont fini par déguerpir pour mieux revenir peu après et s'emparer de mon slip de bain, de mon short et de mon maillot qu'ils ont emportés. Ils pouffaient de rire en me regardant tout nu sur la plage, encore à genoux, et en se moquant de ce qui était jusqu'alors l'objet de ma fierté, devenu tout riquiqui et tout noir. J'ai couru vers la mer en chialant, avec la honte qui me lacérait de coups de fouet, en me demandant pourquoi mon frère et ma mère n'accouraient pas pour me sauver et pourquoi mon père s'était tiré tout là-haut. L'eau était froide, presque glacée. Je frissonnais en essayant d'enlever le cirage, en frottant si fort que je me faisais mal. C'est là que Raúl m'a trouvé un peu plus tard, quand il est revenu en tenant une fille par la main.

À cause de la fille, je ne pouvais sortir de l'eau. Le cirage refusait de partir. Je pleurais de plus en plus en m'éloignant à reculons, l'eau atteignait mes épaules et j'avais encore plus froid. J'avais peur qu'ils me voient sans slip, qu'ils aperçoivent ma quéquette toute petite et toute noire. Les *malvados* riaient encore à mes oreilles. Raúl s'est approché mais il ne voulait pas se déchausser de ses mocassins pour entrer dans la mer, ni lâcher la main de sa copine. Il ne comprenait rien à mon comportement et m'engueulait, criant par-dessus le déferlement des vagues. Je voulais vraiment mourir, du moins je le croyais. J'ai encore un peu reculé jusqu'à avoir de l'eau à hauteur de la nuque pour inquiéter mon frère, pour qu'il me porte secours, en vain. Il hurlait toujours plus fort. À cet instant, j'ai compris qu'il ne remplacerait jamais papa. Si j'avais pu pleurer encore davantage, je l'aurais fait.

Pour son dixième anniversaire, Hemingway a reçu un fusil de chasse. C'est son père, un père qu'il adorait, qui le lui a offert, comme il lui a appris, depuis ses trois ans, à pêcher la truite et à vivre comme un Indien Algonquin dans les bois autour du Walloon Lake, dans le Michigan. Personne, pas même une meute de petits *matones* avinés, ne se serait risqué à le déculotter. Pourtant, même avec une enfance qu'il a décrite comme merveilleuse et avec toute sa gloire littéraire, il a fini par se tuer. Comme l'ont fait son père et son grand-père. Comme l'a fait papa.

Face à l'horizon furieux et sa grande armée de vagues, je continue d'avancer en m'efforçant de garder l'équilibre et de ne pas glisser avant d'atteindre la pointe ultime de la terre. Mes chaussures sont déjà trempées. La pluie s'est mise à me cingler comme la honte sur la plage et la bise aiguillonne toujours plus fort les nuages et leur cortège de fantômes.

Au début de la guerre civile, Lorca est parti rejoindre ceux qu'il a appelés, dans son élégie à Notre-Dame à la Barque, « les défunts du brouillard », suivi par Unamuno, traînant la patte, et Machado, appuyé sur sa canne. Jon est également du voyage. Il a sa place parmi les poètes du brouillard, ne serait-ce que par sa façon unique de mêler Lorca et Verlaine, le français et le galicien, avec un accent américain. « *Chove* sur mon cœur *meu amor* comme *chove* sur la ville. »

Alexandre

Île de Jura, Barnhill

Le soir, l'océan quitte sa carte postale. Il perd ses couleurs, ses traçantes d'écume, pour n'être plus qu'une immense mêlée, une confrontation de tumultes, une bataille de turbans noirs et blancs où chaque vague est une solitude qui chasse la précédente.

Daniel est mort seul à Homs. Si la CIA n'arrive pas à récupérer Naïma, elle aussi s'en ira toute seule, un jour ou l'autre, dans la douleur de Raqqa. Les frères et sœurs d'Anna, ma mère, sont-ils morts seuls eux aussi, en se tenant par la main, ou bien chacun griffant un coin de mur ? Et ma grand-mère Suzanne, est-elle morte seule ou avec mon grand-père Abraham ? Sans doute seule, puisque les hommes et les femmes étaient séparés dès l'arrivée au camp.

La nuit, l'océan est terrible. Il a la cruauté d'un châtiment antique, il ouvre des gouffres sans les refermer, laisse les monstres remonter à la surface. Il feuillette chacune des vagues de nos vies et les déchire comme autant d'épaves sur le rivage. Mais, dans ses ténèbres, il garde la fulgurante subjugation d'un éclair noir.

Je me demande, si elle retrouve un jour la liberté, si j'irai la voir en Amérique pour lui parler de Daniel, lui dire tout ce qu'il a fait pour elle. D'autres fois, je suis convaincu que je n'en aurai jamais l'occasion.

Le jour, l'océan retourne à sa carte postale et redevient magnifique. Il brise les enclos, invite au départ, à quitter la médiocrité des compromis et des travestissements, appelle au large, aux cimes, à l'au-delà. Il chasse le bouffon de la comédie diplomatique pour réveiller un désir d'école buissonnière et de vagabondage. Si la rédemption exige que l'on se rende à des forces qui nous dépassent, j'irai me jeter à ses pieds. Et il fera déborder l'enfant qui est en moi.

Est-ce qu'Eric Blair entendait l'enfant résonner en lui à la mesure de l'océan ? Est-ce qu'il venait ici avec le luger P08 semi-automatique qu'il portait sur lui dans la crainte que les staliniens aient pu le suivre ?

Certaines nuits, dans la crique, alors que le ciel ne fait pas l'aumône d'une étoile, l'insomnie me crame les yeux, me brûle la tête, et si la bouteille est à sa fin, si la picole est impuissante à chasser les souvenirs de la rue en flammes, des agonisants du dispensaire et des derniers instants de Daniel, j'en appelle aux hallucinations. Elles accourent, comme si elles n'attendaient que ça. Collé à la bruine qui monte de l'océan, assis au plus près de ses flots, je m'entretiens avec deux grosses pierres blanches jusqu'à me convaincre qu'elles sont deux âmes englouties, rejetées par la marée, et que pèse une balance invisible. L'une tient le luger P08, l'autre, le plus délicat des cocktails de Old Compton Street, mais jc ne vois pas dans la nuit quel plateau pèse le plus. Il me faut pourtant choisir, fût-ce en titubant, une bonne fois pour toutes, qui sera le meilleur compagnon pour chasser les ombres du brouillard et retrouver cette part de moi-même qui me manque.

Un matin, à l'ouverture du journal de huit heures sur la BBC, la nouvelle tombe. Peu de détails, juste un communiqué du Pentagone qui annonce un raid aérien contre le repaire d'Abou Moussab al-Daghestani, le Rire de sang. Les officiers du Central Command n'ont pas fait mention de la captive aux yeux verts. Rien n'indique qu'ils ont essayé de la sauver ni tenté quelque chose pour elle. Ni qu'elle soit morte.

Je descends jusqu'au rivage, près du débarcadère, là où j'hésitais la nuit dernière entre les deux grosses pierres, le verre et le revolver. Aujourd'hui, l'océan a le diable au corps. J'essaye de lui prendre un peu de son souffle et de prier pour que la jeune Américaine soit sauve.

Mais l'océan n'écoute jamais les hommes. Je lui avoue pourtant mon échec sur tous les fronts : j'ai failli dans ma mission à Homs ; j'ai été incapable de remonter jusqu'à Aloïs Brunner et d'établir une complicité entre le nazi, le régime de Damas et le ministre que j'ai autrefois tant admiré ; je n'ai pas non plus fait libérer la prisonnière pour laquelle j'ai trahi mon pays.

Si elle est toujours vivante, si je la sauve, je me sauve aussi. Le Grand Absent de Barnhill serait sans doute de cet avis. Alors, je me jette aux pieds de l'Océan pour lui demander force et courage et je me déshabille pour recevoir son baptême.

L'eau glacée est un étau qui m'empêche de respirer, il prend mon bas-ventre dans ses tenailles tandis que mon cœur crie qu'il va s'arrêter. Je ne sens même plus les cailloux qui blessent mes pieds. Encore quelques mètres.

En me retournant, je comprends le regard que l'océan porte sur nous en se cognant au minéral. Ses yeux, verts ce matin, du même vert que les yeux de la prisonnière de Raqqa, avec des reflets de courroux jaune, m'aident à regarder nos vies recroquevillées, nos peurs, nos pusillanimités, notre refus de la grandeur et, parce que j'aperçois Barnhill grimpé sur sa petite colline, notre capacité à la rédemption et notre désir de vérité, l'une portant l'autre sur son dos. Une vague plus forte me fait chanceler et regagner le rivage.

Après m'être séché comme j'ai pu, je remonte jusqu'au cottage en grelottant sous le vent pour trouver un téléphone, appeler Ross et lui demander s'il a des nouvelles de la captive. Et, parce que la pierre qui représente le revolver a finalement pesé plus lourd dans la balance, si je peux faire quelque chose.

Joan-Manuel

Galice, Notre-Dame à la Barque

Il pleut sur Santiago, sur Notre-Dame à la Barque, sur le corbillard des brumes qui continue d'avancer au-dessus des flots gris. À l'Usine, c'est par un après-midi de soleil qui tapait fort à travers les lucarnes qu'ils nous ont alignés le long du mur pour « une inspection des bites ». Nous avons refusé de baisser nos pantalons et nous avons réussi à les convaincre que ce qu'ils cherchaient ne signifiait rien, que c'était courant aux États-Unis, qu'il arrivait que les chrétiens la pratiquent. Ils se sont consultés puis ont renoncé à nous examiner. Mais ils sont revenus quelques minutes plus tard, comme les *malvados*, les voyous de la plage, pour nous demander de réciter l'un après l'autre le Notre-Père. Mehdi le Cogneur m'a désigné en premier, normal, j'étais le maillon faible. Si je cédais, tous les autres otages allaient suivre. Il fallait là encore refuser, tricher, prétendre que j'en avais oublié les paroles, que le christianisme ayant perdu son emprise sur les âmes, on ne priait plus autant qu'avant dans les églises vides de l'Occident. Pressentant que j'allais céder, Jon m'a chuchoté en anglais : « Tais-toi ! Bon Dieu, tais-toi ! Ferme ta gueule. »

La plage, la mer dans sa grandiose indifférence, la boîte à cirage, la pénitence à genoux, ma mère partie faire les valises, mon frère qui ne remplacerait jamais papa et m'avait trahi pour une fille, une Allemande épaisse, pas même mignonne, et qui m'engueulait quand je voulais qu'il me serre dans ses bras. J'avais à peine fini de bredouiller la prière et un autre otage s'apprêtait à me suivre quand une voix m'a poignardé dans le dos. C'était un humanitaire anglais, un type silencieux, apparemment malade, peut-être d'un cancer, d'où un repli sur lui-même, mais ses mots en français, un peu approximatifs, étaient servis par une voix grave qui tremblait à peine : « Ça suffit ! On arrête la comédie. Le juif que vous cherchez, c'est moi. »

J'ai regardé Jon et, pour la première fois, il a fui mon regard pour se tourner vers le mur sale et écaillé qu'il a fixé longtemps. Depuis ce moment, je me suis retrouvé seul, totalement seul. Comme je l'avais été sur la plage.

Dans un cul-de-basse-fosse, on fonctionne en tandem. Le groupe est ainsi fractionné en binômes. C'est une des conditions de la survie. Moi, j'étais depuis mon arrivée avec Jon, et, même si je lui ressemblais peu, nous partagions un amour commun pour la poésie, la musique, le rock, les *Wild Horses* des Rolling Stones. L'Anglais fonctionnait avec un Italien, Fabrizio, un autre humanitaire dont on évoquait la libération imminente, et qui était d'une grande force d'âme : il avait fait savoir qu'il refuserait de partir sans son copain malade. Depuis la prière, Fabrizio me toisait avec mépris et Jon se montrait distant, s'enfermant dans une sorte de vide, une coquille, une prison dans la prison. Il ne me restait plus que la contemplation du plafond et la méditation des murs. Quelques jours plus tard, quand j'ai été libéré, il s'est forcé à me donner l'accolade, et les « bonne chance » que m'ont lancés les autres prisonniers disaient aussi « bon débarras ».

Ce qui s'oppose à la pièce aux murs crasseux, à la lumière hideuse dispensée par l'ampoule nue, couverte de chiures de mouches, aux paillasses tachées et infestées de vermine, ce n'est pas le ciel bleu et grand ouvert ni les puissantes épaules des montagnes, ni les étendues infinies où le vent siffle le grand air de la liberté. L'inverse des murs sur lesquels il nous arrivait de pisser quand le seau d'aisance commun était plein à ras bord et que nous ne pouvions plus nous retenir, c'est l'étoffe tiède d'un cou, la soie d'une cuisse, le velours d'un sein, l'ouate huileuse d'un sexe. Eux, c'était la peau de la mort qu'ils aimaient, la mort des autres, la nôtre, celle des prisonniers ou des inconnus dans la rue, la leur aussi. Ils parlaient de cette peau de la mort comme d'une caresse divine, quelque chose de profondément charnel, d'une érotique, d'une jouissance à venir, qui surviendrait à l'instant où ils appuieraient sur la détente ou le détonateur, qui les enverrait en l'air, dans l'infini sacré.

La peau de la mort, ils aimaient la frôler en manipulant des engins explosifs ou en s'entraînant à balles réelles. Des préliminaires avant de s'approcher d'elle pour lui donner un baiser, un baiser pur comme ceux des enfants. Elle était une esthétique sacrée, une étreinte qui ne salissait pas, ne souillait pas. Une peau pure qui devenait la leur quand ils s'y frottaient, oints et parfumés comme de jeunes mariés. Pendant l'acte du sacrifice, quand ils étiraient en arrière le cou de leur victime, ils se purifiaient et le sang qui jaillissait était une jouissance divine.

Ils rêvaient autant à la guerre sainte qu'à des épidermes, doux et chauds comme les ailes d'Azrâ'il, l'ange de la mort. Je rêve à l'ange de la vie, à la petite Montse, avec qui j'aurais aimé venir à Santiago, et le souvenir de ses jolies fesses sur lesquelles les doigts de la pluie aimeraient claquer des notes tristes, des notes gaies. Mais elle ne m'a pas appelé à mon retour. L'inconnue à la bouche grenadine du Novelty ne m'a pas souri en sortant du café. Même Shamal, la captive de la frontière turque, qui m'avait raconté son calvaire et ses deuils, ne s'est pas retournée quand nos chemins ont bifurqué.

Il aurait sans doute suffi de la peau douce d'une fille, ce que Jon appelait, en citant son ami Verlaine, « la fleur des chairs », quand nous parlions de nos amours, de toutes ces mailles de douceur qui, cachées sous l'étoffe, la soie, le velours, l'ouate, portent cependant en elles l'empreinte des périls à venir. Il aurait suffi d'une seule porte restée ouverte, mais la petite Vierge à la Barque a laissé celle de sa chapelle se refermer.

Il aurait aussi suffi de trouver un petit bout de courage au fond de ma poche, qui m'aurait permis, à Salamanque, quand il n'y avait personne dans la salle du musée, d'échanger la cocotte en papier crasseuse contre une autre dans la maison du philosophe. La miette de courage que je cherchais, je ne l'ai pas trouvée.

Tout n'est plus qu'absence. Sinon les nappes de brouillard et la procession des défunts, un trait de soleil qui dessine des fantômes scintillants derrière l'écran nuageux. Tout n'est plus qu'absence, mais en continuant à sauter de pierre en pierre, peut-être pourrai-je espérer l'absolution de l'océan, qu'il engloutisse la lancinante douceur des *anashîd* et le venin tiède de la mygale.

Les flots à la crinière argent, les Chevaux sauvages des Stones, ont finalement emporté la misérable cocotte toute sale que je leur ai jetée. Mais la douleur voluptueuse des chants n'a pas cessé.

Manque une lame glacée, un coup de couteau froid sur les rochers noirs, qui me ferait rejoindre le cortège des brumes, gelé mais libéré, absous. Aboli. Il suffirait d'une vague plus forte ou plus haute. Les Chevaux sauvages qui reviendraient me chercher après avoir englouti la *pajarita* et noyé la mygale, pour me prendre dans leur ressac. Peut-être me rejetteraient-ils sur le rivage en me donnant le baptême du livre à naître, qui ne serait pas les mémoires d'un captif, mais un roman fort avec des personnages qui me confesseraient, minutieusement, qui incarneraient mes lâchetés et mes peurs, où l'on entendrait le cri des innocents et la jouissance des coupables, où l'on verrait en détail tout exploser, avec du sang qui gicle, de la merde qui vole et de la chair chaude pour soulever les mots. Il commencerait, ce nouveau baptême, par le vieux Pater Noster, celui d'avant. Avant la plage. Avant l'Usine. Avant cet après-midi brûlant où Jon m'a tourné le dos. Avant les *anashîd*, ces acouphènes venus du versant noir du monde, qui me rappellent sans cesse que, même débarrassé de la *parajita* et de la mygale, une part de moi reste retenue *là-bas*, et que je n'ai toujours pas retrouvée celle qui s'est enfuie au moment de ma capture sur la route qui va d'Azaz à Alep.

L'océan décidera. Il est le flux et le reflux, le sac et le ressac. La marée tonitruante des souvenirs me pousse en avant mais, en même temps, me retiennent le vent murmurant les pages à écrire et les ombres qui les habitent, avec lesquelles je pourrais me confondre, échanger mon existence, vivre d'autres aventures, connaître d'autres amours.

L'océan peut tout prendre, des bateaux entiers, des paquebots géants, des villes, ou bien vous faire rejaillir, transi mais survivant, grelottant mais guéri. Il est celui qui ensemence la vie comme celui qui la détruit, qui enchante le monde, le féconde, et porte les couleurs de l'innommable.

À l'instant, il vient de réveiller de la mémoire des flots d'autres vers de Lorca que j'avais depuis longtemps oubliés, qui noient la mygale pour toujours, chassent les *anashîd* et résonnent à mes oreilles en compagnie du vent en furie, du grondement des vagues, des rouleaux raclant la roche et du ressac.

Comme je me perds dans le cœur de certains enfants,
Je me suis perdu souvent dans la mer.
Indifférent à l'eau, je vais à la recherche
D'une mort de lumière qui me consumerait.

La prière de pardon du grand frère océan.
Maintenant, je peux Le réciter : *Notre Père qui es aux cieux…*

Alexandre

Île de Jura, Inverlussa

J'ai repris la route d'Inverlussa, où demeure la propriétaire de Barnhill, et je lui ai demandé la permission d'utiliser son téléphone.

J'appelle d'abord Ross, le type de la CIA, qui décroche à la première sonnerie. Il ne me laisse pas parler. « *Fuck* ! *Fuck* ! *Fuck* ! Vous étiez où ? *Fuck* ! Vous avez toujours les *fucking* clés USB ? Oui ? Alors tout va bien. Nous, on a fait le job. On a tué Abou Moussab al-Daghestani, on l'a pas raté, cet immonde *bastard*, et elle est vivante. Vivante, vous m'entendez ? Bien sûr que c'est vrai. Comme le Congrès et la Présidence nous ont interdits de faire appel aux Seals pour des missions au sol, on a dû monter une opération avec des rebelles syriens, ceux que nous finançons évidemment. Ils ont attaqué la prison pendant que nous bombardions le repaire d'al-Daghestani, récupéré la fille et l'ont emmenée dans une zone libérée, comme ils disent. Je ne vous cache pas qu'elle est dans un sale état mais elle peut survivre si on va la chercher. C'est pas une mission de tout repos mais c'est jouable. Et faut pas tarder. Alors on a pensé à vous. Nous, on ne peut pas y aller à cause du *fucking* Congrès qui nous l'interdit, comme je vous l'ai dit. Mais vous, vous n'êtes pas américain.

Donc, ça sera pas vraiment de la triche. Et, en plus, vous connaissez le pays. Toujours partant pour retourner en Syrie ?

– Bien sûr que oui.

– Et vous nous ramènerez la fille ?

– Je la ramènerai.

– On s'occupe de tout. Mais vous n'avez pas oublié notre petit marché. Pas de départ si vous ne nous remettez pas, dès votre arrivée à Beyrouth, toutes les clés USB. Vous n'allez pas repartir en Syrie avec ces petites bêtes-là, on est bien d'accord ! »

Mon deuxième appel est pour Paola. Pour lui dire que je suis vivant, prendre de ses nouvelles et la supplier de bien vouloir m'attendre encore. Elle ne répond pas. J'essaye une fois, deux fois, trois fois avant de réserver un vol pour Beyrouth.

Puis, je contacte Joan-Manuel pour l'inviter à faire équipe avec moi. Je ne désespère pas de le convaincre. C'est en retournant *là-bas* « tutoyer le vide en marchant » qu'il pourra surmonter ses peurs et triompher de ses failles. Au bout de quelques secondes, son répondeur se met en marche avec un message qui répète plusieurs fois une phrase énigmatique : « Que Ton Nom soit sanctifié… Que Ton Nom soit sanctifié… Que Ton Nom soit sanctifié… »

Remerciements

L'auteur tient à saluer Huzeifa Edrees, le directeur du petit dispensaire de Homs, pour la belle humanité qu'il a su garder sous la tempête d'acier – après avoir été l'un des hommes les plus recherchés de Syrie, il a pu gagner le Liban, puis l'Allemagne. Et Abou Hanina, le directeur du petit centre de presse, qui, bravant les snipers et les obus, nous a conduits jusqu'à lui.

Et la mémoire de Marie Colvin et de Rémi Ochlik qui ne sont pas revenus de ce périple.

Ainsi que celle de l'irremplaçable chercheur irakien Hicham al-Hachemi, qui m'a beaucoup aidé à comprendre les arcanes du djihadisme, assassiné devant chez lui à Bagdad, le 6 juillet 2020.

L'auteur tient aussi à remercier celles et ceux qui l'ont accompagné pendant l'écriture de ce roman, en particulier Elisabeth Samama, Rémi Lainé, Sylvie Granotier, Alexandra Schwartzbrod, Sonia Kronlund et Laleh Amir Assefi.

Et témoigner de sa reconnaissance à Valentin Baillehache pour sa lecture très attentive et ses précieux conseils, ainsi que Jeanne Guyon pour la délicatesse de son accueil.

Les poèmes « Madrigal à la ville de Saint-Jacques » et « Romance de Notre-Dame à la Barque » de Federico Garcia Lorca ont été traduits par André Belamich et publiés dans la Bibliothèque de la Pléiade chez Gallimard.

pca
cmb
édition pré-presse
livres numériques
44400 Rezé

Achevé d'imprimer en janvier 2021
sur les presses de Normandie Roto Impression s.a.s.
à Lonrai (Orne)
pour le compte des Éditions Payot & Rivages
60/62, avenue de Saxe -75015 Paris
N° d'impression : 2005400
Dépôt légal : janvier 2021

Imprimé en France

IMPRIM'VERT